비밀학교 ②

비밀학교 ②

초판 1쇄 찍은 날 § 2010년 3월 12일
초판 1쇄 펴낸 날 § 2010년 3월 18일

지은이 § 김은아
펴낸이 § 서경석

편집장 § 문혜영
편집책임 § 유경화
편집 § 조수희

펴낸곳 § 도서출판 청어람
등록번호 § 제1081-1-89호
등록일자 § 1999. 5. 31
어람번호 § 제5-0252호

주소 § 경기도 부천시 원미구 심곡 2동 163-2 서경B/D 3F (우) 420-822
전화 § 032-656-4452 팩스 § 032-656-4453
http://www.chungeoram.com
E-mail § chungeoram@chungeoram.com

ⓒ 김은아, 2010

ISBN 978-89-251-2116-1 04810
ISBN 978-89-251-2114-7 (SET)

비밀
학교

김은아 지음

2

도서출판
청람

차례

21

늦은 밤, 도서관 앞.

정원은 우산을 쓰고 유진이 나오기만을 기다리고 있었다. 발로 비에 젖어 푹신거리는 땅을 꾹꾹 눌러대며.

습관이라는 게, 길들여진다는 게 참으로 무서운 일이라는 생각이 들었다. 매일 물을 주러 왔던 신혁을 고작 삼 일밖에 만나지 못했을 뿐인데 그녀의 마음은 이미 바싹 말라 시들어 버리고 있었기 때문이다.

그가 정우 문제로 심하게 골머리를 앓고 있어 그녀까지 신경쓸 겨를이 없다는 건 잘 알고 있었다. 그러면서도 그가 간절히 보고 싶고 절실하게 필요했다.

뒷전으로 밀려났다는 서운함은 없었다. 단지 교장실에 불려 갔던 일의 여파가 커 마음이 뒤숭숭한 까닭이었다.

왜 하필이면 교감이고 왜 하필이면 호텔 앞이었을까.

되풀이되어서는 안 될 일이 또다시 시작된 것 같은 기분이 들어 찜찜하기만 했다. 정원은 땅에서 시커먼 밤하늘로 시선을 옮기며 커다란 한숨을 토해냈다.

신혁이 주는 물이라도 받아 마시고 따뜻한 눈길 한 번 받으면 힘을 낼 수 있을 것 같은데 그러질 못하고 있으니 한없이 기운이 빠질 뿐이었다. 아쉬운 마음에 휴대폰에 담긴 그의 영상을 되풀이해서 보기는 했으나 갈급한 마음을 채워주기엔 역부족이었다.

"선생님!"

유진의 목소리가 들려왔다. 소리가 난 쪽으로 고개를 돌려보니 유진이 함박웃음을 지으며 달려오고 있었다.

정원은 그런 유진을 향해 잠시 새카맣게 타 들어간 마음을 접어두고 반갑게 웃으며 손을 흔들었다.

"비도 많이 오는데 왜 나오셨어요?"

유진이 정원의 우산 안으로 들어오며 물었다.

"너 보고 싶어서 왔지."

정원은 차마 본심을 밝히지 못하고 그렇게 둘러댔다.

"에이, 멋진 삼선짬뽕님이 보고 싶어야지 제가 보고 싶으면 어떡해요? 아, 알았다. 이미 만나고 오신 거구나? 그렇죠?"

"아냐. 일이 생겨서 오지 못한대."

정원은 애써 밝은 표정을 지으며 아무렇지도 않다는 듯 말했다.

"되게 중요한 일인가 보네요. 우리 선생님까지 못 만날 정도면."

"배 안 고파?"

정원은 화제를 돌리기 위해 딴소리를 했다.

"도시락 싸간 거 먹어서 안 고파요."

"지금이 밤 11시인데 도시락 먹은 게 아직도 뱃속에 남아 있단 말이야?"

"적게 먹어야 해요. 그래야 졸음도 안 오고, 살도 덜 찌고, 돈도 아낄 수 있어요."

유진이 씩씩하게 말하는데도 정원은 마음이 좋지 않았다.

"넌 너무 안 자, 너무 적게 먹고. 그러니까 키가 안 크잖아."

"키도 작은데 뚱뚱하기까지 하면 안 되잖아요."

"저번에 보니까 너 작년에 입었던 바지가 헐렁헐렁하더라."

"작아서 못 입는 것보다는 낫잖아요."

"하여간 우기기는. 그러나저러나 공부는 잘돼?"

"더 이상의 기회는 없다 생각하고 죽어라 열심히 하고 있어요."

유진이 비장하게 말했다.

유진은 전교 1,2등을 다투는 성적이라 끝까지 유지만 잘하면

서울대도 바라볼 수 있었다. 차상위계층에 속해서 성적만 좋으며 학비 걱정 없이 장학금을 받아가며 학업을 이어갈 수 있는 기회도 많았다.

"그래. 죽어라 해서 단번에 찰싹 붙자."

부모님이 돌아가신 후로 사교육 한 번 받지 않고 혼자의 힘으로 잘 달려온 유진이 대견스러워 정원은 유진의 머리를 다정하게 쓰다듬었다.

둘은 계속 이런저런 이야기를 하며 집까지 걸어왔다.

"어! 멋진 삼선짬뽕님 차다!"

유진이 집 앞에 세워져 있는 신혁의 차를 먼저 발견하고 반갑게 말했다.

"일이 생겨 못 오신다더니 다 해결하고 오셨나 보네요."

유진이 그녀가 하고픈 말과 짓고 싶은 표정을 대신 다 표현해 주었다.

밤인데다가 불도 꺼져 있어 차 안에 사람이 있는 건지 없는 건지 알 수가 없었다. 아주 근접한 거리까지 다가갔는데도 아무런 기척이 없었다.

"기다리다 잠드신 거 아니에요?"

"글쎄."

"저 먼저 올라갈게요."

유진이 싱긋 웃으며 조용히 대문을 여닫고 사라졌다.

정원은 운전석으로 다가갔다. 여전히 조용했다. 정원은 휴대폰을 꺼내 신혁이 전화를 한 적이 있는지 확인해 보았다. 아무런 흔적이 없었다.

왜 연락도 없이 온 걸까?

정원은 휴대폰 불빛으로 운전석을 비쳐보았다.

고개를 뒤로 젖힌 신혁이 손을 이마에 얹은 채 눈을 감고 있었다. 꼭 잠든 사람처럼 보였다. 뒤늦게 불빛을 알아차렸는지 신혁이 미간을 좁히며 눈을 떴다.

눈이 마주치자 정원은 빙그레 미소를 지어 보였다.

신혁이 차에서 내릴 생각을 하지 않고 그저 물끄러미 쳐다보기만 했다. 신혁의 눈에는 뜻 모를 고독과 괴로움이 담겨 있었다. 뭔가 하고픈 말은 많은데 할 수 없다는 듯 슬퍼 보였다.

왠지 모를 안쓰러움이 밀려와 가슴을 두드렸다. 정작 물이 필요한 사람은 자신이 아니라 신혁이라는 생각이 들 정도였다. 정원은 신혁을 향해 내리라고 가만히 손짓했다.

신혁이 문을 열고 나오자 정원은 그가 비에 젖지 않도록 우산을 받쳐 들었다.

우산 아래에서 둘은 마주 보고 섰다.

정원은 말없이 신혁을 올려다보다가 우산을 내밀었다.

신혁이 우산을 넘겨받았다.

정원은 신혁의 손을 잡고 우산을 높게 들게 만들었다. 그리고 두 팔을 벌려 신혁을 포근하게 감싸 안아주었다. 그리고 아이에게 하듯 등을 토닥였다. 아무 말도 하지 않았다. 그저 마음을 전

할 뿐이었다. 모든 일을 다 알 수는 없지만 힘들어하지 말라고. 잘될 거니까 염려하지 말라고. 한동안 그렇게 서 있었다. 메마른 식물에 물을 주고 물이 잘 스며드는 것을 살피는 사람처럼.

"나…… 벌 서는 겁니까?"

신혁이 한밤중인 것을 의식해 작게 물었다.

정원은 신혁의 엉뚱함에 웃음이 터져 버렸다.

"기분 별로예요?"

정원은 신혁을 놓아주지 않고 물었다.

"한국판 자유의 남신상이 된 기분이랄까."

정원은 미소를 지으며 그에게서 떨어져 나왔다. 그리고 우산을 받아 들었다. 높이 든 그의 손도 제자리에 옮겨놓았다.

"이젠 됐죠? 물 준 거예요. 이때까지 신혁 씨가 내게 줬던 물 되돌려준 거라고요. 많이 메말라 보여서 내가 주는 물 받아 마시고 강해져서 지지 말고 잘 이겨내라고."

신혁이 그녀를 빤히 내려다보았다.

가깝게 서서 시선을 받고 있다 보니 정원은 얼굴이 살짝 붉어졌다.

"그런 거였습니까? 그럼 좀 더 주지 그랬습니까. 더 많이 넘쳐흐르도록."

그때였다. 우산에 찢어진 부위가 있는지 빗방울이 정원의 뺨 위로 툭 하고 떨어졌다. 직접 닦아내려 하는데 신혁이 먼저 손을 들어 엄지로 물기를 훔쳐 냈다.

정원은 반사적으로 움찔하며 눈을 감았다. 곧 다시 눈을 떴는데 뭔가가 입술에 와 닿았다. 신혁의 입술이라는 것을 깨닫는 순간 눈이 동그래졌다. 그의 입술이 아주 짧게 머물다 떠나갔다. 하지만 촉촉해진 입술에서 시작된 파장이 온몸으로 점점 크고 강하게 퍼져 나갔다. 머리가 멍해졌다. 심장이 쿵쿵 울렸다. 뜨거워진 피가 급류를 탔다. 그러면서도 기분이 마시멜로처럼 말랑말랑 폭신해졌다. 아무래도 몸에 이상이 생긴 모양이었다. 처음 겪은 일이라 그런지 정원은 무척 당혹스러웠다.

"기분…… 별로였습니까?"

신혁이 조심스럽게 물었다.

정원은 마른침을 삼키고 아니라는 식으로 고개를 가로저었다.

"그럼 한 번만 더."

신혁의 말은 입술이 닿기 바로 직전에 끝났다.

그의 입술이 이번엔 좀 더 길게 머물렀다. 아까는 단순한 입맞춤이었다면 이번엔 좀 더 적극적인 입맞춤이었다. 그렇다고 해서 강도가 센 것을 의미하는 것은 아니었다. 호기심 많은 어린아이가 조심스럽게 다가와 손을 내밀어 이것저것 톡톡 건드리다가 어떤 맛일지 궁금해서 혀끝을 살짝 대보고선 본인 스스로가 놀라 냉큼 달아나 버리는 듯한 입맞춤이었다. 서툴고 어설퍼서 순수해 보이기까지 한 입맞춤.

신혁이 불장난을 하다 들킨 아이처럼 얼굴을 붉혔다. 그것은 정원도 마찬가지였다. 의도하지 않은 결과를 초래한 것에 대해 무슨 말을 하고 뭘 어떻게 해야 좋을지 몰라 겸연쩍어했다.

어색한 침묵을 깬 사람은 신혁이었다. 신혁이 주먹 쥔 손으로 입을 가리고 작게 헛기침을 하며 말했다.

"흠흠, 이러려고 온 건 아니었는데……. 아무튼 미안합니다. 처음으로 시도해 본 일이라……."

처음이라는 말에 놀라 빤히 쳐다보았더니 신혁이 잠시 말을 끊었다가 입을 열었다.

"적지 않은 나이에 여자 경험이 없다는 게 자랑할 일은 아니라는 거 압니다. 그렇다고 부끄러운 일도 아니라고 생각합니다. 전 상호 간의 사랑과 믿음 없이는 모든 게 불가능하고 부질없다는 생각을 늘 하고 살아왔기 때문입니다. 아무리 욕망이 들끓고 유혹이 심해도 제가 정한 기본명제가 성립하지 않으면 불가능한 일입니다. 다시 말하면 정원 씨와의 포옹과 입맞춤이 가능했다는 건 기본명제가 성립했다는 뜻입니다."

"저 역시 마찬가지예요. 이거 왠지 동지를 만난 것 같아서 기분이 좋은데요. 그런데 정말 이 시간에 연락도 없이 왜 오신 거예요?"

몽롱해진 정원은 허스키해진 목소리로 물었다.

"그냥…… 왔습니다."

"그냥요?"

"네. 그냥. 습관처럼 그냥. 그냥 와서 불이 켜져 있으면 전화로 불러내고 꺼져 있으면 조금만 있다가 가려고 했습니다. 그런데 제가 온 건 어떻게 알고 내려온 겁니까?"

"내려온 게 아니라 유진이 데리러 도서관에 갔다가 오는 길에 보게 된 거예요."

"아, 그런 겁니까? 어쨌든 이렇게 보게 됐군요. 생각지도 못한 물까지 받아 마시고 말입니다."

"많이…… 힘들어 보여요. 괜찮겠어요?"

신혁의 눈동자가 가늘게 흔들리며 슬픈 빛을 띠었다.

"힘든 내색 다 해놓고선 애써 아닌 척하지는 않겠습니다. 문득…… 어떤 해명이나 증거 없이도 끝까지 날 믿어줄 사람이 있을까 하는 생각을 하게 되었습니다."

"없다는 결론을 내리신 건가요?"

신혁이 대답을 하지 못하고 정원을 보기만 했다.

"눈이 슬퍼 보여요. 그건 그런 결론의 영향이 아닌가요?"

"확신할 수 없어서 그러는 겁니다."

"가족들이 서운해할 수도 있어요."

그리고 나도요, 라는 말은 하지 않았다. 맹신적인 말로 들릴까 봐, 믿음을 얻지 못하는 것에 대한 아쉬움으로 표현될까 봐.

"나는 가족이라 생각하는데 아니라고 생각할 수도 있으니까요."

"정우 말씀하시는 거죠?"

"그렇습니다."

"그건 정우만큼은 믿어줬으면 좋겠다는 말씀과도 같은 거네요."

"맞습니다."

"정우 몫의 믿음이라 그건 제가 어떻다고 말씀드리기는 힘들겠네요."

정원은 쓴웃음을 지었다.

"믿음은 강요나 구걸해서 얻어지는 게 아니라 스스로의 힘으로 발견하고 만들어내는 거니까요."

신혁이 말했다.

"조건이나 대가 없는 믿음을 원하고 계시는 거잖아요. 제 눈에도 보이는데 똑똑한 정우가 발견하지 못하고 그냥 지나칠 리는 없다고 생각해요."

"정말 그렇게 생각하시는 겁니까?"

정원은 미소를 지으며 고개를 끄덕였다.

신혁이 그런 정원을 말없이 계속 쳐다보았다.

"왜 그렇게 보세요?"

"정말 착한 본능이 넘쳐흐르는 사람 같아서 그럽니다."

장난으로 한 소리로 들리지는 않았지만 괜히 웃음이 나왔다.

"저 까닥하면 교만해질 수도 있으니까 그러지 마세요."

신혁이 잔잔한 미소를 머금었다.

"정원 씨를 만나면 마음이 편해져서 좋습니다."

지금까지 만나면서 교과서 같고 수학공식 같은 사람이라는 생각을 많이 했기 때문에 신혁의 말이 아부로 들리진 않았다. 정원은 빙그레 웃었다.

"저도 그래요. 오늘은…… 더 그런 것 같고요."

정원은 오늘 그녀의 마음을 무겁게 한 사건이 떠올라 점점 어두운 얼굴을 했다. 퇴근할 때 잔뜩 벼르는 듯한 얼굴로 노려보며 지나갔던 교감이 계속 생각나 더 이상 신혁을 웃는 낯으로 대할 수 없게 되었다.

"교감선생님과의 일 때문에 힘들어하고 있군요."

이미 보고를 받았는지 신혁이 정확한 요인을 집어냈다.

"신혁 씨는 무슨 일이 있더라도…… 절 믿어주실 건가요?"

신혁이 질문에 답하지 않고 다른 질문을 던지는 그녀를 가만히 쳐다보다가 입을 열었다.

"믿을 겁니다."

"세상 모든 사람들이 믿지 않아도요?"

"그래도 믿을 겁니다."

"왜요?"

"내가 아는 강정원이라는 사람은 믿을 만한 사람이니까요. 그리고 신뢰받고 싶은 사람한테서 신뢰를 받지 못한 사람의 심정이 어떻다는 걸 누구보다 잘 아니까요."

고마운 마음에 정원은 미소 지었다. 가슴을 무겁게 짓눌렀던 고뇌의 짐이 말끔히 사라진 기분이었다.

"내가 정원 씨를 믿지 못할까 봐 걱정이 됐던 겁니까?"

"저 역시…… 다른 사람은 몰라도 제 마음을 차지하고 있는 신혁 씨만큼은 믿어주었으면 좋겠다는 생각을 했기 때문……."

"잠깐!"

신혁이 급히 그녀의 말을 막았다.

"방금…… 내가 정원 씨 마음을 차지하고 있다고 했습니까?"

정원은 믿기지 않는다는 듯 묻는 신혁을 향해 얼굴을 붉히며 고개를 끄덕였다.

"아니, 그런 마음 고백을 게릴라 식으로 해버리면 어떡합니까?"

신혁이 황당하다 못해 속상하다는 듯 꾸짖었다.

"이미 제 마음 알고 계셨을 거 아니에요."

"알고 있는 거랑 직접 고백을 듣는 게 같습니까? 제가 딴생각 하느라 흘려듣기라도 했으면 어쩔 뻔했습니까?"

아주 심각하고 진지하게 말하고 있는 신혁을 보고 있으려니 정원은 웃음이 나왔다.

"지금 웃었습니까?"

신혁이 더욱 심각한 표정으로 따지듯 물었다.

"우스운 걸 어떡해요."

신혁이 정원의 코를 잡고 살짝 비틀었다.

"아야!"

정원은 인상을 찡그리며 아픈 코를 어루만졌다. 불만을 가득 담은 눈으로 신혁을 쳐다보며.

"마음 고백하고 꼬집힌 여자는 이 세상에 나 하나밖에 없을 거예요."

"병 주고 약 준다는 말이 뭔지 압니까?"

"네? 그건 또 무슨 뜻으로……."

신혁이 그녀의 말을 끊고 미소 지으며 다가와 부드럽게 입술을 포갰다.

따뜻하게 감싸고 소중히 다루어주는 느낌, 어두웠던 마음을 달래고 환하게 비춰주는 느낌의 키스였다.

치료제 같은 키스에 정원은 행복감에 젖어들었다. 무엇보다 무슨 일이 있더라도 자신을 믿겠다는 남자가 곁에 있어 기뻤다. 그리고 각자가 가진 마음이 닮은꼴임을 확인할 수 있어 좋았다.

신혁이 고개를 들고 그녀를 바라보았다. 그 역시 행복하고 만족스러운 미소를 짓고 있었다.

"앞으로 그런 마음을 보여줄 때는 주의 깊게 잘 들으라고 예고하고서 해야 합니다. 알겠습니까?"

"네, 그럴게요."

정원은 쑥스러워하며 대답했다. 그리고 계속 말을 이었다.

"시간도 많이 늦었는데 그만 가셔야죠."

정원의 말에 신혁이 고개를 끄덕이며 차에 올랐다. 시동을 걸고 출발하기 전 차창을 열어 손을 내밀기까지 했다. 악수를 청하는 것처럼. 정원은 신혁의 손을 잡았다.

"나더러 강해지라고 해놓고서 약해지면 안 됩니다."

"네."

"우리 무슨 일이 있어도 서로를 믿는 겁니다."

"네."

신혁이 손의 위치를 바꿔 엄지를 맞대며 잡았다.

"약속."

"약속."

정원은 그가 하라는 대로 했다.

신혁이 환하게 웃으며 손을 흔들고선 차를 출발시켰다.

정원은 멀어져 가는 차를 눈으로 좇았다. 그녀의 인생 중심에 그가 있어 참 다행스럽고 행복하다는 생각을 하며.

다음날, 교무실 안이었다.

정원은 수업이 비는 시간을 이용해 기말시험 문제를 출제하고 있었다. 수업이 없어 교무실에 머무르는 대부분의 선생들이 정원처럼 시험문제를 내거나 행정업무를 보는데 바쁜 시간을 보내고 있었다. 정원은 책꽂이에서 책을 꺼내기 위해 고개를 들었다. 그러다 바로 옆에 서 있는 교감을 발견하고 소스라치게 놀랐다.

"어이구, 깜짝이야."

"아니, 뭘 그렇게 놀라십니까?"

미운 털이 박혔는지 눈초리, 말투 뭐 하나 고운 게 없었다.

정원은 예의를 차리기 위해 자리에서 일어났다.

"옆에 계신 줄 몰랐습니다."

교감이 못마땅한 표정으로 정원을 올리훑고 내리훑었다.

"강 선생, 전에 계셨던 학교가 어디였습니까?"

"네?"

정원은 갑작스러운 질문에 괜히 불안해져 되묻고 말았다.

"여기 오시기 전에 근무했던 학교가 어디였냐고 물었습니다."

"그건…… 갑자기 왜……."

"아니, 뭐 그렇게 말하기 힘든 질문이라고 답변을 회피하십니까?"

"서울…… 보배고등학교였습니다."

"아! 보배고등학교! 보배고등학교였습니까? 거기였군요!"

교감이 대단한 사실을 깨달은 사람처럼 유난히 목소리를 높였다.

업무를 보던 선생들의 시선이 일제히 모아졌다.

정원은 바짝 긴장하고 말았다.

"그 학교 교감이 김봉구 선생님 맞죠?"

정확하게 알아맞힌 교감으로 인해 정원은 심장이 철렁 내려앉는 기분을 맛보았다. 입안이 바짝바짝 마르기 시작했다.

"네."

정원은 간신히 대답하고 눈을 내리깔았다

"제가 아주 잘 아는 분입니다. 그런데 거기에서 몇 년 동안 근무하셨나요?"

"5년 했습니다."

"꽤 계셨군요. 그런데 거긴 왜 그만두셨습니까?"

정원은 피가 마르는 것 같았다.

"개인적인 사정이 좀 있었습니다."

고민 끝에 기어들어 가는 목소리로 간신히 말했다.

"이렇게 다시 교직 생활을 하실 것 같았으면 차라리 휴직을 하시지 왜 그만두셨을까나?"

정원은 더 이상 할 말이 없어 입을 꾹 다물었다. 계속 버티고 서서 집요하게 구는 교감으로부터 정원을 구원해 준 것은 때마침 울린 종이었다.

수업을 마친 선생들이 교무실로 하나둘씩 들어오기 시작했다.

"말 나온 김에 김봉구 교감한테 조만간 술이나 한잔하자고 해야겠군."

교감이 일부러 들으라는 식으로 말하고서 자리를 떠났다.

정원은 넋 나간 표정으로 뻣뻣하게 굳어갔다.

"강 선생, 무슨 일 있어?"

때마침 교무실로 들어와 자신의 자리로 걸어가던 유준이 말을 걸었다.

"네?"

"무슨 일 있었냐고? 얼굴이 왜 그렇게 창백해?"

"저기…… 정 선생님, 저 좀 잠깐 보실래요?"

정원은 왠지 유준한테만은 언질을 줘야겠다는 생각이 들었다.

"그래, 알았어."

정원은 유준과 함께 인적이 드문 복도를 찾아 자리를 옮겼다.

"무슨 일이야? 너 되게 안 좋아 보여."

유준이 걱정을 하며 물었다.

"저기……."

정원은 난감한 표정으로 주저했다.

"궁금해 죽겠네. 뜸 좀 그만 들이고 얼른 말해봐."

"아무래도…… 조만간 곤란한 일이 생길 것 같아서요."

"곤란한 일이라니?"

"난 괜찮은데 괜히 선배까지 곤란해질까 봐 걱정이에요."

"도대체 무슨 말인지 알아들을 수가 없네."

유준이 답답해 죽겠다는 표정으로 말했다. 직장 내에선 절대 선배라 부르지 않았던 애가 갑자기 선배를 운운하는 걸 보면 뭔가 다급하고 심각한 말 같은데 도무지 감을 잡을 수가 없는 모양이었다.

"미안해요. 그것도 아주 많이."

정원은 미주알고주알 말하지 않았다. 자신이 급하다고 비밀을 깨면서까지 해명하고 싶지 않았기 때문이다. 남이 했던 말과 행동을 시시콜콜히 일러바치는 건 더더욱 할 수 없었다. 원래 성격상 맞지도 않은 일이었고 갈등을 더 심화시키는 일이 될 수 있었기 때문이다.

철칙을 깨고 신혁과 만나면서 정원은 늘 유준이 마음에 걸리고 미안했다. 속일 생각은 없었다. 다만 상처가 될까 봐 말을 하지 못했던 것이다. 하지만 결과적으로는 속였다고 생각할 확률이 높았다.

정원은 문득 신혁이 했던 말이 떠올랐다. 어떤 해명이나 증거 없이도 끝까지 자신을 믿어줄 사람이 있을까 하는 생각을 했다는 그 말이. 정원은 미안해하는 이유를 밝히지 못해도 정말 진심으로 미안해하고 있다는 걸 유준이 믿어줬으면 싶었다. 아주 힘든 일이겠지만 그래 줬으면 했다. 그러겠다고 약속한 신혁처럼 말이다.

"네가 나한테 미안할 일이 뭐가 있다고 그래?"

"많아요. 너무 많아서 말을 못하는 거예요."

"얘가 점점 더 이해 못할 말들만 늘어놓네. 아이고, 답답해 죽겠다."

"늘 나 위해주는 선배 맘 잘 알고 있어요. 해준 것도 없으면서 늘 받기만 하고 신세지고. 그리고 보면 난 참 염치없는 애인가 봐요."

"답답해 죽을 것 같은 사람 이제는 불안해 죽게 만들래? 무슨 일인지 몰라도 커밍순 예고편 아주 죽여준다."

"선배 덕분에 나 요즘 되게 많이 행복했어요. 다시 시작하기를 잘했다 싶었고요. 비록 기간제지만 역시 내 길은 이 길이다 싶은 깨달음을 얻었어요. 그래서 열심히 달렸고요. 전혀 고되거나 힘들지 않았어요. 오히려 즐겁고 보람됐어요."

"그럼 그렇게 계속 달리면 되지 뭐가 문제야?"

"그러고 싶다고 다 내 맘대로 되는 건 아니니까요."

"뛰어넘어."

"네?"

유준이 정원의 어깨를 잡고 가볍게 흔들며 말하기 시작했다.

"억울하게 당하지 말고 어떤 태클이 들어와도 위풍당당 꿋꿋하게 파이팅하란 말이야! 절대 물러나지 말고 전진해. 끝까지 투쟁하고 버텨. 널 믿고 따르는 애들을 생각해서라도. 알았어? 한 번만 더 바보처럼 굴기만 해봐. 그땐 내가 용서하지 않을 거니까."

"선배……."

쉬는 시간은 짧기만 했다. 다음 수업 시작을 알리는 종이 울렸다.

"난 수업 있는데 넌?"

"저도 있어요."

"그만 가자."

"네."

둘은 교무실을 향해 걸었다.

"그런데 너 진짜 나랑 단둘이 밥 안 먹을 거냐?"

유준이 꼭 하고 싶은 말이 있었는데 놓쳤다는 듯 정원에게 들릴 정도로만 작게 말했다.

"네?"

"나 그동안 진짜 많이 참아왔다. 와, 진짜 내가 살면서 후배랑 밥 한 끼 먹고 싶어 안달복달하게 될 줄이야. 너 좀 심하다는 거 알기는 아냐? 너 아까 나한테 미안하다고 하더니 그것도 포함시킨 거야? 미안한 줄 알면 미안한 짓을 하지 말든가, 너도 참."

"밥 먹어요."

　정원은 망설이다가 큰맘을 먹고 말했다. 어차피 깬 철칙이고 그동안 잘 보살펴 준 유준한테 감사 인사라도 하고 싶었던 것이다.

"뭐?"

　자신의 귀를 의심하듯 유준이 되물었다.

"밥 먹자고요."

"진짜?"

　믿기지가 않은지 거듭 물었다.

"네."

"녹음기 어디 있어? 녹음기! 딴말하기 전에 녹음해 둬야 하는데!"

　유준이 주머니를 뒤져 휴대폰을 꺼내 들었다.

"딴말 안 해요."

"와, 눈물이 다 나려고 하네. 언제 먹을까? 당장 오늘 저녁?

아니다, 이렇게 소중한 기회를 막 날릴 순 없지. 시험기간에 빨리 끝나니까 그때 먹을까?"

"정 선생님."

밥을 먹어도 어디까지나 선후배로서이고 자신이 대접하겠다는 말을 하려는데 유준이 당황하며 막았다.

"야, 벌써 선배타임 끝난 거야? 왜 이래? 갑자기 불안해지잖아. 다시 선배라고 불러줘. 응? 제발!"

그때였다. 어디선가 교장의 목소리가 들려왔다.

"보기 좋습니다! 요즘 뜸한 것 같더니 다시 깨가 쏟아지시네요. 역시 청춘, 연애, 사랑은 좋은 거예요."

얼굴이 활짝 핀 교장이 유유히 곁을 지나갔다.

그런 교장으로 인해 애가 닳은 건 유준이었다. 혹시나 정원이 마음을 달리 먹을까 봐 지레 겁을 집어먹었다.

"너 약속한 거다. 한 입 갖고 두말하기 없기다! 나 먼저 간다!"

유준이 걸음아 날 살려라 하고 줄행랑을 쳐버렸다.

22

비……. 지겹다. 지겨워.

신혁은 마음속으로 투덜거렸다. 우중충 흐려 갈앉은 하늘도
하루 이틀이지 날마다 보고 있으려니 마음까지 어두컴컴해지는
것 같아서였다.

해가 간절했다. 뜨거운 햇빛을 쏟아부어도 좋으니 태양이 회
색빛 하늘을 뚫고 밝은 얼굴을 내밀어주었으면 싶었다. 마음이
암흑천지로 변하기 전에.

답답해서 창문을 열어두었다. 박자 개념 없이 제멋대로 후드
득후드득 쏴 하고 떨어지는 빗소리가 들려왔다. 이사장실 안은
습기 먹은 흙냄새가 축축하게 차올랐다. 흙냄새는 비릿하면서

도 향긋했다. 비에 씻긴 공기는 더 한층 맑게 감촉되었다.

정원이 몹시 보고 싶었다. 그의 동태를 염탐하고 있을 은영 측 사람들과 정원의 행동거지를 주시하고 있는 교감을 의식해 최대한 정원과의 접촉을 자제하고 있었기 때문이다. 물론 교내에서 간혹 오다 볼 수 있기는 하지만 그 정도로는 성에 차지 않았다.

그리움이 짙어질 무렵 누군가가 문을 두드렸다.

"들어오십시오."

문을 열고 들어온 사람은 그의 호출을 받고 온 강현이었다.

"뭐 시키실 일이라도 있으십니까?"

"우선 앉으십시오."

신혁은 강현과 함께 소파에 앉았다. 그리고 상의 안주머니에서 검은색 볼펜 하나를 꺼내 탁자 위에 올려놓았다.

"웬 볼펜입니까? 이거 주시려고 부르신 겁니까?"

"그저 단순한 볼펜이 아닙니다. 녹음도 되고 캠코더 역할도 하는 볼펜입니다."

신혁은 진지하게 말했다.

"아! 들어본 적 있습니다. 그런데 이거 꽤 비싸지 않습니까? 오호라, 이제 보니 이거 자랑하려고 부르신 거군요. 이사장님도 참."

강현이 장난스럽게 눈을 흘기며 웃음을 흘렸다.

"볼펜에 전은영 씨와 나눈 대화 내용이 담겨 있습니다."

"네? 전은영 씨요? 설마 제가 알고 있는 대한민국 최고의 여배우 전은영 씨는 아니겠죠?"

강현은 여전히 장난스러웠다.

"그 사람 맞습니다."

"헉! 정말입니까?"

강현의 얼굴이 순식간에 당혹과 놀라움으로 변했다. 강현이 소리가 들릴 정도로 마른침을 꼴깍 삼키고 다시 입을 열었다.

"그분을 직접 만나셨다는 말씀입니까?"

"그렇습니다."

"이걸로 녹음도 하시고요?"

"그렇습니다."

"우와! 이사장님의 인맥이 그 정도일 줄은 몰랐습니다. 정말 대단하십니다! 아니, 그런데 어떻게 그분을 만나시고 이런 걸 다 녹음해 올 생각을 하신 겁니까?"

강현이 호기심 가득한 얼굴로 눈을 반짝였다.

"전은영, 그 사람이 정우 친모입니다."

신혁은 차분하게 설명했다.

"네?"

강현이 믿지 못하겠다는 표정으로 쳐다보다가 이내 지금 농담하는 거냐는 식으로 비웃음을 흘렸다.

"아놔! 놀리는 것도 정도껏 하십시오. 저 의외로 순진해서 그렇게 말씀하시면 진짜인 줄 안단 말입니다."

"사실입니다."

진지한 말과 태도에 강현이 서서히 웃음기를 지우고 심각한 표정을 지었다.

"사실이라고 하니 믿어야 할 것 같은데 정말이지 믿어지지가 않습니다. 아니, 어떻게…… 어떻게 그분이……."

강현이 말을 잇지 못했다.

"충격을 드려서 죄송합니다."

"이사장님께서 직접 연락을 해서 만나신 겁니까?"

"아닙니다. 전은영 그 사람이 먼저 연락을 해왔습니다."

"혹시 정우 가출해서 돌아온 다음날 저녁이었습니까?"

"그렇습니다."

"강 선생님 만나러 가는 거 아니라고 하시더니 그분 만나러 가셨던 거군요."

"맞습니다. 그날 그 사람의 의도를 파악하러 갔습니다. 하지만 끝까지 알아낼 수 없었습니다."

"그렇군요."

"이러한 사실들을 밝히는 건 강현 씨한테 부탁할 게 있어서입니다. 그나마 믿고 일을 맡길 수 있는 사람이 강현 씨밖에 없으니까요."

"잘하셨습니다. 괜히 돈을 주고 사람을 샀다가 말이 새어나간다든지 꼬투리를 잡히면 엉뚱한 불똥이 튈 수도 있으니까요."

"그렇습니다. 그리고 그동안 강현 씨가 해준 무용담을 미루어

볼 때 다양한 경력사항과 넓은 인맥이 많은 도움을 줄 것 같았습니다."

"하긴 제가 연예계 매니저, 대기업 회장의 개인 운전기사, 유흥업소 종업원 등 안 해본 일이 없다시피 해서 아는 사람도 참 많은 편이죠. 그런데 제가 뭘 어떻게 도와드리면 되겠습니까?"

"우선 이 녹음 내용부터 들어주십시오."

신혁은 볼펜에 담긴 녹음 내용을 강현에게 들려주었다.

녹음 내용을 다 들은 강현이 할 말을 잃고 그저 입을 떡 벌리기만 했다.

"전은영, 이 사람은 입만 열었다 하면 거짓말을 술술 내뱉는 사람입니다. 없던 말을 꾸며내고 했던 말도 상황에 유리하게 바꾸고 잘도 갖다 붙이는 재주가 아주 탁월한 사람입니다. 그래서 콩으로 메주를 쑨다고 해도 절대 믿을 수 없습니다. 그런 사람과 만나려면 어느 정도의 장치는 필요했습니다. 그래서 녹음을 해온 것입니다."

"내용을 들어보니 저라도 그랬을 것 같습니다. 이 볼펜이 확실한 증거가 되겠군요."

"사실 이것은 증거라기보다는 지켜야만 했던 것을 지키지 못해 맺힌 천추의 한을 풀기 위한 수단입니다. 두 번 다시 겪고 싶지 않은 재앙을 막기 위한 대비책이자 오랜 시간 저를 괴롭힌 트라우마를 벗어던지고자 하는 강한 열망의 표현입니다."

"그분 때문에 단 하나밖에 없었던 친구를 잃었다고 하시더니 정우까지 잃을까 봐 걱정이 되셨던 거군요. 한 번이면 족하죠.
두 번 당하는 일은 절대로 없어야 하죠."

"그렇습니다. 전 어린 나이에 겪은 끔찍한 경험으로 사람을
믿지 못하는 병 아닌 병을 얻고 말았습니다. 가뜩이나 사람들과
어울리지 못해 외톨이로 지낸 저는 그 일로 인해 더더욱 고립되
었습니다. 스스로 쌓아 올린 벽이 세월과 더불어 철옹산성으로
변해 깨고 나오는 일도 쉽지 않았습니다. 그만큼 시발점은 중요
한 겁니다. 인생도, 우정도, 사랑도, 믿음도."

"일을 어떤 식으로 처리할 계획이십니까?"

"눈에는 눈, 이에는 이라는 식으로 해를 입은 만큼 앙갚음할
생각은 아닙니다."

"어째 점점 쉬운 길을 놔두고 어려운 길을 택해서 가시겠다는
소리로 들립니다. 이렇게 확실한 증거가 있는데도 말입니다."

"전 그저 소중한 존재를 지켜내고 싶은 겁니다. 방심해서 허
망하게 잃어버리는 일이 두 번 다시 생기지 않도록 말입니다."

"그럼 지금 당장이라도 이 내용을 정우한테 들려주십시오. 그
럼 누가 거짓말을 하고 있는지 다 알게 될 것 아닙니까."

"그럴 순 없습니다."

"아니, 도대체 이유가 뭡니까?"

"전은영, 그 사람의 파멸은 곧 정우의 상처가 되기 때문입니
다."

"아놔, 듣고 보니 그러네요. 그래도 자기를 낳아준 친모인데

아무렇지 않을 순 없겠죠. 그럼 어쩌실 작정입니까?"

"우선 그 사람의 의도를 파악하는 게 중요합니다. 그리고 이 증거는 정말 해도 해도 안 되는 경우 그 사람의 발목을 잡는 목적으로만 쓸 것입니다. 정우 모르게 말입니다."

"아무튼 이사장님의 뜻이 그러시다면 정우가 더 큰 상처를 입지 않도록 최선의 노력을 다해 돕겠다고 약속하겠습니다. 자, 이제는 말씀해 주십시오. 손을 놓고 있다가는 험한 꼴을 당할 수 있으니 발 빠르게 움직여야 하지 않겠습니까."

"우선적으로 전은영 씨와 그녀의 배우자가 될 사람에 대해서 알아봐 주십시오."

"알겠습니다."

그때였다. 신혁의 휴대폰이 울렸다.

신혁은 발신인이 은영인 것을 확인하고 받지 않았다.

그런 그가 이상해 보였는지 강현이 질문을 던졌다.

"누군데 안 받으시는 겁니까?"

"전은영 그 사람입니다."

"왜 안 받으시는 겁니까?"

"확실한 의도를 말해준다고 하면 당장이라도 받았을 겁니다. 하지만 정우를 언제 넘겨줄 건지 하는 말도 안 되는 소리를 지껄일 게 뻔합니다."

"하긴 말이 안 통하는 사람하고의 대화는 입만 아플 뿐이고 귀만 더러워질 뿐이죠."

한참을 울리던 휴대폰이 잠잠해졌다. 하지만 이내 또 벨이 울렸다.

"끈질기군요."

"저도 만만치는 않습니다. 속 긁을 생각으로 접근하는 사람한테 옜다, 긁어라 하면서 속을 내어줄 제가 아닙니다. 열심히 컬러링으로 음악 감상이나 하게 내버려 둘 겁니다."

"아, 맞다. 이사장님 컬러링 바꿨었던데 혹시 그거 전은영 씨 들으라고 그러신 겁니까?"

"그렇습니다."

"하하하! 지금쯤 귀가 따갑게 전화 잘못 걸어, 잘못 걸었다니까, 미안하지만 잘못 걸었으니까 더는 하지 마, 라는 소리 듣고 있겠네요. 저는 왜 갑자기 그런 노래로 바꾸셨나 했습니다. 와우 미쳐 버리겠다, 닥쳐 주길 원했다, 라는 랩까지 들으면 혈압 좀 올라가겠는데요."

"그 노래 가사 쓴 사람한테 밥이라도 사고 싶은 심정이었습니다. 제 마음을 그대로 표현해 줘서 말입니다."

또다시 휴대폰이 조용해졌다. 그러다 또 울리고 끊어지기를 거듭했다.

신혁은 상관하지 않았다. 급하게 움직일 필요는 없었다. 급한 사람이 우물 판다고 우물을 파든 삽질을 하든 알 바가 아니었다. 신혁은 급한 길일수록 에워갈 심산이었다.

아마 은영은 자신이 칼자루를 쥐고 있다고 생각할지도 모른다. 하지만 금이 가고 부러진 칼자루라면 아무 소용이 없는 것이다. 말이 많고 길면 잡힐 꼬투리도 많아지는 법이니 여유를 가지고 기다리는 것도 하나의 방책이었다.

그때였다. 누군가가 문을 두드렸다.

"들어오십시오."

교감이 문을 열고 들어왔다. 부른 일이 없는데 무슨 일인가 싶었다.

"그럼 저는 이만 나가보겠습니다."

자리에서 일어난 강현이 신혁과 교감에게 차례로 인사하고 이사장실을 빠져나갔다.

신혁도 볼펜을 상의 안주머니에 집어넣고 교감을 맞이했다.

"어서 오십시오."

"이사장님께 긴히 드릴 말씀이 있어서 왔습니다."

"앉으십시오."

신혁은 소파를 가리키며 말했다.

"차라도 한 잔 하시겠습니까?"

"아닙니다. 지금은 물만 마셔도 체할 것 같아서요."

무엇 때문인지 알 수는 없지만 교감의 얼굴이 빨갛게 상기되어 있었다.

"어디가 편찮으십니까?"

"하도 기가 막히고 코가 막히는 이야기를 들어서 그렇습니다."

"무슨 말씀을 들으셨는데 그러십니까?"

"강정원 선생님에 관한 것입니다."

신혁은 태연한 척하려고 애를 썼다. 교감이 잔뜩 벼르고 있다는 사실은 알고 있었지만 이렇게 불쑥 찾아와 직접 말을 꺼낼 줄은 몰랐기 때문이다.

교감이 계속 말을 이어갔다.

"제가 어제 친구를 만났습니다. 다른 학교 교감으로 있는 친구인데 알고 보니 그 학교가 강 선생의 전 근무지였습니다."

"아, 그렇습니까? 세상이 참 좁군요."

신혁은 무심하게 맞방아를 찧어주었다.

신혁의 말에 탄력을 받았는지 교감이 거리를 좁혀오며 더 적극적인 태도를 보였다.

"누가 아니랍니까? 정말 깜짝 놀랐습니다. 이래서 죄짓고 살면 안 되는 건가 봅니다."

교감이 아주 중대한 보고를 할 것처럼 목청을 가다듬고 또다시 입을 열었다.

"이사장님, 참 많은 고민을 했습니다. 이런 말씀을 드려야 하나 마나 하고요. 허나 40년 전통을 가진 저희 학교의 위신과 명예가 걸린 아주 중요한 문제라 그냥 넘어갈 수가 없었습니다. 이사장님께서 받으실 엄청난 충격이 예상되지만 어디까지나 제자신만큼 소중한 학교를 위하는 마음으로 말씀드리도록 하겠습니다."

신혁은 전혀 아무렇지 않은 듯 있었다.

이 정도면 누구라도 귀를 쫑긋 세우고 눈을 반짝거릴 거라 생각했는지 교감이 의외의 반응을 보이는 신혁을 이상하게 쳐다보았다.

"제 말 듣고 계신 겁니까?"

"잘 듣고 있습니다. 계속 말씀하십시오."

"아, 네. 그런데 혹시 이사장님께서는 강 선생이 그 학교를 왜 그만뒀는지 알고 계십니까?"

"모릅니다."

신혁은 솔직하게 대답했다.

"그러실 줄 알았습니다. 그 이유를 알고 있었다면 절대 고용하지 않으셨을 테니까요."

교감이 굉장히 분해하며 말했다.

"뭡니까? 그 이유가?"

"강 선생이 교사로서는 절대 하지 말아야 할 짓을 했더군요."

교감이 아주 더러운 것을 본 사람처럼 인상을 일그러뜨렸다.

신혁은 꿈쩍하지 않고 잠자코 있기만 했다.

"게다가 현재까지 그 못된 버릇을 못 고치고 아주 상습적으로 일삼고 있습니다."

서론에서 본론 없이 결론으로 넘어간 기분이 들었지만 신혁은 무표정, 무반응을 일관했다. 그러자 교감이 이래도 끝까지 그러고 있을래? 하는 표정으로 폭로하기 시작했다.

"강 선생이 그 학교 남학생을 꼬드겨 한밤중에 함께 돌아다니고 그것도 모자라 주점, 노래방, 호텔 등을 드나들었다고 합니다. 계속 그런 소문이 돌다가 결국 학부모한테 정통으로 걸려가지고 학교가 발칵 뒤집혔던 모양입니다. 세상에 이게 말이 되는 소리입니까? 인두겁을 쓰고 선생이 어떻게 그런 짓을!"

교감이 몸을 부르르 떨며 소리쳤다.

반면 신혁은 아주 무덤덤했다. 스스로가 생각을 해도 아주 이상한 일이었다. 교감보다 정원을 더 신뢰해서 그런지 몰라도 아무런 영향을 받지 않았다. 정원과 이미 대화를 주고받은 일이 있어서 그럴 수도 있겠지만 그런 일이 없었다 하더라도 흔들리지 않았을 거라는 생각이 들었다.

교감이 무슨 말이라도 해보라는 식으로 계속 신혁을 빤히 쳐다보았다.

신혁은 차분하게 입을 열었다.

"강 선생이 그 남학생은 원치 않는데 그렇게 끌고 다녔다는 말씀입니까?"

"정황으로 미루어볼 때 강압적으로 그런 것 같습니다."

"강압적으로요?"

"네."

"그 학생이 그렇게 진술을 했습니까?"

"협박을 받았는지 좀처럼 입을 열지 않았다고 합니다."

신혁은 잠시 골똘하게 생각한 후 다시 입을 열었다.

"그럼 강 선생은 그렇다고 인정했습니까?"

"학교를 그만뒀다는 게 뭡니까? 인정을 하고 책임을 지겠다는 뜻 아닙니까?"

"교감선생님께서 보실 땐 강 선생이 그럴 만한 사람인지요?"

"열 길 물속은 알아도 한 길 사람의 속은 모른다 하지 않습니까? 겉은 멀쩡해도 이중적인 삶을 살아가는 사람들이 얼마나 많습니까? 우리는 지금 강 선생한테 속고 있는 겁니다."

신혁은 또 한 번 짧게 침묵했다가 다시 입을 뗐다.

"지난번 스승의 날 사제 간 축구시합 할 때 보니까 교감선생님 아주 잘 달리시더군요."

"네? 갑자기 그 얘긴 왜?"

당황한 눈치였다. 이제껏 했던 이야기와 전혀 상관없는 소리니 당연한 일이었다.

"꾸준히 운동을 하시나 봅니다. 아주 건강해 보이셨습니다."

그래도 칭찬을 해주니 기분이 좋아졌는지 교감이 입을 헤벌쭉 벌렸다.

"그래도 나이가 있어서 힘이 부치기는 합니다. 그날 애들하고 몸싸움하느라 몸살이 나서 아주 죽을 뻔했으니까요."

"요즘 애들이 키도 크고 힘도 세죠? 말도 안 듣고 제멋대로 행동하는 경우도 많고요."

"그럼요. 아주 못 당합니다. 애들 다루기가 점점 힘들어져 가는 세상입니다. 하하하!"

교감이 너털웃음을 호탕하게 터뜨렸다.

신혁도 그런 교감에게 미소를 지어 보였다.

"그런데 여자인 강 선생은 가능하군요."

"네?"

교감의 얼굴에서 웃음이 싹 사라졌다.

"강 선생이 제아무리 생김새가 남자 같아도 여자 아닙니까? 그런 여선생이 강압적으로 남학생을 끌고 다니면서 파렴치한 행동을 했다는 게 놀라워서 한번 여쭈어보는 겁니다."

할 말이 없어졌는지 교감이 헛기침을 하며 입을 꾹 다물었다.

"요즘 아이들, 교실에서 선생이 체벌하면 동영상 찍어 인터넷에 올리기도 하고 경찰을 부르기도 하는데 그 학생은 왜 입을 다문 것일까요? 한두 번도 아니고 여러 번 그런 일을 당했는데도 말이죠."

"어린애가 뭘 알겠습니까? 잠시 자기도 선생을 사랑한다고 착각한 모양이겠지요."

"누구 말대로 취향이 참 독특한 학생인가 봅니다."

신혁은 정원이 했던 말을 떠올리며 작은 웃음을 머금었다.

"네? 그게 무슨 말씀이십니까?"

"학생들이 강 선생을 형님이라고 부르잖습니까. 여자로 보이지 않으니까 그렇게 부르는 거 아닙니까?"

"그거야 그렇지만…… 아무튼 교사가 학생과 그런 곳을 드나드는 자체가 잘못된 일입니다!"

자신의 주장한 바가 논리적으로 부족한 면이 많다는 걸 깨달았는지 교감이 무조건 우겨댔다.

"무슨 피치 못할 사정이 있었겠죠."

"교장선생님도 그러시더니 이젠 이사장님께서도 강 선생을 옹호하시는 겁니까? 그렇게 만만하게 보실 일이 아닙니다. 이건 40년……."

신혁은 시니컬하게 교감의 말을 끊으며 되받았다.

"40년 전통을 가진 저희 학교의 위신과 명예가 걸린 문제이니 신중하게 생각해 보자는 겁니다. 확실한 증거도 없이 사람을 벼랑 끝으로 내몰 수는 없는 일 아닙니까?"

"아니, 직접 두 눈으로 본 사람들이 많은데 무슨 증거가 더 필요합니까?"

"보이는 게 다가 아니다, 라는 말도 있잖습니까. 스승의 날 못 보셨습니까? 강 선생의 제자들이 꽃을 들고 직접 찾아왔습니다. 과연 강 선생의 행실이 교감선생님께서 말씀하신 대로 문제가 많았다면 그런 방문을 했겠습니까? 그것 또한 강압인지요?"

교감이 아주 못마땅하다는 듯 계속 헛기침을 해댔다.

신혁은 이쯤에서 끝낼 생각이 없다는 식으로 말을 이어갔다.

"누구나 그렇겠지만 교사는 특히 명예를 중요시하는 사람이라 불명예나 오명을 가장 견디기 힘들어하는 걸로 알고 있습니다. 제 말이 맞습니까?"

"맞습니다."

"물론 교사가 제자와 늦은 시간에 유흥업소에서 함께 나왔다는 것은 이유가 무엇이든 간에 충분히 오해를 살 만한 일입니다. 반사회적인 행위라 논란이 되고 비난받을 여지가 있습니다."

"있다마다요."

교감이 냉큼 수긍했다.

"하지만 교직에 몸담는 일이 쉽지 않다고 들었습니다. 하고 싶다고 모두가 할 수 있는 직업이 아니라고 들었습니다. 그런데 강 선생이 그것을 포기했습니다. 그 정도면 보통의 마음가짐이 아니었을 겁니다. 교감선생님께서 하신 말씀에 따르면 분명 책임을 진 사람은 있는데 정확한 사유를 아는 사람이 없습니다. 그건 뭘 뜻하는 겁니까? 끝까지 밝힐 수 없는 일이라는 의미 아닙니까? 두 사람이 지키고자 하는 게 무엇인지 알 수는 없지만 그것을 지키기 위해 일을 그런 식으로 마무리할 수밖에 없었던 게 아니냐는 겁니다."

더 이상 어떤 말을 해도 소용이 없을 것 같다는 생각을 했는지 교감이 잠시 침묵했다가 입을 열었다.

"글쎄요. 이사장님께서 아무리 그렇게 말씀을 하셔도 전 납득이 되질 않습니다. 이때까지 뭘 지키기 위해 어렵고 힘들게 얻은 자신의 직업을 내던지는 사람을 본 적이 없어서 말입니다. 아무튼 이사장님께서는 강 선생을 처분하실 생각이 없으신 것 같으니 일단 그렇게 알고 물러가겠습니다. 어차피 정교사도 아니고 기간제 교사니 한 학기만 더 두고 보면 되는 일이니까요. 그때까지 아무 문제가 없기를 진심으로 바랍니다. 하지만 영 미덥지가 못하군요. 이만 가보겠습니다."

교감이 자리에서 일어나 고개를 숙인 후 문을 향해 걸어갔다. 문이 닫히고 이사장실은 다시 빗소리만 가득해졌다.

애초부터 그는 정우를 휘어잡을 생각으로 정원을 끌어들였다. 그래서 그로 비롯된 결과에 대해서는 당연히 연대책임보다 더 큰 책임을 져야 한다고 생각했다. 그래서 정원의 입장을 열심히 대변하고 변호했던 것이다.

물론 정원이 잘못해서 그런 일이 벌어진 게 아닐 거라는 확신은 들었다. 하지만 언제까지 아는 것 하나 없이 짐작과 추리만 가지고 감쌀 수는 없는 일이었다.

정원도 또한 그럴 수밖에 없었던 일에 대해 해명하지 않는다면 앞으로도 계속 이런 식의 추궁과 오해를 반복적으로 받게 될 것은 너무나도 자명한 일이었다. 본인도 그 사실을 잘 알고 있는 듯했다. 그러니까 그날 밤 앞으로 닥칠 일을 모두 예상하고 주눅 들은 모습으로 무슨 일이 있어도 자신을 믿을 수 있겠냐는 질문을 했던 게 아닐까 싶었다.

정원은 약해지지 않겠다고 약속했다. 하지만 신혁은 살짝 불안해졌다. 정원은 벼랑 끝에 몰린 상황에서도 지켜야 할 게 있다면 목숨을 부지하기 위해 무릎을 꿇거나 빌지 않고 그냥 뛰어내려 버릴 그런 성격의 소유자였기 때문이다.

강정원 씨, 도대체 당신은 무엇을 지키고 싶었던 겁니까?

신혁은 이루 말할 수 없는 답답함을 느끼며 긴 한숨을 내쉬었다.

23

　학교에서 가장 마음을 편히 할 수 있는 곳은 보건실이었다. 적어도 정원한테 보건실은 그런 의미를 지닌 곳이었다. 육체적인 아픔뿐만 아니라 마음의 상처도 치유되는 곳, 휴식처이자 피난처가 되어주는 곳.

　정원은 보건실을 찾았다. 잠시 들러 가라는 마 선생의 연락을 받고 온 것이었다.

　보건실 문을 열자 여러 가지가 뒤엉킨 한약재의 향기가 짙게 풍겨 나왔다.

　정원은 코를 킁킁거리며 안으로 들어섰다.

　"안녕하세요, 마 선생님. 그런데 이거 오미자, 황기, 구기자,

둥굴레, 인삼, 생강, 계피죠?"

"후각이 뛰어나신 모양입니다. 대부분 맞았습니다. 앉으세요."

마 소재로 만든 여름 생활한복을 입은 마 선생이 뭔가를 우린 붉은 빛깔의 물을 유리잔에 담아 정원에게 건넸다.

"이게 뭔가요?"

"인삼, 맥문동, 오미자를 넣고 달인 생맥산차라고 합니다. 한 번 마셔보십시오."

정원은 한 모금 입에 넣고 향과 맛을 음미했다.

"쓰지도 않고 달달하니 좋은데요."

"애들도 그렇게 생각하고 먹어야 하는데 주면 독약이나 사약인 줄 알고 달아납니다. 옛날 궁중에서 애용했던 음료인 줄도 모르고 말입니다. 음식이 곧 약인데 알약 같은 것만 약인 줄 알고 자꾸 그런 것만 달라고 하니 큰일입니다."

"아, 애들한테 주려고 만드신 거군요."

"애들이 절 달리 마귀할멈이라고 부르는 게 아닙니다. 이상한 걸 만들어서 준다고 생각하니 자꾸 그런 식으로 부르는 겁니다."

"전 좋은데 왜 그러는 걸까요?"

"좋은 것을 볼 줄 모르는 눈과 잠시 잠깐의 고통도 감내하지 못하는 여림 그리고 저에 대한 믿음이 부족해서지요."

정원은 마 선생을 향해 빙그레 웃으며 한 모금을 더 마셨다.

"이거 먹으면 먹을수록 끌리는 묘한 맛이 있네요. 좋은 것만 넣어서 그런 건가 봐요."

"사람도 그런 사람이 매력이 있는 겁니다. 강 선생님처럼."

"네? 무슨 말씀을요. 과찬이세요."

정원은 손까지 흔들어가며 부끄러워했다.

마 선생이 이번에는 책상 쪽으로 걸어가 종이 쇼핑백을 들고 와 정원에게 안겼다.

"받으십시오."

"이게 뭔가요?"

"저도 모릅니다. 누가 강 선생한테 전해달라고 해서요."

"그 사람이 누군가요?"

"노신혁 이사장입니다."

예상치 못한 대답에 정원은 순식간에 사색이 되었다. 그리고 자기도 모르게 사레들린 기침을 짧게 내뱉고 말았다. 이제는 얼굴이 점점 벌겋게 달아올랐다. 이래 가지고 신혁과의 관계를 끝까지 숨길 수 있겠나 싶었지만 어쩔 수가 없는 일이었다.

"뭘 그렇게 놀라십니까? 그 안에 사약이나 해고통지서라도 들어 있을까 봐 그러는 겁니까?"

"아, 아뇨. 그, 그런 게 아니라……."

정원은 갑자기 헷갈리기 시작했다. 마 선생이 뭔가를 더 알고 있는 것 같은데 어떤 내색도 하지 않았기 때문이다.

"무슨 말을 한 건 아니지만 직접 전해줄 수 없는 사정이 있어 보였습니다."

"아…… 네……."

"이런 부탁을 들어줄 사람으로 제가 가장 적당하다고 생각한 모양입니다."

"네……."

점점 목소리가 기어들어 갔다. 정원은 이 상황에서 마 선생한 테 신혁과의 연애 사실을 밝혀야 하나 마나 심각하게 갈등했다.

"젊은 남녀가 만나 연애하는 게 뭐 죄라도 됩니까? 뭘 그렇게 세상 다 끝난 것 같은 얼굴을 하고 계십니까."

그녀의 마음을 죄다 읽어버린 마 선생이 안심하라는 듯 부드 러운 미소를 지어 보였다.

"이미 알고 계셨군요."

"제가 예전에도 그랬잖습니까. 들은 말이 없어도 알게 되는 경우가 있다고 말입니다."

"가끔 보면 마 선생님은 정말 모든 걸 다 알고 계신 것 같아 요."

"제가 신이 아닌 이상 어떻게 모든 걸 다 알고 꿰뚫어 볼 수 있겠습니까. 다만 세월이 제 젊음을 앗아간 대신 독심술을 주었 나 보죠."

"사실 그동안 학교에 좋은 영향을 끼칠 수도, 좋은 소리도 들 을 수 없을 것 같아 밝히지 못했어요. 죄송해요."

"개인적인 사생활인데 공공연하게 밝힐 게 뭐가 있고 저한테 죄송할 일이 뭐 있습니까?"

"사실이면서도 아닌 척 연기하는 거 앙큼하고 발칙하게 보일 수 있으니까요."

"의도를 제대로 파악하고 있었기 때문에 전혀 그렇게 생각하지 않았습니다."

"사내연애…… 문제가 된다고 생각하지 않으세요?"

"끝까지 예쁘게 가면 문제될 게 없습니다."

정원은 마 선생을 말없이 물끄러미 쳐다보다가 입을 열었다.

"끝까지라면 결혼을 말씀하시는 건가요?"

염려스런 말투였다.

"그렇습니다."

"가볍게 생각하고 시작한 것은 아니었지만 끝까지 갈 수 있을지는 잘 모르겠어요. 그게 저 혼자 원한다고 해서 되는 일도 아니고요."

"그 점에 대해서는 염려 안 하셔도 될 것 같습니다."

"네? 그게 무슨 뜻인가요?"

"이사장은 쉽게 사람을 믿고 모든 걸 내어줄 사람이 아닙니다. 끝까지 갈 자신과 확신이 없더라면 아예 시작도 하지 않았을 겁니다. 이사장을 좋아하고 있다면 그냥 믿고 모든 걸 맡기십시오. 이사장, 믿을 만한 사람입니다. 평생을 맡겨도 부도나 파산할 염려 없는 사람입니다. 그건 제가 보증하겠습니다."

"이사장님을 잘 아세요?"

"오랜 세월 지켜봤으니 잘 안다 할 수 있습니다."

"저는 바보 같은 면이 많아서 누가 믿으라고 하면 곧이곧대로 믿어버리는 경향이 있어요. 믿음없이 인간관계가 형성되고 유지될 수 없다고 생각하니까요. 설사 그게 상대방의 거짓된 말과 행동으로 판명되어 제가 곤란한 상황에 처하게 되더라도 저는 제가 가졌던 믿음을 후회하지는 않아요. 바보 같은 믿음이라고 해도 제 믿음의 모양과 색깔과 성격은 그 정도니까요. 전 예전에도 그렇게 살았고 현재도 그렇게 살고 있고 미래에도 아마 그런 믿음을 가지고 살아갈 거예요. 그러니 저는 별문제가 없어요. 문제는 사람에 대한 믿음, 특히 여자에 대한 믿음이 없다고 했던 그분이에요. 그런 분한테 제가 가진 그런 믿음과 동일한 믿음을 기대하는 건 욕심이니까요. 물론 그분은 무슨 일이 있더라도 저를 믿어주시겠다고 했어요. 그리고 신뢰를 받고 싶은 사람한테서 신뢰를 받지 못하는 사람의 심정이 어떻다는 걸 누구보다 잘 알고 있다고도 하셨고요. 하지만 그게 말처럼 쉬운 일은 아니잖아요. 의지를 가졌다 해도 언제든지 바뀔 수 있는 거니까요. 그런데……."

정원은 잠시 말을 끊었다. 솟구치는 감정으로 가슴이 먹먹해졌기 때문이다. 시간이 필요했다. 감정을 정리할 시간이.

"제가 그분을 많이……."

사랑이라는 말이 튀어나오려 했다. 정원은 잠시 그 말을 붙잡고 놓아주지 않았다. 말이라는 건 한 번 내뱉으면 주워 담을 수도 없고 그 말이 당사자에게 전해져 부담으로 작용할 수 있기 때문이었다. 정원은 말의 의미를 줄이기로 했다.

"좋아하나 봐요. 그래서 혹시라도 저한테 느끼실 실망을 생각하면 마음이……."

괴롭다, 아프다, 찢어진다, 라는 말을 하고 싶지만 이번도 마찬가지였다.

"좋지 않아요."

정원은 마 선생이 이런 말들을 이해할 수 있을까 싶었다. 구체적이지도 않고 피상적이라 이해하기 힘든 말들을 말이다.

"속단은 금물입니다."

"제 그릇이 많이 부족한 모양이에요."

"이사장이 강 선생의 그릇을 충분히 받쳐 줄 만한 그릇을 가지고 있기를 바라야겠군요."

"그래 준다면 더할 나위 없이 기쁘겠지만 설사 그러지 못하더라도 그분을 원망하지는 않을 거예요. 지금까지 보여준 마음과 믿음만으로도 충분하니까요."

정원은 마 선생에게 애써 씩씩하게 웃어 보이려 했다.

퇴근 후 집에 돌아온 정원은 신혁이 보낸 쇼핑백을 열어보지 못하고 그냥 보고만 있었다. 안에 무슨 내용물이 들어 있는지 그가 어떤 의도로 보낸 건지 알 수가 없었기 때문이다.

비 오는 밤에 만난 이후로 신혁한테서 일주일째 아무런 연락을 받지 못했다. 물론 그는 그날 밤 그녀에게 충분한 양의 물, 마음, 믿음을 주고 갔다. 그래서 이때까지 잘 버틸 수 있었던 것이다.

그런데 갑자기 그가 그녀에게 물건을 직접 주지 않고 남을 통해서 전달한 것이다. 순간 덜컥 겁이 났던 것도 사실이다. 사정이 있어 보였다고 하지만 어떤 사정인지 모르는 상태이다 보니 불안할 수밖에 없었던 것이다. 그래서 더욱 열어보기가 힘들었다. 열어보고 나서 생길 감정이 더 두려워서였다.

"강정원, 너 그동안 모아둔 깡다구는 다 어디다 팔아먹은 거니? 왜 이렇게 소심한 겁쟁이가 되어버렸어? 이별통지서라도 받으면 죽기라도 하는 거야?"

정원은 자신을 통렬하게 꾸짖었다.

"그래, 이건 나답지 않아. 뭐가 무서워? 세상에 태어나 사랑할 수 있는 기회가 단 한 번밖에 없는 것도 아니고 말이야. 강정원, 바보처럼 굴지 말자!"

정원은 마음을 바꿔 쇼핑백을 열어보았다. 파란색 포장지로 싸인 상자가 나왔다. 조심스럽게 테이프를 떼어냈더니 안에 파란색 편지봉투와 신형 휴대폰이 나왔다.

"휴대폰까지 보낸 거 보면 이별통지서는 아닌가 보네."

정원은 불안감을 떨쳐 버리고 편지를 뜯어보았다.

신혁이 직접 손으로 쓴 글씨가 눈에 들어왔다.

"뭐야? 이거."

정원은 읽어보기도 전에 웃음이 빵 터져 버렸다. 글씨가 초등학생이 쓴 것처럼 악필이었기 때문이다.

To. 강정원

저 웬만해서는 손으로 글 안 쓰는 사람입니다.

이유는 말하지 않아도 잘 아실 거라 생각합니다.

휴대폰 하나 보냅니다.

사정이 있어 다른 사람의 명의로 두 개 마련했습니다.

이 번호는 절대 아무한테도 말해주지 마십시오.

유진, 정우 No! 마 선생님도 No!!

우리끼리만 비밀리에 씁시다.

파란색은 믿음과 신뢰를 상징하는 색입니다.

어떤 일이 있더라도 끝까지 믿고 기다리기로 합시다.

변하지 말고……

대답은 이 번호로 듣겠습니다.

010—XXXX—XXXX

참! MP3에 저장해 둔 노래 중에 첫 번째 노래 듣고 전화하십시오.

꼭입니다.

From. 노신혁

정원은 괜한 걱정을 했다는 결론을 얻었는데도 괜히 눈시울이 화끈거렸다. 계속 웃고 있는데도 눈물이 나올 것만 같았다.

"에이씨, 내가 왜 이러지?"

정원은 손등으로 뜨뜻해진 눈가를 쓱 문질렀다. 손등에 물기가 묻어 있었다.

"어라, 나 진짜 우는 거야?"

이때까지 살면서 어떤 일이 생겨도 좀처럼 눈물을 보이지 않았던 터라 정원은 스스로도 황당해했다.

"이거 뭐 고맙고 기뻐서 웃고 울고, 어이없어 웃고 울고……나 진짜 미쳤나 보다."

정원은 휴대폰의 전원을 켜고 MP3에 담긴 노래 목록을 살펴보았다. 꽤 많은 곡이 담겨 있었다. 첫 번째로 선정된 곡은 You make it real이라는 제목의 노래였다. 재생버튼을 눌러보았다. 잔잔한 기타선율에 이어 외국 남자 가수의 목소리가 들려왔다.

자기를 미치게 하는 일들이 너무 많이 벌어져 숨을 쉬기가 힘들다고 하소연하고 있었다.

정원은 깨달았다. 신혁이 노래를 통해 그녀에게 자신의 감정과 기분을 전달하고 있다는 사실을.

노랫말대로라면 그녀는 방황하는 신혁을 제자리로 돌려놓고 살아 있다는 것을 느끼게 해주는 사람이었다.

신혁은 그녀를 향해 달려가고 있으며 자기를 구원해 준 유일한 사람인 그녀를 그리워하고 있었다.

노랫말이 자꾸 그녀의 심장을 흔들어댔다. 정원은 눈물을 참으려고 입술을 꽉 깨물었다.

그가 누군지 알고 있는 단 한 사람, 멀리서도 빛나는 사람인 그녀에게 잘하고 싶고 곁에 있고 싶다고 했다. 그리고 앞으로 배워야 할 게 많지만 함께 있다면 어느 길로 가야 할지 알 테니 그가 가야 할 길을 알려달라고 부탁하고 있었다.

정원은 눈물을 참으려고 해도 참을 수가 없었다. 계속 흘러내리는 눈물을 막을 길이 없었다. 빨리 신혁의 목소리를 듣고 싶은데 이런 상태로는 무리라서 속상해지기까지 했다.

"아우, 진짜 나 왜 이래? 단단히 미쳤나 봐."

정원은 눈물 닦는 것을 포기하고 두 손으로 얼굴을 가리고 울기 시작했다.

한참 후에 정원은 빨개진 눈과 코를 해가지고 신혁에게 전화를 걸었다.

신혁이 냉큼 전화를 받았다. 그리고 버럭 호통을 치기 시작했다.

[왜 이제야 전화를 하는 겁니까? 마 선생님이 진작 전해줬다고 했는데 말입니다.]

정원은 빙긋 웃었다. 호통을 치는데도 기분이 나쁘지 않았다. 오히려 빨리 목소리를 듣고 싶었다는 말로 들려서 기분이 좋았다.

"저 많이 바쁜 사람이에요."

[헐.]

신혁이 그녀가 자주 쓰는 감탄사를 썼다.

웃음이 나왔다. 정말 울다가 웃다가 이 무슨 짓인지 알 수가 없었다.

"저녁 드셨어요?"

정원은 감정 흔들어대는 이야기 말고 평범한 대화를 하고 싶어 그렇게 물었다.

[내 편지 읽었습니까?]

신혁이 동조할 수 없다는 듯 되돌려놓았다.

"네."

피할 수 없을 것 같아 정원은 순순히 답했다.

[그런데 하라는 대답은 안 하고 왜 딴소리를 하는 겁니까?]

"목소리 들으면 아실 거 아니에요. 아직도 말과 글로 표현해야 알아들을 수 있는 단계인가요?"

[헐. 예상외의 반응이라 무척 당황스럽습니다.]

"잊으셨어요? 욕심 안 부릴 테니까 죽지 않을 만큼의 관심만 가지고 있으라면서요. 다가가면 밀어내거나 도망치지 말고 그냥 지켜보기만 하라면서요. 보다 보면 알게 될 거고 그러다 보면 시간이 내린 결론을 수용할 수 있지 않겠느냐며 아무것도 하지 말고 이대로 변하지만 말고 있으라면서요. 그래서 말 잘 듣고 있는데 무슨 대답을 원하시는 거예요?"

[그럼 앞으로도 말 잘 듣겠다고 하십시오.]

"애들이 삐뚤어지는 이유를 알 것도 같아요."

[또 하라는 대답은 안 하고 무슨 소리입니까?]

"한 말 또 하고 또 하니까 그렇죠."

[불안하니까 그러는 겁니다. 어디로 도망칠까 봐.]

"도망 안 쳐요. 됐죠?"

확신을 주듯 말했다.

[정원 씨가 이해하십시오. 내가 원래 믿음이 부족한 사람이잖습니까.]

"그래요. 착한 내가 이해할게요."

잠시 아무런 말이 없었다.

"이 침묵은 수긍할 수 없다는 뜻인가요?"

[이 집에도 스스로를 착하다고 말하는 사람이 하나 더 있어서 그러는 겁니다.]

"누구요? 강현 씨요? 아니면 정우?"

[우리 가문은 그런 뻔뻔한 사람 안 키웁니다.]

"착해서 착하다고 하는 건데 왜 그게 뻔뻔한 거죠?"

[그건 남이 해줘야 하는 말이지 스스로가 하면 좀 우스워지는 말이잖습니까.]

"그래도 착한 건 변하지 않잖아요. 착하지 않은 사람이 자기가 착하다고 하는 게 뻔뻔하고 우스운 거죠."

[듣고 보니 일리가 있는 것 같습니다.]

"제가 착하지 않다고 생각하니까 그렇게 보이시는 거예요."

[그게 그렇게 되는 겁니까?]

"네. 그렇게 되는 거예요."

[그럼 그렇다고 해둡시다.]

"해두는 게 아니라 그렇다니까요."

정원은 장난스럽게 끝까지 우겼다.

[알았습니다. 강정원 씨와 송강현 씨는 착한 본능을 가진 착한 바보들입니다. 됐습니까?]

"바보라는 말이 거슬리는데요?"

[그건 강현 씨가 써먹은 말이니까 저한테 따지시면 안 됩니다.]

"그래요? 그럼 무슨 이유가 있어서 그랬겠죠."

[강정원 씨.]

"네?"

[저도 질투할 줄 아는 남자입니다. 그런 식으로 말씀하시면 강현 씨한테 불이익이 생길 수도 있습니다.]

"제가 그런 옹졸한 남자를 좋아했단 말이에요?"

신혁이 아무런 말을 하지 않았다가 꾸짖기 시작했다.

[제가 지난번에 한 말 다 잊었습니까? 앞으로 마음을 보여줄 때는 주의 깊게 잘 들으라고 예고하고서 해야 한다고 그랬을 텐데요.]

"아, 맞다. 깜박했어요. 죄송해요."

[죄송한 줄 알면 벌받으십시오.]

"벌이요?"

[네. 벌로 강정원은 노신혁을 좋아한다, 라고 세 번만 크게 말해주십시오. 아니, 삼십 번.]

신혁다운 요구사항에 정원은 소리없이 웃음을 터뜨렸다.

"벌은 다시는 그러지 말라는 의미로 주는 건데 앞으로 좋아한다는 말 무서워서 하지 못하겠네요."

[그런 식으로 교묘하게 빠져나가겠다는 겁니까?]

"그러니까 벌을 주지 말고 부탁을 하셔야죠."

[저더러 구걸을 하라는 말씀입니까?]

"구걸하고 부탁까지 비교 설명해 드려야 하나요?"

[그 말이 뭐가 하기 힘들다고 계속 요리 빼고 조리 뺍니까?]

"그럼 하기 쉽다는 소리인가요? 어디 그럼 한번 해보세요."

[노신혁은 강정원을 좋아한다. 노신혁은 강정원을 좋아한다. 노신혁은 강정원을 좋아한다.]

정원은 입을 가려 웃음소리가 새어나가지 않게 했다.

신혁이 끝없이 읊어댔다. 주문처럼 들렸다.

그러다 멀찍이서 누군가의 음성이 들려왔다.

[지금 뭐 하시는 겁니까?]

강현의 목소리로 추정되었다.

신혁이 깜짝 놀랐는지 말을 중단했다. 곧 신혁의 벼락같은 호통이 들려왔다.

[내 집에서의 프라이버시 침해, 인권유린은 절대 용납하지 않을 거라고 몇 번을 말합니까! 자꾸 이러면 감봉 조치하는 수가 있습니다!]

[억울합니다! 저는 분명히 노크하고 들어왔습니다!]

강현의 항의하는 목소리가 잇따라 들려왔다.

[아무튼 지금은 나가 계십시오! 저 통화중입니다!]

[강 선생님! 우리 이사장님 좀 말려주십시오! 저도 먹고살아야 할 거 아닙니까!]

곧이어 강현이 쫓겨났는지 문 닫히는 소리가 꽝 하고 들려왔다.

정원은 옥신각신하는 둘의 대화가 웃겨 웃음을 터뜨렸다.

[괜한 짓 했나 봅니다.]

후회가 담긴 신혁의 목소리가 들려왔다.

"거 보세요. 그게 그다지 효과가 좋은 벌이 아니라니까요."

[너덜너덜해진 저를 위한 보상 같은 거 없습니까?]

"어떤 보상을 원하시는데요?"

[그걸 꼭 제 입으로 말해야 합니까? 헤아려서 해주면 되지?]

정원은 웃고 있다는 걸 눈치 채지 못하게 주의하며 신혁이 원하는 대로 해주었다.

"강정원은 노신혁을 좋아해요. 정말 좋아해요. 진짜 좋아해요. 너무 좋아해요. 진심으로 좋아해요. 앞으로도 좋아할 것 같아요. 이대로 쭉 좋아할 것 같아요. 이제 만족하세요?"

물어도 대답이 없이 조용했다.

"듣고 계신 거예요?"

[듣고 있습니다. 듣고 있는데 후회가 생깁니다.]

해달라고 해서 넘칠 정도로 해주었는데 신혁이 이해하지 못할 말을 했다.

"후회라니요?"

[사랑한다는 말로 해달라고 할 걸 하는 후회요.]

정원은 어이가 없어 웃음을 터뜨리고 말았다.

[하아.]

신혁이 갑자기 한숨을 내쉬었다.

"왜 한숨을 쉬고 그러세요?"

[당분간 얼굴 보기가 좀 힘들 거라는 말을 하기 싫어서 그럽니다.]

사정이 있다고 하더니 그 말을 하려는 모양이었다.

"이렇게 목소리 들으면 되잖아요."

[이유는 묻지 않는 겁니까?]

"그럴 만한 이유가 있겠죠. 그러니까 믿고 기다려 달라고 한 거 아니었나요?"

정원은 신혁의 마음을 편하게 만들어주고 싶었다.

[그래요. 믿고…… 기다려 줘요. 곧…… 갈 테니까…… 기다려요.]

"네. 믿고 기다릴게요. 염려하지 마세요."

정원은 든든해진 마음을 보여주기 위해 힘을 주어 말했다. 환한 미소를 보여주지 못한 게 안타까울 따름이었다.

24

기말시험 기간 중 토요일이었다.

밤을 새다시피 해서 공부를 한 정우는 학교에 가고 없었다.

정우는 신혁과 함께 지내느라 대중교통으로 한 시간 거리의 집과 학교를 오갔다. 차로 데려다 주고 싶었지만 정우는 학교에 신혁과의 관계가 알려지는 게 싫다며 그것도 마다했다. 그래서 가끔씩 중간지점까지만 데려다 주는 선에서 합의를 보았다.

강현이 그런 식으로 정우를 데려다 주고 집으로 돌아왔다. 그리고 신혁과 함께 거실 소파에 앉아 그동안 조사한 내용을 보고했다.

"신상이 공개되지 않아 정보를 얻는 데 어려움이 많았습니다.

이름은 듀크 해밀턴, 기사에서는 전은영 씨보다 12살 더 많은 47세의 이 모 씨라고 했지만 조사해 본 바로는 53세의 어마어마한 재력을 지닌 미국인 사업가였습니다. 미국 실리콘밸리 슈퍼드림그룹의 설립자로 현재는 경영에 직접 간여하지 않고 고문으로 도움을 주고 있다고 합니다. 사업 관련해서 한국에 자주 드나들다 한국에 매력을 느끼고 아예 거처를 마련해 몇 달씩 머물기도 한다고 합니다. 지인한테 전은영 씨를 소개받아 만나다 결혼을 결정한 모양입니다. 이혼 경력도 세 번이나 있었습니다. 그런데 특이한 점은 친자식이 없다는 것이었습니다. 입양해서 기르고 있는 자식들은 2명이 있는데 다 15살 미만의 딸들입니다."

신혁은 강현의 설명을 듣다가 눈을 가늘게 접었다.

"친자식이 없다는 게 확실합니까?"

"네. 아무래도 아이를 낳을 수 없는 경우인 것 같습니다."

신혁은 비로소 은영의 의도를 간파한 것 같은 기분이 들었다. 배우자가 될 남자의 후계자가 없는 것을 노려 정우를 끌어들일 셈이었던 것이다. 생각할수록 치가 떨렸다. 신혁은 터져 나오는 한숨을 간신히 삼켰다.

"설마 정우를…… 아니겠죠?"

강현이 똑같은 생각을 했는지 되물었다.

"그러고도 남을 여자입니다."

"그런데 전은영 씨 혼자만의 앞선 생각이 아닐까요?"

강현이 고개를 갸웃거리며 자신의 생각을 밝혔다.

"남자는 정우를 자신의 후계자로 삼아 재산을 물려줄 생각이 없는데 전은영 씨가 혼자 설레발을 치고 있다는 말씀인가요?"

"저는 왠지 그런 생각이 자꾸 듭니다. 조사에 의하면 남자는 사재를 출연해 사회 복지 사업도 많이 하고 있는 사람이었습니다. 전 재산을 사회에 환원하겠다는 의사를 밝힌 적도 많고요."

"전은영 씨한테는 쉽지 않은 게임이 되겠군요. 하지만 남자를 구워삶을 자신이 있으니까 저렇게 덤벼드는 것일 겁니다. 결혼 전에 자신의 속셈을 드러내지 않으면서 교묘하게 접근해 통째로 삼킬 작정이겠죠."

"의도한 대로 될지 안 될지는 두고 봐야겠군요."

"문제는 정우입니다. 나중에 친모한테 이용당한 것을 알고 분명히 엄청난 충격과 좌절감에 빠질 텐데……."

신혁은 답답한 심정을 토로했다. 어쩔 수 없이 싸늘한 주검으로 발견되었던 정빈의 모습이 머릿속에서 되살아났다. 아무리 붙잡고 목 놓아 불러도 정빈의 영혼은 이미 되돌아올 수 없는 강을 건너 버린 상태였다. 그때 느꼈던 가늠할 수 없는 분노와 가슴을 뚫어버릴 것만 같았던 원한을 생각하면 지금도 소름이 다 돋을 지경이었다.

"정우 지키셔야 합니다. 어떻게 해서라도 지키셔야 합니다. 꼭 지키셔야 합니다."

강현이 힘을 실어주듯 말했다.

"맞습니다. 저는 정우를 반드시 지켜야 할 사람입니다."

신혁은 다시 한 번 굳은 결의를 다졌다.

"그런데 진짜 골머리 앓을 것 없이 그냥 이 녹음기 확 틀어주면 안 됩니까? 그럼 친엄마가 검은 마수를 뻗칠 생각으로 접근했다는 걸 다 알게 될 거 아닙니까."

강현이 탁자 위에 올려둔 볼펜을 들고 설쳤다.

"전에도 말씀드렸지만 그 또한 정우한테 큰 충격과 좌절감을 안기는 몹쓸 짓이 되고 말 것입니다. 그럴 순 없습니다."

"하도 답답해서 해본 소리였습니다. 그래도 자기를 낳아준 엄마인데 그 정도일 거라고는 생각도 못하겠죠. 아마 저라도 저희 어머니가 그랬다면 게거품 부질부질 뿜어내며 쓰러졌을 겁니다."

"저라고 왜 그런 마음이 들 때가 없겠습니까. 하지만 정우한테 진실을 밝히는 과정에서 친모에 관해 더 이상 깎아내릴 수 없을 만큼 깎아내린 것 같아 더는 그러고 싶지 않을 뿐입니다."

"에후, 정말 보기 딱해 죽겠습니다. 딴 데 정신 안 팔고 코피 터져 가며 공부만 하고 있는 정우나 강 선생한테 피해갈까 싶어 제대로 만나지도 못하는 이사장님이 왜 그렇게 안쓰러운지 모르겠습니다."

그때였다. 거실 탁자 위에 올려두었던 신혁의 휴대폰이 울렸다.

신혁은 휴대폰을 들고 발신인을 확인했다. 은영이었다. 은영의 의도가 파악된 상황이니 더 피할 이유는 없었다. 이제는 앞으로 어떤 식으로 일을 전개할 생각인지 알아볼 필요가 있었다. 신혁은 통화버튼을 누르고 전화를 받았다.

"노신혁입니다."

신혁은 침착한 목소리를 냈다.

[웬일로 빨리 받으시나요? 피할 만큼 피하신 모양이지요?]

조롱 섞인 은영의 목소리가 귀를 파고들었다.

"귀찮지만 하도 애를 졸이시는 것 같아 받은 것뿐입니다."

흔들림 없이 느긋하게 말했다.

[그래, 생각은 좀 해보셨나요?]

"생각이랄 게 뭐 있습니까? 말도 안 되는 주장을 해대는 사람이 어서 각성이나 했으면 하는 마음으로 있는 거죠."

[정우를 못 주겠다는 말인가요?]

날카로움이 느껴지는 목소리였다.

"누누이 말하지만 정우는 주고받을 수 있는 물건이 아닙니다. 자신의 탐욕보다 아이의 미래를 좀 생각하십시오."

[내가 당신네들보다 못할까 봐?]

은영이 비웃음 섞인 목소리로 말했다.

"잘 먹이고 잘 입힌다고 아이가 행복해지는 건 아닙니다. 애정 없는 가정환경이 아이한테 어떤 영향을 끼치는지 생각이나 해봤습니까? 당신이 주는 혼란으로 아이가 겪을 심적 고통을 짐작이나 해봤습니까?"

신혁은 되도록 언성을 높이지 않으려고 애를 쓰며 말했다.

[어이구, 눈물겨워 더는 못 들어주겠군요.]

은영이 빈정거렸다.

"정말 정우를 염려하는 마음이 조금이라도 있다면 생각을 달리하십시오."

[그렇게는 안 될 것 같은데요.]

"기어이 일을 벌이시겠다는 겁니까?"

[내가 말했잖아요. 당신 하기 나름이라고요.]

"결국 승자 없는 전쟁만 될 것입니다."

[괜히 위해주는 척하지 말아요.]

"당신 같은 여자는 어떻게 되든 말든 상관하지 않습니다. 내가 유일하게 걱정하는 사람은 정우뿐입니다."

주도권을 놓치지 않기 위해 신혁은 팽팽한 기 싸움에서 밀리지 않았다.

[그래요? 이걸 어쩌나, 앞으로 걱정해야 할 사람들이 점점 늘어날 텐데.]

은영이 비열한 목소리를 냈다.

"그게 무슨 소리입니까?"

불길한 예감이 들었다. 은영이 모종의 음모와 계략을 꾸밀 것 같다는 생각이 들지 않을 수 없었다.

[나무 위에 걸린 뭔가를 떨어뜨리려면 좀 잡아 흔들어줘야 하지 않겠어요? 음……. 요즘 기말시험 기간이던데 강정원 선생이

좀 한가하시려나?]

신혁은 눈살을 심하게 찌푸렸다.

"강 선생한테 무슨 짓을 하려고 그러는 겁니까?"

[미리 알려 드리면 재미가 떨어지지 않겠어요? 내가 어떻게 하는지 지켜보든가 아니면 험한 꼴 당하기 전에 생각을 바꾸든가 둘 중에 하나만 결정하시죠.]

신혁은 잠시 침묵했다.

악마는 거래를 원하고 있었다. 사실 말이 거래지 협박에 가까운 말로 선택을 강요하고 있는 것이었다. 그리고 언제든지 자신이 원하는 대로 거래가 성사되지 않으면 또 다른 카드를 꺼내들 게 뻔했다. 거래를 할 만한 상대가 아니었다.

"정우를 두고 거래 따위는 하지 않습니다. 가족으로서 가족을 지켜야 하는 건 마땅한 도리라 끝까지 애를 쓰고 있는 것입니다. 뭔가를 얻어낼 속셈으로 접근한 당신과는 차원이 다릅니다. 흔들려면 흔들어보십시오. 걸쳐진 뭔가는 떨어지겠죠. 하지만 뿌리가 깊은 나무는 쉽게 뽑히지 않는 법입니다. 결국 나중엔 쓸데없는 짓만 했다는 걸 분명히 깨달을 겁니다."

[자신만만하시군요. 성이 나면 나무를 베어버리는 수가 있다는 걸 생각해 보셨나요?]

음침한 목소리에는 잔혹과 비정이 숨겨져 있었다.

"나무를 베려다가 다치는 경우도 있습니다. 이런 이야기는 백날 해봤자 소용이 없습니다. 그러니 앞으로는 가급적 이런 연락하지 마십시오."

[세월이 많이 흐르기는 했나 보네요. 예전의 어수룩했던 노신혁 씨가 아닌 것 같군요. 많이 달라지셨어요.]

"전은영 씨도 좀 달라졌으면 좋았을 텐데 예나 지금이나 여전하신 것 같아 참으로 안타깝습니다."

[남 걱정 말고 본인 걱정이나 하세요. 이만 끊습니다.]

뚝 하고 전화가 끊겼다.

신혁은 휴대폰을 내리고 잠시 생각에 잠겼다. 그런데 갑자기 자신의 목소리가 들려와 정신이 퍼뜩 들었다.

고개를 돌려보니 강현이 볼펜을 만지작거리고 있었다.

"뭡니까?"

"뭐라니요? 녹음이 잘됐나 보고 있었죠."

"녹음하셨습니까?"

"당근이죠. 전은영 씨 목소리가 아주 개미만큼 들리기는 하지만 그래도 이거 정말 성능이 좋네요. 세상 참 좋아졌어요."

강현이 신기하다는 듯 볼펜을 만지작거렸다.

"아무래도 전은영 그 사람이 강 선생을 건드릴 모양입니다."

은영에게 배짱을 부리기는 했지만 그래도 신혁은 정원이 걱정되었다.

"이사장님을 흔들어댈 생각으로 그런 거겠죠. 아무래도 강 선생한테 어느 정도의 언질은 줘야 하지 않을까요?"

"제 생각도 그렇습니다."

신혁은 자리에서 일어나 침실로 가 다른 휴대폰을 집어 들었다. 그리고 정원에게 문자를 보내기 시작했다. 그가 준 휴대폰을 집에 두고 다니기 때문에 아마 퇴근 후에나 보게 될 거라 생각하며.

「퇴근하면 연락 좀 주십시오. 긴히 할 말이 있습니다.」

유준의 차 안이었다.

정원은 시험기간에 밥 한 번 먹자고 한 유준과 함께 있었다.

"근데 생각하면 생각할수록 신기하다. 네가 금기사항을 깨고 나랑 밥을 먹으러 가다니 말이야."

유준은 신이 나 있었다.

"선배한테 고마워서 그런 거예요. 그리고…… 할 말도 있고 해서요."

정원은 학교에서 유준을 볼 때마다 죄책감이 느껴져서 더는 안 되겠다 싶어 오늘 신혁과의 관계를 털어놓고 진심으로 사과할 생각이었다.

"할 말? 무슨 할 말? 괜히 기대가 되면서도 불안해지네."

불안한 건 그녀도 마찬가지였다. 아까부터 유준이 정한 코스가 굉장히 낯익었기 때문이다.

설마…… 아니겠지? 아닐 거야.

하지만 설마가 사람을 잡는다고 유준이 자꾸만 신혁과 첫 데이트를 했던 장소로 차를 몰고 갔다.

정원은 조금씩 식은땀이 나기 시작했다.

"선배, 지금 어디로 가고 있는 거예요?"

"기대해라. 내가 되게 좋은 곳을 찾아냈으니까 말이다. 많은 사람들이 강력 추천하는 곳이니까 너도 틀림없이 마음에 들 거다. 이제 거의 다 왔어. 어, 여기서 보인다. 저기야, 저기."

정원은 식겁하고 말았다. 우연도 이렇게 기막힌 우연이 다 있을까 싶었다. 유준이 점심을 예약해 둔 곳이 바로 신혁과 식사를 하며 첫 데이트를 했던 장소였기 때문이다. 정원은 난감한 표정으로 레스토랑을 멍하니 쳐다보았다.

"와! 진짜 좋다!"

유준이 하늘을 찌를 듯한 목소리를 내며 차에서 내렸다.

정원도 어쩔 도리가 없어 따라 내렸다.

"야, 강정원, 들어가기 전부터 얼이 빠져 있으면 어쩌자는 거야? 들어가자."

유준이 다가와 정원의 어깨를 툭툭 치더니 앞장서서 걸어갔다.

정원은 유준 몰래 울상을 지으며 발걸음을 옮겼다.

아놔, 정말 미치겠네. 왜 하필이면 여기인 거야? 하고많은 곳 다 놔두고 왜 하필 여기냐고.

정원은 문 앞에서 기다리고 있는 유준과 함께 레스토랑 안으로 들어갔다.

"어서 오세요. 어머, 지난번에 오셨던 분이네요."

눈썰미 좋은 직원의 말에 정원은 인상도 찡그리지 못한 채 빳빳하게 굳어버렸다. 유준을 힐끗 보니 굉장히 당황한 눈치였다.

"너…… 여기 와봤어?"

정원은 마지못해 쓴웃음을 흘리며 고개를 끄덕였다.

직원이 정원의 난감해하는 표정과 마음을 읽었는지 그 이후로는 아무런 말을 하지 않았다.

두 사람은 직원의 안내를 받아 예약된 자리에 앉았다.

"나 딴에는 열심히 찾은 곳인데 하필이면 와봤던 곳이었네."

유준이 크게 실망했는지 씁쓸해했다.

"추천한 사람들이 워낙 많아서 그런 거겠죠."

위로랍시고 건넨 말이었지만 정원 역시 마음이 편치 않았다.

"그런데 여긴 누구랑 온 거야?"

정원은 어떻게 말을 하면 좋을지 몰라 손으로 애꿎은 식탁보 모서리만 잡아 비틀었다.

"말하기 곤란한 사람이야?"

모든 걸 털어놓을 생각으로 온 정원이었다. 하지만 이런 식은 아니었다. 정원은 어떤 식으로 설명을 해야 좋을지 몰라 망설였다.

"너…… 만나는 사람 있구나?"

유준이 아니길 바라는 표정을 하고 조심스럽게 물었다.

정원은 더 이상 미룰 수 없다는 생각에 미안해 죽을 것 같은 표정을 짓고 고개를 끄덕였다.

"자식……."

상실감이 배어 있는 유준의 표정을 보고 있으려니 마음이 한 없이 무거워졌다.

"선배, 정말 미안해요."

정원은 진심을 다해 사과했다.

"오는 길 내내 왜 그렇게 당황하나 했더니 그럴 만한 이유가 있었구나."

정원은 할 말이 없었다. 만나고 있는 사람이 신혁이라는 걸 알면 더 크게 놀라고 실망할 텐데 그 말은 또 어떻게 꺼내야 할 지 암담하기만 했다.

"부모님 성화에 선이라도 본 거야?"

"아뇨."

"그럼 친구한테 소개받았어?"

"그…… 것도 아니에요."

"그럼?"

중요한 순간에 직원이 주문을 받으러 오는 바람에 말이 끊겼 다.

"주문……."

"여기서 제일 비싼 코스 요리 주세요."

유준이 많이 궁금했는지 말을 끊고 직원을 빨리 보내 버렸다.

"혹시 나도 아는 사람이야?"

정원은 고개를 푹 숙이고 고개를 끄덕였다. 도저히 유준을 볼

면목이 없었던 것이다.

"누구?"

침묵이 흘렀다.

좀처럼 입이 떨어지지 않아 정원은 한참을 머뭇거렸다.

"이, 이…… 사장이요."

"아는 사람 중에 이 씨 성을 가진 사장은 없는데……. 누구지?"

신혁이라고는 전혀 생각을 못한 모양이었다.

"노신혁 이사장이요."

정원은 눈을 질끈 감고 마른침을 삼킨 후 단숨에 말해 버렸다.

유준에게서 아무런 반응이 없었다.

정원은 살짝 눈을 들어 유준을 바라보았다.

유준이 방금 들은 말을 전혀 이해하지 못한 사람처럼 멍해 있었다.

"우리…… 학교 이사장? 노신혁 이사장?"

"네…….."

대답을 하는 순간 유준의 눈이 알맹이 없이 껍데기만 남은 것처럼 공허해졌다.

"미안해요. 선배. 그러지 않아도 오늘 모두 말하려고 했는데……."

"할 말이라는 게…… 그거였니?"

유준이 그녀의 말을 끊고 물었다.

"네……."

어깨를 축 늘어뜨린 유준이 갑자기 자리에서 벌떡 일어났다.

"나…… 잠시 화장실 좀……."

자신이 무슨 말을 하는지조차 모르는 사람처럼 유준이 망연한 모습으로 화장실을 향해 터벅터벅 걸어갔다.

홀로 남은 정원은 공기를 잔뜩 들이마신 후 천천히 내쉬었다. 그리고 눈동자를 눈썹에 매달고 천장을 응시했다. 밥을 먹기도 전에 속이 답답해졌다.

직원이 다가와 마늘빵을 식탁 위에 놓아주고 자리를 떠났다.

정원은 마늘빵을 바라보며 또 한 번 한숨을 푹 내쉬었다. 계속 값비싸고 맛있는 음식이 줄줄이 나올 것이다. 그런데 왜 매번 지상낙원 에덴이라고 생각되는 곳에서 아무 맛도 느끼지 못하며 음식을 먹게 되는 건지 알 수가 없었다.

잠시 후 화장실을 다녀온 유준이 자리에 털썩 앉았다. 세수를 했는지 머리가 살짝 젖어 있었다. 그런데 아까와 달리 얼굴에 생기가 돌았다.

"먼저 먹고 있지 그랬어. 배고플 텐데 어서 먹어."

아무 일도 없었다는 듯 목소리까지 밝게 냈다. 정원은 그런 유준이 고맙기도 하면서 마음이 더 속상해졌다.

"선배……."

"강정원."

유준이 마늘빵을 우걱우걱 씹어 먹으며 그녀의 이름을 불렀다.

"네?"

"오늘 하루는 내 거다. 그러니까 제삼자 끌어들여서 망치지 마라. 말하는 너나 듣는 나나 괴로울 텐데 적당한 선에 서로 알고 넘어가면 되는 거잖아. 안 그래? 우선 먹어. 먹는 게 남는 거다."

정원은 유준이 하라는 대로 음식을 입에 가져갔다. 역시나 무슨 맛인지 알 수가 없었다. 빵을 뜯어먹고 있는 건지 종이를 뜯어먹고 있는 건지 분간이 가지 않았다.

"너희 반 이번엔 다들 열심히 하는 것 같던데 기말에선 꼴찌 면할 수 있을 것 같아?"

"글쎄요. 결과가 나와봐야 알겠죠. 선배네 반은 어때요?"

유준이 어색해진 분위기를 수습하려고 애를 쓰는 것 같아 정원도 덩달아 노력했다.

"우리 반? 꼴찌하면 2학기 말까지 밤 11시까지 무조건 남겨서 공부시킬 거라고 했더니 알아서 기던데."

"정말 그럴 생각이었어요?"

"솔직히 그렇게 되면 나도 곤란하지. 사생활 다 반납해야 하는 일이고."

정원은 비로소 희미하게나마 웃을 수 있었다.

유준도 빙긋 웃었다.

두 사람은 계속 공통의 관심사를 기반으로 최신 키워드 등에서 공통의 화제를 찾아가며 대화를 나누었다. 서로 조심해서 그런지 대화에서 신혁이 등장하는 일은 없었다.

느긋하게 식사를 마치고 차까지 마신 그들은 레스토랑에서 나왔다.

"혹시…… 너 세미원이란 곳도 가봤냐?"

주차장으로 향하면서 유준이 물었다. 대답하기를 주저하는 정원을 보고 유준이 냉큼 말을 이었다.

"오늘을 교훈 삼아 다시는 인터넷에서 데이트 코스 추천받지 말고 내가 알아서 뚫어야겠다. 그럼 어디를 가지? 갈 데가 없네."

"선배, 우리 서울 가서 술 한잔해요. 내가 살게요."

정원은 차 문을 열기 전에 제안했다.

"술?"

"네."

생각이 많아지는지 유준이 좀처럼 대답을 하지 않았다.

"가면서 생각해 보자. 타라."

서울 가는 동안 유준이 생각만 하고 좀처럼 입을 열지 않았다. 무슨 생각을 그렇게 골똘하게 하는지 말 걸기도 쉽지 않았다.

서울로 들어온 유준이 정원의 집 쪽으로 차를 몰았다.

의도를 파악할 수 없어 정원은 유준을 계속 힐끗힐끗 살폈다.

"내가 생각을 좀 해봤는데 말이다."

여전히 운전을 하면서 유준이 불쑥 말을 꺼냈다.

"네."

"오늘은 내가 꼬장 부릴 것 같아서 술 마시면 안 될 것 같다."

"선배……."

"헤어지는 것도 아닌데 그렇게 애절하게 부르지 마라. 오늘만 날이냐? 다음에 마시자. 다음에."

차가 정원의 집 앞에 섰다.

유준이 시동을 끄고 계속 정면을 응시하며 입을 열었다.

"내가 널 많이 좋아하기는 했나 보다. 대인배처럼 굴고 싶은데 내공이 안 쌓여서 그런지 잘 안 되고 말이야. 네가 어떤 애인지 아니까 나쁜 계집애라고 욕도 못하겠고 이사장 그 사람도 보면 볼수록 진국이라 내가 찜해놓은 거 채갔다고 한 대 날릴 수도 없고."

정원은 그저 미안해서 고개를 들지 못하고 잠자코 있었다.

"봐라. 나 술 안 먹고도 이렇게 꼬장 부리는데 술 들어가면 어떻게 되겠니? 그냥 순순히 놔줄 때 들어가라. 우리 서로 미안하지 않을 때 한잔하자. 응?"

유준이 고개를 돌렸다.

시선이 느껴져 정원도 고개를 들고 유준을 바라보았다.

"선배…… 내 마음 편하려고 선배 불편하게 만들면 안 되는 거 아는데요. 그래도 나 선배한테 사과하게 해주세요. 정말 선배한테만큼은 나 미안한 짓 하면 안 되는 사람인데 일이 이렇게 되고 말았어요. 진심으로 미안해요. 고맙고요."

"그래, 인마 너 나한테 미안해하고 고마워해야 해. 내가 널 얼마나 좋아하고 많이 기다렸는데. 그래도 오늘 딱 하루만 미안해하고 고마워해라. 내일부터는 그러지 마. 알았냐?"

"선배……."

"네가 자꾸 선배, 선배 그러지 않아도 나 계속 네 선배거든? 네 남친이 이사장이라도 그 사실은 변하지 않아. 알지?"

"그럼요. 한 번 선배는 영원한 선배인데요."

"그래. 해병대에서 그 말 들으면 기분 나빠할지 몰라도 나는 너의 영원한 선배니라. 그만 내려라. 맘 변해서 네 발목 붙잡고 늘어질 수도 있으니."

정원은 피식 하고 웃었다.

"셋 셀 동안 안 내리면 맹세코 진짜 그런다. 하나! 둘!"

정원은 후닥닥 차에서 내렸다.

"자식, 진짜 이사장 좋아하나 보네. 강정원! 선배님 가신다! 인사해라!"

"조심해서 가세요, 선배님."

"너도 조심해라, 후배야."

유준이 시동을 걸고 차를 몰고 가버렸다.

정원은 차가 사라질 때까지 자리를 뜨지 않았다.

25

[저예요. 무슨 일 있으세요?]

언제나 들어도 정겹고 힘을 솟아나게 하는 정원의 목소리였
다.

신혁은 심리적으로 힘들었던 하루에 대한 보답을 받은 사람
처럼 미소 지었다.

"오늘 하루 잘 보냈습니까?"

[오늘요? 음…… 세상은 강한 마음을 가지고 살아가는 대인
배로 인해 아름다워지는 것이다, 라는 걸 느낀 하루였다고나 할
까요?]

신혁은 웃음이 나왔다.

"꽤 교훈적인 하루를 보낸 모양입니다."

[신혁 씨한테 오늘 하루는 어땠는데요?]

"나한테 강정원이란 사람은 참 소중한 존재구나, 하는 걸 절실하게 깨달은 하루?"

정원에게서 아무런 반응이 없었다.

무슨 생각을 하고 있는 것일까?

신혁은 다시 입을 열었다.

"감동이라도 받은 겁니까?"

[나는 참 행복한 사람이구나 싶어서요.]

"쉽게 행복해지는 사람이군요."

[맞아요. 전 쉽게 행복해지는 사람이에요. 맛있는 커피 한 잔을 마셔도 행복하고, 예쁜 종이 한 장을 봐도 행복하고, 제자들 눈망울만 봐도 행복하고, 빨간 색연필로 시험지 채점하는 순간도 행복하고……. 사람은 타인이 아니라 스스로 행복해질 수 있는 방법을 능동적으로 찾고 만들어야 정말 행복해지는 거라고 생각해요. 그래서 쉽게 행복해지는 방법을 많이 지니려고 노력하고요.]

"기특합니다."

정원의 맑은 웃음소리가 들려왔다.

"왜 웃는 겁니까?"

[늘 느끼는 거지만 신혁 씨 말투가 재미있어서요.]

"뭐가 말입니까?"

[키위 같은 말투라고 해야 할까요? 지극히 사무적이면서 건조하고 냉락하고 까칠한데도 알맹이는 꽤 시원 새콤달콤한, 씹으면 모래 같은 게 씹히지만 영양가 많은 씨라 수용이 되는 그런 말투요.]

"그런 평가 난생처음 들어봅니다."

[아무튼 그래요, 신혁 씨 말투는. 그래서 가끔씩 써먹고 싶을 때도 있어요.]

"모든 권리 양도할 테니 마음대로 쓰십시오. 그때만큼은 내 생각 많이 할 거 아닙니까."

정원이 또 웃음을 터뜨렸다.

이렇게 계속 웃게 만들고 싶은데······.

신혁은 마음이 무거워졌다. 은영에 대한 말을 어쩔 수 없이 꺼내야만 했기 때문이다.

[그런데 긴히 할 말이 있다고 하시더니 언제쯤 들을 수 있는 건가요?]

정원이 그의 생각을 읽은 것처럼 질문을 던졌다.

"정원 씨가 걱정할까 봐 미리 말씀드리지 못했던 게 있었습니다."

[그게 뭔가요?]

음울하게 말했더니 정원도 조심스럽게 물었다.

"정우가 친모 만나고 돌아온 후로 친모한테 직접 연락이 와서 만났습니다. 오늘도 통화했고요."

[아…… 그렇군요.]

신혁은 미간을 잔뜩 좁히고 서재 책상 위에 올려둔 볼펜을 노려보았다. 마치 그게 은영이기라도 한 것처럼.

"원하는 걸 손에 넣기 위해 음모와 계략을 꾸미고 있는 것 같습니다."

[누가요? 정우 친어머니가 그렇다는 말씀인가요?]

정원이 어리둥절해했다.

"그렇습니다."

[왜요? 왜 그런 짓을 하시는 거죠?]

"정우를 넘겨받기 위해서입니다."

[네?]

깜짝 놀랐는지 정원이 좀처럼 말을 하지 못했다.

"그래서 좀 알아봤는데 의도가 아주 좋지 못합니다. 정우를 이용할 속셈입니다."

[정우를 낳은 분이 왜 그런 악한 마음을 품으시는 걸까요?]

정원이 안타깝게 말했다.

"저도 그 점이 안타까울 따름입니다."

[정우가 또다시 상처를 받을까 두렵군요. 그래서 신혁 씨는 어떻게 하실 생각인가요?]

"타협은 불가능한 상황입니다. 막무가내로 강요하고 있으니까요."

[큰일이군요.]

"사실은 더…… 큰일이 있습니다."

신혁은 차마 더 자세히 설명하지 못하고 말을 끊었다.

그게 더 불안했던 모양인지 정원이 넌지시 질문을 던졌다.

[저한테 이런 말씀을 해주실 정도면 아주 심각한 일인가 보군요.]

"그렇습니다."

[말씀해 주세요. 제가 도울 일이라면 나서서 도울게요.]

"아무래도 정우 친모가 절 흔들기 위해…… 정원 씨를 겨냥할 것 같습니다."

[네? 저, 저를요?]

목소리에서 놀라움과 충격이 역력하게 느껴졌다. 신혁은 잠시 눈을 감고 손으로 이마를 짚었다. 고뇌에 빠져들었다.

"미안합니다."

[그러지 마세요. 신혁 씨가 미안해할 일은 아니라고 생각해요. 그런데 정우 친모가 절 알고 계시다는 게 참 신기하고 놀랍네요.]

"뒷조사를 한 모양입니다."

[아…… 그렇군요. 혹시…… 휴대폰도 그래서 새로 만드신 건가요?]

"그렇습니다."

[그동안 고군분투하느라 많이 힘드셨겠네요.]

정원이 그를 위로했다.

"저는 괜찮은데 정원 씨가 걱정입니다."

[저도 괜찮아요. 뭘 가지고 절 걸고넘어지실지 몰라도 잘 극복할게요.]

밝고 씩씩하게 말해주는 정원이 고맙기만 했다. 하지만 염려를 떨쳐 버릴 순 없었다.

"정말 괜찮겠습니까?"

[면역력 좀 키우죠 뭐. 세상을 살아가려면 부딪치고 넘어지고 깨지는 게 당연한데 몸 사린다고 될 일은 아니니까요. 저도 사실 요즘 걱정이 많았지만 그런 깨달음을 얻었어요. 하늘을 향해 떳떳하고 저 자신한테 부끄러움이 없고 곁에서 믿어주는 몇 사람만 있으면 되는 거 아닐까 하는 깨달음이요. 괜찮아요. 태클 들어오면 잠시 넘어지고 뒹굴면 돼요. 그리고 다시 일어나 뛰면 돼요. 그러니 걱정 마세요.]

"치욕스러울 수도 있을 겁니다."

[괜찮아요.]

"입지가 흔들릴 수도 있을 겁니다."

[괜찮아요. 정말 다 괜찮아요. 견뎌낼 수 있어요. 염려하지 마세요.]

정원이 끝까지 괜찮다는 말로 그를 안심하게 만들었다. 지독했던 불안감이 감해지는 듯했다.

"기억합니까? 정우한테 살면서 죄송합니다, 고맙습니다, 라는 말 많이 하고 살아야 하니까 연습 좀 하라고 했던 거."

[기억하죠. 그때 엿들으셨잖아요.]

"정원 씨 덕분에 그 말 한없이 연습하게 되는 것 같습니다. 정말 진심으로 죄송합니다. 고맙습니다."

[기억하세요? 착한 본능은 후천적으로 불가능한 거냐. 교육으로도 불가능한 영역이 있냐. 착한 본능이 없는 사람은 교육으로도 그것을 얻을 수 없냐고 물으셨던 거요.]

"그때 정원 씨가 그랬습니다. 착한 본능은 누구나 선천적으로 가지고 있지만 스스로 발견하지 못하는 경우가 있다고 생각한다고. 그걸 발견할 수 있도록 도와주는 게 교육일 거라고 말입니다."

[요즘 신혁 씨한테서 그런 착한 본능을 발견할 때가 많아요. 신혁 씨는 내게 참 착한 사람이에요.]

사람의 입에서 나오는 말인데 어쩜 이렇게 다를 수가 있나 싶었다. 공포와 번민을 주는 은영의 말과 평화와 자유, 에너지를 주는 정원의 말은 천지 차이였다. 신혁은 비로소 정원을 향해 미소 지을 수 있었다.

"아마 그건 정원 씨가 내게 좋은 스승이기 때문일 겁니다."

그때였다. 문이 열리고 강현이 들어왔다. 쟁반 위에 카랑카랑 얼음 부딪치는 소리가 나는 아이스커피 한 잔을 담아가지고.

"저는 분명히 노크했습니다."

신혁은 전문 방해꾼으로 자주 등장하는 강현을 가는 눈으로 쳐다보았다.

강현이 신혁의 앞에 아이스커피를 놓아주었다.

[강현 씨인가요?]

"네. 주문하지도 않은 아이스커피를 만들어가지고 등장했습니다."

"안녕하세요! 강 선생님!"

강현이 눈웃음을 치며 밝게 인사하자 휴대폰 너머로 정원의 웃음소리가 들려왔다.

[강현 씨한테 제 인사 좀 전해주세요. 저도 강현 씨가 만들어주는 아이스커피 맛보고 싶네요.]

신혁은 잔에 꽂힌 빨대로 아이스커피를 한 모금 빨아들였다. 시원하니 좋았다. 하지만 솔직한 마음을 드러내고 싶지 않았다.

"별로입니다. 제가 만든 게 더 맛있습니다. 제가 나중에 만들어 드리겠습니다. 송강현 씨, 강 선생이 인사 전해달라고 합니다."

강현이 입술을 삐죽이더니 팔을 뻗어 아이스커피를 도로 가져가려 했다.

"뭐 하시는 겁니까?"

신혁은 냉큼 컵을 꽉 잡아 놓치지 않았다.

"별로 맛없어하시는 것 같아서 도로 가져가 제가 마시려고 했습니다."

"줬다 뺏는 거만큼 치사한 게 어디 있습니까?"

"닭털 날리며 연애하는 거 잠시 방해했다고 바리스타도 울고 갈 제 커피 타는 솜씨를 비하하는 이사장님이 더 치사한 겁니다. 홍!"

강현이 등을 휙 돌리더니 서재 문을 닫고 나가 버렸다.

귀에선 여전히 정원의 웃음소리가 계속되고 있었다.

기말시험이 끝난 다음날 아침이었다.

정원은 평소처럼 씩씩한 모습으로 출근했다.

그런데 뭔가가 좀 이상했다. 예전 같으면 먼저 다가와 인사를 하기도 하고 장난도 걸었던 아이들이 수군거리며 그녀를 피했다.

정원은 직감적으로 느꼈다. 신혁이 미리 언질을 주었던 일들이 비로소 일어났다는 사실을. 정원은 철석같은 마음가짐을 하고 앞으로 나아갔다.

"생긴 건 저렇게 생겨먹었어도 남자 후리는 재주가 뛰어난가 봐."

어디선가 그녀를 깎아내리는 말소리가 들려왔다. 정원은 신경 쓰지 않고 계속 걸어갔다.

"학생, 선생, 이사장까지 문어발 식으로 건들고 다닌다며."

"전에 근무하던 학교에서도 그런 식으로 애 건드렸다가 그만뒀대."

정원은 가슴을 후비어 파고드는 말에 반응하지 않으려고 입을 악다물었다.

도대체 어떤 경로로 말이 퍼져 나간 걸까? 아이들이 이 정도면 벌써 윗선까지 전달이 되었을 텐데…….

"선생님!"

낯익은 태현의 목소리에 정원은 잠시 걸음을 멈추었다.

태현이 붉으락푸르락한 얼굴을 해가지고 정면을 막고 섰다.

"아니죠? 어젯밤 학교 홈페이지 자유게시판에 올라왔던 글이랑 사진 조작된 거죠?"

정원은 그제야 하룻밤 사이에 벌어진 일을 간파했다.

"뭐가 올라왔는데?"

정원은 차분하게 물었다.

"한 시간 정도 게시물이 올라왔다가 사라졌어요. 애들이 그거보고 캡처해서 서로 메일, 문자로 주고받았어요. 대부분 밤에 찍은 사진이라 아주 선명하지는 않았지만 우리 반 정우랑 호텔에서 나오는 사진도 있었고 이사장님이랑…… 아우, 그건 차마내 입으로 말 못하겠네요. 그리고 정유준 선생님이랑 찍힌 사진도 있고. 전에 근무하셨던 학교 언급하면서 학교 그만두신 배경도 적혀 있었어요. 선생님, 그거 합성이죠? 조작된 얘기죠?"

점차 아이들이 주위에 몰려들고 있었다. 태현은 몹시 흥분한상태라 그 사실을 깨닫지 못하는 듯했다.

"태현아."

"네?"

"사람들이 너무 많이 쳐다본다. 우리 나중에 얘기하면 안 될까?"

태현이 주위를 둘러보더니 험악한 표정으로 소리를 질러대기 시작했다.

"이 씹새들아! 뭘 꼴아봐! 다 죽고 싶어!"

"이 자식이! 어따 대고 욕이야! 너야말로 뒈지고 싶냐!"

고3 아이가 다가와 태현의 멱살을 잡고 흔들었다.

정원은 재빨리 두 아이를 갈라놓았다.

"그만 해!"

"아오! 진짜 어디서 선생 같지도 않은 게 굴러 와서 학교를 홀딱 뒤집어놓냐!"

고3 아이가 격분을 참지 못하고 거칠게 씨근거렸다.

"이 개자식아! 너 지금 뭐라고 지껄였어? 선배면 다야! 어따 대고 개지랄이야!"

태현이 금방이라도 튀어나갈 것 같은 자세를 취하며 발악했다.

"태현아, 제발! 그러지 마. 선생님 봐서라도 제발 그만 해."

정원은 태현을 꽉 잡고 놓아주지 않으며 간절하게 부탁했다.

"아오! 짱나! 아침부터 존나 재수없어!"

고3 아이가 흐트러진 교복을 바로잡으며 구시렁거렸다.

"야, 네가 참아. 일 크게 만들면 괜히 너만 불리해져."

함께 있던 친구들이 다독이자 고3 아이가 정원과 태현을 쏘아보며 자리를 벗어났다.

다툼이 커지지 않은 것에 대해 정원은 한시름 놓았다. 하지만 앞으로 닥칠 일들을 생각하면 목이 타오르고 괴로웠다.

"선생님…… 다른 애들은 몰라도 우리 반 애들은 선생님 믿어요. 아시죠?"

태현이 울분을 터뜨리며 말했다.

"그래……. 고마워. 정말 고마워."

정원은 태현을 달래 교실로 올려 보내고 교무실로 향했다.

예상대로 교무실 분위기는 냉랭했다. 이때까지 친절하게 대해주었던 선생들이 하나같이 시선을 피했다.

정원은 유준의 자리를 보았다. 아직 출근 전인지 자리가 비어 있었다.

정원은 자신의 자리로 가서 조용히 앉았다. 폭풍전야처럼 일상적인 소음마저 억눌린 채로 긴장의 싸늘한 기운이 감돌았다. 정원은 아무것도 할 수가 없었다. 그저 무기력한 상태로 기다릴 수밖에 없었다.

"강정원 선생! 저 좀 봅시다!"

교무실에 언제 왔는지 모를 교감이 삼엄하기 이를 데 없는 목소리로 그녀를 불렀다. 드디어 때가 온 것 같은 기분이 들었다. 신혁의 얼굴이 눈에 아른거리고 정말 괜찮겠냐고 했던 그의 목소리가 귓가에 맴돌았다.

정원은 숨을 크게 들이마시며 자리에서 일어났다. 그리고 교감실로 발길을 옮겼다.

문 앞에 서서 잠시 숨을 가다듬고 문을 두드린 후 열었다.

교감이 사나운 얼굴로 그녀에게 호통을 치기 시작했다.

"도대체 이게, 이게 다 뭡니까?"

몹시 화가 났는지 교감이 손바닥으로 책상을 쾅 하고 내리치며 일어나 다른 손에 쥐고 있던 종잇장들을 그녀를 향해 내던지듯 흩뿌렸다.

공중을 떠다니다가 바닥에 떨어진 종이가 눈에 들어왔다. 학교 홈페이지에 올라왔던 게시물을 캡처한 것으로 보이는 것들이었다.

"아침부터 항의전화가 말도 못하게 빗발친 거 아십니까? 개교 이래 40년 동안 이런 일은 단 한 번도 없었습니다. 학교 이름에 먹칠도 유분수지 어떻게 이런 일을 벌이실 수 있습니까!"

정원은 그저 눈을 내리깐 채 입을 다물고 있었다.

"강 선생은 뭐 하시는 분이십니까? 가르치라는 학생들은 가르치지 않고 이 남자 저 남자 집적대기나 하시고, 아주 눈뜨고 못 봐줄 지경입니다. 입이 있으면 무슨 말이라도 해보십시오!"

아무 말을 못하고 있는데 갑자기 교감실 문이 벌컥 열리더니 유준이 들어왔다.

"이게 무슨 짓이십니까? 노크도 없이."

"교감선생님이야말로 이 무슨 행패이십니까?"

유준이 거칠게 항의했다.

"뭐, 뭐라고요? 해, 해, 행패요?"

교감이 어처구니가 없다는 듯 말까지 더듬었다.

"선생은 프라이버시도 없는 겁니까?"

"이건 단순히 프라이버시 침해로 여길 일이 아니잖습니까?"

언성이 높아졌다.

"누가 어떤 의도로 이런 사진을 찍어서 학교 홈페이지에 올렸는지는 알아보셨습니까?"

단단히 화가 났는지 유준이 눈을 부릅뜨고 덤벼들었다.

"그거야…… 아무튼 교사로서의 자질과 마인드에 문제가 많으니까 이런 일이 생긴 게 아닙니까?"

"교사는 사람도 아닙니까? 연애도 사랑도 못합니까?"

"네? 연애요? 사랑이요? 도대체 누구랑 그런다는 겁니까? 한두 사람이 아니잖습니까? 누가 연애 사랑하지 말라고 했습니까? 정상적으로 하라는 거 아닙니까? 학교에 피해주지 말고!"

"지금 하신 말씀 중에 저에 대한 모욕도 포함되어 있다는 사실 아십니까? 오래전부터 알아온 후배와 밥 한 번 먹은 게 뭐 그렇게 잘못입니까?"

"밥만 드셨습니까?"

교감이 잔뜩 의심스러운 눈초리로 유준을 쳐다보며 노골적으로 물었다.

"도대체 무슨 상상을 하고 그런 질문을 하시는 겁니까? 네. 밥만 먹었습니다. 아! 커피도 마셨군요. 이제 됐습니까? 만족하십니까?"

그때였다. 문 두드리는 소리가 들렸다.

"또 누굽니까!"

교감이 신경이 곤두섰는지 눈을 번들거리며 소리쳤다.

문이 열리고 교장과 신혁이 들어섰다. 그 뒤에는 정우가 있었다.

교감이 순간 움찔하며 긴장했다.

"지금 뭐 하고 계시는 겁니까?"

신혁이 나직하고 묵직한 목소리로 조용히 물었다.

"진상을 파악하고 있었습니다. 그런데 저 학생은 왜 데리고 오셨는지요?"

"잠시 앉아서 얘기합시다."

신혁의 제안에 교감이 소파를 가리켰다.

"그렇게 하시죠."

"강 선생님, 정 선생님도 앉으십시오. 정우 너도 이리 와서 앉아라."

다 함께 소파에 나눠 앉았다.

신혁이 분위기를 살피며 입을 열었다.

"학교에 오다가 연락을 받았습니다."

"학교가 홀딱 뒤집혔으니 당연하지요."

교감이 고개 숙인 정원을 쏘아보며 끼어들었다.

"그래서 정우와 상의를 했습니다."

"저 아이와 상의할 게 뭐가 있습니까? 지난번에도 대충 둘러

댄 모양이던데 말입니다. 차라리 부모님을 호출해 상의하시는 게 좋지 않겠습니까?"

쌓인 게 많은지 교감이 계속적으로 신혁의 말을 끊었다.

"그래서 이렇게 온 것입니다."

"그, 그게…… 무슨 말씀입니까?"

교감이 어리둥절한 표정으로 되물었다.

"사실 정우는 제 동생입니다."

"네? 도, 도, 동생이라고요?"

금시초문인 말에 교감이 화들짝 놀라며 말을 더듬었다.

유준도 마찬가지였다. 유준이 넌 알고 있는 사실이냐며 정원을 쳐다보았다.

정원은 그저 초점 없는 시선으로 탁자 귀퉁이만 바라볼 뿐 아무런 반응을 보이지 않았다.

"네. 그동안 정우의 부탁으로 숨겨왔지만 이제는 밝혀야 할 것 같아서 드리는 말씀입니다. 정우야, 네가 교감선생님께 직접 말씀드리는 게 좋지 않겠니?"

"우선 심려 끼쳐 드려서 죄송해요. 학교 입학 때부터 주목받고 싶지 않아 제가 부탁드렸던 거예요. 하지만 저로 인해 강 선생님께서 너무 많은 오해를 받게 되신 것 같아 밝히기로 했어요."

교감이 넋 나간 표정으로 정우를 응시했다.

정우가 계속 말을 이었다.

"제가 순간적으로 욱해서 집을 나온 적이 있었어요. 갈 곳이 마땅치 않아 호텔에서 머물 생각으로 갔는데 미성년자라 받아주지 않았어요. 도움을 청하고 싶어도 마음을 털어놓고 지내는 친한 친구가 없어 담임선생님께 연락을 했어요. 그래서 선생님께서 달려와 주셨고 저를 타일러 다시 귀가하도록 만드셨어요."

이번엔 신혁이 끼어들었다.

"혹시나 싶어 저도 강 선생님께 미리 부탁을 드렸습니다. 그나마 동생이 믿고 따르는 유일한 분이었으니까요. 그래서 강 선생이 정우와 함께 그곳에서 나왔던 것입니다."

"맞아요. 모두 사실이에요."

정우도 동조했다.

"그럼 이사장님과는 무슨……."

교감이 조심스럽게 말을 꺼냈다.

"사진 보셨으면 아실 거 아닙니까? 강 선생과 저 지금 사적으로 만나고 있는 사이입니다."

"정말이지 감쪽같이 속아 넘어갔습니다."

교장도 믿기 힘들었지만 사실이라는 듯 고개를 끄덕였다.

"저도 강 선생한테 그렇게 들었습니다."

이번엔 유준이 나섰다.

모두의 시선이 유준에게 모아졌다.

"강 선생은 학교에 좋은 영향을 끼치지 못한다고 그동안 사내 커플, 연애에 대해 반대해 온 사람이었습니다. 하지만 사람 일이라는 게 늘 마음먹은 대로 되는 게 아니잖습니까. 그동안은 공공연하게 드러낼 수 없는 일이라 숨겼지만 더 이상 그럴 수 없다는 걸 알고 저한테 그 사실을 밝히며 상의를 했습니다. 그래서 그날 만났던 거고요."

그때였다. 창가 쪽에서 웅성거리는 소리가 들려왔다.

"거봐! 우리 형님이 그럴 분이 아니잖아!"

"야! 조용히 해! 다 들려!"

"너야말로 닥쳐, 이 자식아!"

"거기 누구냐?"

교감이 호통을 치며 자리에서 일어나 창가로 다가갔다.

그러자 창가 아래서 몰래 이야기를 엿듣던 12반 아이들이 벌떡 일어나 도망치기 시작했다.

"야, 튀어! 튀어!"

"잡히면 뒈진다! 얼른 튀어!"

날아오는 폭탄을 피해 달아나는 것처럼 한바탕 난리가 일어났다.

"아, 정말 아침부터 이 무슨 소란인지 알 수가 없습니다. 분명 학교로 찾아와 항의할 학부모들도 있을 텐데 이 일을 어쩌면 좋단 말입니까!"

교감이 난감한 표정을 지었다.

"제가 해결하겠습니다."

신혁이 자리에서 일어나 계속 말을 이었다.

"그런 분들이 오시면 이사장실로 모시고 오십시오. 제가 직접 설명하겠습니다."

모든 시선이 신혁에게 꽂혔다.

교감실에서 나온 신혁이 잠시 정원을 이사장실로 불러들였다. 단둘이 되자 신혁이 그녀를 안쓰럽게 바라보며 다가왔다. 그리고 말없이 왼손으로는 그녀의 손을 오른손으로는 그녀의 뺨을 부드럽게 감쌌다. 아무 말을 하지 않아도 정원은 미안해하는 그의 마음을 느낄 수 있었다.

"저…… 괜찮아요."

정원은 그를 향해 빙그레 웃어주었다.

그가 그녀의 웃음을 아프게 받아들이며 어두운 눈빛을 했다.

"정말이에요. 저 아무렇지도 않아요."

그가 말없이 그녀를 따뜻하고 껴안았다.

그의 품이 포근하고 든든했다. 정원은 잠시 눈을 감고 그에게서 평안을 얻었다.

"죄송해요."

정원은 나지막하게 말했다.

"그건 내가 해야 할 말입니다. 내가 끌어들였고 내가 시작한 일이니까요."

"전에 있던 학교에서 벌어졌던 일들, 다 말씀드리지 못해서 죄송하다는 거였어요."

"말 못할 이유와 나름의 사정이 있었을 거라 생각했습니다."

"제가 말씀드릴 수 있는 건…… 교사로서, 인간으로서 절대 남부끄러운 일을 하지 않았다는 거예요."

"압니다. 그럴 사람 아니라는 거 아주 잘 알고 있습니다."

"해명할 수 있는 기회가 있어도 사정 때문에 입을 다물 수밖에 없는 일들이 있을 수 있다는 것도 아시나요?"

"그것도 압니다. 나한테도 그런 일들이 있으니까요."

정원은 비로소 모든 근심과 걱정을 떨쳐 버릴 수가 있었다. 마음이 편해졌다.

"아무것도 볼 수 없고 들을 수 없는 상황에서 믿음을 지켜내는 일이 얼마나 힘든지 알아요. 그래서 더 고맙고 감사해요."

"나 역시 마찬가지입니다."

그가 한숨을 쉬더니 낮은 목소리로 속삭이기 시작했다.

"내게 더 많은 능력이 있었으면 좋겠습니다."

"신이라도 되고 싶다는 말로 들려요."

"그럴 수만 있다면 정말 그렇게 되고 싶습니다."

"그럼 전 인간이 아니라 신과 연애하게 되는 건가요?"

그에게 스트레스로 작용하는 걱정거리를 덜어주고 싶어 정원은 장난스럽게 말했다.

"내가 보는 정원 씨는 이미 신이나 다름이 없습니다."

"제가 신이라고요?"

정원은 엉뚱한 그의 발언에 웃음을 터뜨렸다.

"호되게 찔리고 맞아가면서도 그 고통을 다 참아내고 있지 않습니까. 이런 상황에서는 어느 누가 괜찮다는 말을 할 수 있습니까? 많이 아프다, 힘들어 죽을 지경이다, 라는 말도 부족한데 말입니다. 그러니 신이라 할 수밖에요."

"잠깐 몰아치고 말 폭풍이라 생각하며 발에 힘주고 서 있는 거예요. 그리고 제가 넘어지기라도 할까 봐 든든하게 나타나서 절 붙잡아주고 계시잖아요. 그러니 괜찮은 거예요. 아무렇지도 않은 거예요. 혼자라면 절대 버티지 못했겠지만 신혁 씨가 있어 견딜 수 있는 거예요."

"저도 마찬가지입니다. 정원 씨가 있어 모든 걸 이겨낼 수 있는 겁니다. 우리 조금만 더 힘을 냅시다. 잘 이겨냅시다."

"그럼요. 그래야죠. 우리 지지 말고 꼭 이겨내요."

정원의 말에 그가 꽉 껴안는 것으로 대답을 대신했다.

26

　정우는 교실로 들어가려다 잠시 멈칫했다. 열어둔 문 사이로 아이들의 말소리가 흘러나왔기 때문이다.

　"그러니까 노정우 걔가 이사장 동생이라는 거잖아."

　"그래. 그렇다니까."

　"와! 완전 대박이다!"

　"어떻게 그동안 감쪽같이 속일 수가 있냐?"

　"야, 그럼 시험 같은 거 볼 때 미리 문제랑 답도 받아보고 그러지 않을까?"

　"새꺄! 너 같은 놈 때문에 나라도 안 밝혔겠다. 반응이 이렇게 불을 보듯 훤한데 어떻게 이사장 동생인 걸 밝힐 수 있겠냐?"

격노하는 태현의 목소리가 들려왔다.

정우는 놀랐다. 생각지도 못한 뜻밖의 일이었기 때문이다. 함께 주먹다짐을 했던 적도 있었는데 태현이 되레 자신을 감싸주었다. 마음이 묘해졌다.

"맞아. 8반에 교감 조카가 있는데 개도 그런 오해 많이 받는다고 하더라."

"그런데 누가 봐도 선생님들이 개한테 점수 후하게 줘서 말이 많은 게 사실이잖아."

"아무튼 잘 들어라. 누구든 노정우 까면 사살이다. 맹세코 가만 안 둬."

다시 한 번 태현이 정우를 감싸고돌았다.

"태현이 네가 웬일이냐? 개한테 얻어터진 적도 있으면서."

"웬일이긴? 형님이 늘 그러셨잖아. 한 반으로 묶이는 순간부터 우리는 한 팀이라고. 팀워크가 깨지면 위기를 극복하지 못하고 공멸하게 되는 거라고. 벌써 다 잊었냐?"

"오오, 자식, 달라 보이는데?"

"다르긴 뭐가 달라? 네가 내 진면목을 몰라봐서 그렇지."

"그런데 형님이 지난번 학교 그만둔 이유가 마음에 걸린다."

"나도 나도."

"형님이 그럴 사람이 아니라는 걸 알기는 하는데 도대체 왜 학교를 그만둔 걸까? 잘못한 게 없다면 오히려 버티고 있어야 하는 거잖아."

"나도 그게 이상해."

"아, 내가 그때 44초만 일찍 와서 예쁜 누나를 소개받았으면 알아볼 수도 있는 일인데 아깝다."

태현이 유진의 이야기를 꺼냈다.

정우는 그 말에서 힌트를 얻었다. 정원이 모든 오해에서 벗어날 수 있는 열쇠를 쥔 사람이 유진이 될 수도 있다는 생각이 들어서였다. 틀림없이 유진은 정원이 그럴 수밖에 없었던 이유를 알고 있을 것이다. 정우는 방과 후에 유진을 만나보기로 하고 교실로 들어섰다.

정우가 등장하자 교실 분위기가 어색하기 짝이 없어졌다.

함께 모여 이야기를 나누던 아이들이 입을 다물고 슬금슬금 흩어져 자기 자리로 돌아갔다.

정우는 무슨 말이라도 해야 할 것 같아 입을 열었다.

"미안하다. 나로 인해서 일이 커진 것 같아서 말이야. 진심으로 사과하고 싶다."

"정 미안하면 사과라도 하나씩 사서 돌리던가."

누군가의 썰렁한 농담에 여기저기서 야유하는 소리가 터져 나왔다.

"아오, 재미도 없고 감동도 없고."

"누가 아니래, 쟤가 하도 더워서 정신줄을 놨나 보다."

"야, 노정우 말 좀 하게 닥쳐 봐."

태현이 소리를 지르자 조용해졌다.

정우는 다시 입을 열었다.

"면목없지만 너희들한테 부탁이 있다."

"뭔데, 말해봐."

"너희들은 아까 들어서 진상을 알겠지만 다른 아이들은 그렇지 않으니까……."

"소문 좀 내달라고?"

한 아이가 정우의 말을 받았다.

"그래."

"걱정 마라. 입 좀 놀려주는 거, 우리 전문 아니냐."

"맞아! 소문 금방 가라앉을 거니까 염려 마라."

태현이 확실하게 마무리까지 지어주었다.

정우는 비로소 아이들에게 미소로 답할 수가 있었다.

"고맙다. 정말 미안하고."

입에서 입으로 전해지는 소문만큼 빠른 것은 없었다. 아침부터 떠들썩했던 학교는 늦은 오후가 되자 안정을 되찾았다.

신혁의 해명으로 학교를 찾았던 학부모들도 더 이상 문제를 삼지 못하고 되돌아갔다.

하지만 정원이 전에 근무했던 학교를 그만둔 이유가 불명확해 논란의 여지는 남아 있는 상황이었다.

정우는 수업을 마치고 유진의 학교로 향했다. 만약 학교에서 만나지 못하면 학교와 집에서 가까운 도서관으로 찾아갈 생각이었다.

정우는 무작정 유진의 학교 앞에서 죽치고 기다렸다. 다른 교복을 입은 학생이 학교 앞에 서 있으니 당연히 시선이 집중될 수밖에 없었다. 그나마 다행인 건 유진의 학교가 남녀공학이라는 사실이었다. 여고 앞이었다면 아마 포기하고 되돌아섰을지도 모를 일이었다. 그만큼 민망하기 짝이 없었다.

"어? 너, 강정원 선생님 계시는 학교 애 아니니?"

누군가가 정우를 알아보고 다가왔다.

기억을 더듬어보니 스승의 날 학교로 찾아왔던 아이였다.

"맞아. 그런데 소유진 좀 만났으면 좋겠는데."

정우는 잠시 고개를 돌렸다. 따가운 시선 하나가 느껴졌기 때문이다.

한 녀석이 그를 빤히 쳐다보고 서 있었다. 여자아이들이 좋아할 만한 인물을 갖춘 녀석이었다. 큰 키에 이목구비가 시원시원하게 생겼고 무엇보다 눈빛이 강렬해서 쉽게 잊힐 만한 녀석이 아니었다.

"노정우!"

정우는 소리가 난 곳을 돌아보았다.

유진이었다. 몹시 당황한 표정이었다. 유진의 눈동자가 잠시 다른 곳을 향했다. 방금 봤던 녀석을 보는 듯했다.

순간 정우는 알 수 없는 감정이 가슴 한복판에서 불처럼 확 피어오르는 것을 느꼈다. 정우는 다시 녀석을 쳐다보았다.

녀석이 유진을 뚫어져라 보더니 등을 돌리고 가던 길을 갔다.

뭐야? 둘이?

정우는 유진이 다가오는 줄도 모르고 골똘한 생각에 빠져 있었다.

"너 여긴 웬일이야?"

"너 좀 만나려고. 가자."

정우는 유진의 손목을 확 잡아끌었다. 조금이라도 빨리 학교 앞을 벗어나고 싶었던 것이다.

이 광경을 지켜보던 여자아이들이 환호성을 질러댔다.

"어머, 얘가 미쳤어! 미쳤어! 이거 안 놔!"

유진이 정우의 등짝을 사정없이 갈기며 버둥거렸다.

하지만 정우는 꿈쩍도 하지 않고 걸음을 재촉했다.

"너 진짜 말 안 들을 거야?"

유진이 잡힌 손을 위로 확 들었다가 내리면서 나머지 다른 손으로 붙잡힌 곳을 자르듯 했다. 유진이 쉽게 빠져나갔다.

걸음을 멈춘 정우는 놀란 눈을 해가지고 유진을 쳐다보았다.

"그런 건 누구한테 배운 거야?"

"승민…… 몰라도 돼."

유진이 얼떨결에 승민이란 이름을 꺼냈다가 황급히 말을 바꿨다.

"승민? 승민이가 누군데? 너 남친 있어?"

"몰라도 된다니까!"

유진이 버럭 화를 내며 앞장서서 걸었다.

정우는 유진을 뒤쫓아 보조를 맞췄다.

"있으면 있는 거고 없으면 없는 거지 뭘 그런 걸 가지고 화를 내냐?"

"아무튼 됐고, 오늘 찾아온 이유나 말해봐."

"우리 선생님 왜 학교 그만두셨던 거야?"

유진이 걸음을 뚝 멈추고 단도직입적으로 묻는 정우를 쳐다보았다. 무척 당혹한 낯빛이었다.

"그런 건 갑자기 왜 묻는 거야?"

"알아야 할 일이 생겼어."

유진이 좀처럼 말을 하지 않더니 다시 발길을 재촉했다.

"말해줘. 다른 사람은 몰라도 넌 제대로 된 진실을 알 거 아냐."

정우는 재빨리 따라붙으며 말했다.

"그게 뭐가 그렇게 중요한데? 선생님 잘 가르치고 계시잖아. 아무 문제 없잖아."

"문제가 생겼어."

"문제라니? 무슨 문제?"

또다시 걸음을 멈춘 유진이 충격과 걱정을 담은 얼굴을 해가지고 정우를 쳐다보았다.

"안 덥냐? 시원한 데 좀 들어가서 말하자."

정우는 적당한 장소를 찾기 위해 주위를 두리번거렸다. 큰길

건너에 패밀리레스토랑이 보였다. 정우는 슬슬 배도 고프고 유진한테 밥을 먹여 도서관에 보낼 생각으로 횡단보도를 향해 먼저 걸었다. 의향을 물으면 보나마나 돈이 얼만데 그런 데를 가냐고 할 것 같아 정우는 아예 묻지도 않았다.

아니나 다를까, 유진이 레스토랑에 들어가면서부터 주문을 끝낼 때까지 계속 잔소리를 늘어놓았다.

"학생이 무슨 돈이 있다고 이런 델 오니?"

"나중에 먹튀하려고 그런다. 왜?"

"뭐? 먹고 튀어? 미쳤어! 미쳤어. 단단히 미쳤어."

정우는 괜히 웃음이 나왔다. 그의 말을 사실로 받아들였는지 사색이 된 유진이 안절부절못하는 게 꽤 귀엽게 느껴졌다.

"왜? 겁나?"

"나 이때까지 착한 모범생이란 소리 들어가며 살아왔거든? 내가 노정우 너 때문에 오점을 찍어야 되겠니?"

유진이 지갑을 꺼내 가진 돈이 얼마나 되나 계산하며 투덜거렸다.

"너더러 내란 소리 안 해. 집어넣어."

"내 머리가 어떻게 됐나 보다. 이젠 네가 나한테 반말해도 아무렇지도 않은 거 보면 말이야."

유진이 지갑을 내려놓고 한숨을 푹 쉬며 말했다.

"적응이 빨라 좋네."

"너 진짜 밉상이야. 알기는 아니?"

눈을 흘기는 유진을 보며 정우는 피식 웃어버렸다.

"흉인지도 모르고 좋단다."

"됐고, 우리 담임 왜 학교 그만두신 건지 말이나 좀 해봐라."

"너야말로 무슨 문제가 생긴 건지 말해봐."

두 사람은 서로 팽팽하게 맞섰다.

정우가 입을 열었다.

"내가 먼저 말하면 너도 말해줄 거야?"

"적당한 선에서만."

"적당한 선?"

"선생님이 덮고 싶어하는 이야기라서 그러는 거야."

"그래?"

정우는 곰곰 생각에 잠겼다가 다시 입을 뗐다.

"우리 형이랑 선생님이랑 사귀는 건 알지?"

"우리 형?"

금시초문인 듯 유진이 눈을 동그랗게 뜨고 되물었다.

"몰랐어?"

"잠깐만!"

유진이 정우의 말을 끊고 잠시 머리를 굴렸다. 그러더니 말도
안 된다는 듯이 인상을 잔뜩 구겼다.

"설마…… 멋진 삼선짬뽕님이 네 형이라는 거야?"

"멋진 삼선짬뽕? 그건 또 무슨 뚱딴지같은 소리냐?"

정우는 어이가 없어 실소했다.

"너희 학교 이사장님 말이야."

"우리 형 별명이 멋진 삼선짬뽕인 거냐? 난 사양할 테니 괴상한 별명 같은 거 갖다 붙일 생각 마라."

"말도 안 돼. 네가 그분 동생이었단 말이야? 정말? 진짜? 진심? 리얼리?"

유진이 기가 찬다는 듯 속사포처럼 말을 토해냈다.

"우리 학교에서도 딱 4명만 아는 일이었어. 오늘 다 밝혀졌지만. 그런데 선생님이 너한테까지 말 안 한 줄은 몰랐다."

"우리 선생님이 얼마나 입이 무거운 분이신데. 그런데 진짜 놀랍다. 너 안 닮았어. 전혀 형제 같지 않아."

"피 한 방울 안 섞였으니까 당연하지."

정우는 그렇게 말하고 내심 놀랐다. 왜 이런 말을 아무렇지도 않게 유진한테 털어놓는 건지 알 수가 없어서였다.

충동적으로 내뱉은 말에 유진도 그게 무슨 소리냐는 듯 계속 멀뚱멀뚱 쳐다보기만 했다.

"바보. 그게 무슨 말인지 몰라? 우리 가족들이 생판 남인 날 데려다 키웠다고."

유진이 아무 말을 하지 않고 쳐다보더니 눈을 내리깐 채 침묵했다.

"표정이 왜 그래? 혹시 불쌍하다, 안됐다, 이런 생각해? 그런 거면 집어치워라. 동정심 같은 건 딱 질색이니까."

"내가 지금 누굴 동정할 상황이니? 그저 조금 놀랐을 뿐이야.

그런 사연 듣고 놀라지 않는 게 더 이상한 거잖아. 동정 같은 거
안 해. 나도 동정받는 거 딱 질색인 사람이니까."

"아무튼 선생님이 곤란해졌다고."

정우는 다시 본론으로 돌아갔다.

"어떻게 곤란해졌다는 건데?"

"누군가가 선생님 뒤를 밟……."

정우는 갑자기 말을 끊었다. 그리고 조심스럽게 주위를 돌아
보았다. 불현듯 미행을 당하고 있을지도 모른다는 생각이 들었
기 때문이다.

"왜 그래?"

"잠깐만."

정우는 우측 약간 뒤쪽 자리에 홀로 앉아 있는 남자를 발견했
다. 재빨리 탁자를 눈으로 훑었다. 디지털카메라가 보였다.

남자는 의도적으로 시선을 피하는 것처럼 벽에 걸린 액자를
살펴보고 있었다.

정우는 티를 내지 않으며 일어섰다.

"잠깐 화장실 좀 다녀올게."

"그래."

정우는 정말 화장실을 갈 사람처럼 지나가는 직원한테 화장
실의 위치를 묻기까지 했다. 정우는 화장실을 가는 척하며 들키
지 않고 남자를 관찰하기 좋은 장소로 옮겨갔다. 정우는 잠시
그곳에 서서 남자를 몰래 염탐했다.

아니나 다를까, 남자가 주위를 살피더니 디지털카메라를 들고 유진을 몰래 찍어대기 시작했다.

정우는 방금 본 광경을 믿을 수 없어 눈에 힘을 주었다. 심장이 두근거렸다. 정우는 더 안쪽으로 들어가 휴대폰을 꺼내 들었다. 그리고 신혁한테 전화를 걸었다. 정우는 통화가 되자마자 작고 빠르게 말해 나갔다.

"누군가가 절 미행하고 있어요."

[뭐?]

"이리로 좀 와주세요. 여기 보람고등학교에서 가까운 B 패밀리레스토랑이에요. 유진이 아시죠? 개랑 있는데 티내지 않고 있을 테니 빨리 오세요. 제가 앉아 있는 쪽에서 오른쪽 약간 뒤쪽에 있는 남자예요. 디지털카메라로 우릴 찍고 있어요."

[알았어. 금방 갈게.]

정우는 전화를 끊고 잠시 마음을 다스렸다. 여전히 심장이 크게 두근거렸다. 일을 그르치면 안 될 것 같아 애써 호흡조절을 하며 진정시켰다. 화장실에 다녀온 흔적이 필요할 것 같아 황급히 화장실로 들어가 소매를 걷고 손까지 씻었다.

정우는 다시 자리로 돌아오면서 남자를 슬쩍 훔쳐보았다.

남자가 또 딴전을 부리고 있었다.

정우는 남자에게 등을 돌리고 자리에 앉았다. 유진을 동요시킬 것 같아 일단 남자에 관해 아무 말도 하지 않기로 했다.

"생각해 보니까 손을 안 씻은 거 같아서."

정우는 포크를 들고 스파게티를 돌돌 말았다. 배가 많이 고팠는데 뒤에 있는 남자가 신경 쓰여 식욕이 싹 사라졌다. 그래도 정우는 억지로 입에 밀어 넣었다.

"하던 말이나 계속 해봐."

유진이 궁금한지 정우를 재촉했다.

"배가 고파서 말할 기운도 없다. 조금 있다가 할게."

"그래, 열공 혈공할 시간도 빠듯하지만 누나가 착해서 봐준다. 동생아, 많이 먹고 무럭무럭 커라."

"넌 아직도 누나드립이냐?"

"내가 말했잖아. 절대 포기하지 않을 거라고."

"너도 진짜 어지간하다."

"그런 깨달음이 오면 네가 항복하면 되잖아."

"항복은 무슨, 됐다. 됐으니까 먹기나 해라."

"그래, 철딱서니 부족한 동생아, 이 누나가 이거 먹고 힘내서 꼭 대학 붙을게. 나 대학 가면 우리 꼭 한 번 만나자. 넌 교복 입고 난 하이힐에 화장하고. 어때? 기대되지 않니? 아마 그땐 네가 더 어색해서라도 누나라고 부를걸?"

"킬힐에 신부화장을 하고 와봐라. 내가 눈 하나 깜짝하는지."

유진이 얄밉다는 식으로 정우를 바라보았다.

"내가 빨리 결혼해서 반드시 형수님 소리라도 듣고 만다."

"형수님?"

"그래, 형수님."

"우리 형이랑 결혼이라도 할 참이냐?"

"어머, 어머, 어머! 얘가 누굴 막장녀로 만들고 난리야? 내가 미쳤니? 언감생심 그런 말도 안 되는 소설 써본 적도 없다. 너보다 나이 많은 남자랑 결혼해서 그런 소리 듣겠다는 거지. 이 바보탱이야!"

"그런 소리 하기 싫으면 너랑 결혼하면 되겠네."

"뭐, 뭐, 뭐? 이 바보탱이가 지금 뭐라는 거야?"

유진이 하도 어이가 없는지 말까지 더듬으며 핀잔을 주었다.

그때였다. 뒤에서 소란스러운 소리가 들렸다.

뒤를 돌아보니 신혁과 강현이 양쪽에서 남자를 제압하고 있었다.

신혁이 남자의 귀에다 대고 뭐라고 했더니 남자가 꼼짝도 하지 않고 가만히 있었다.

"어?"

유진도 신혁을 보고 놀랐는지 자리에서 벌떡 일어났다.

정우는 신혁에게 다가갔다.

유진도 곧 뒤따라왔다.

"빨리 오셨네요?"

정우는 생각보다 빨리 도착한 신혁에게 물었다.

"사실은 나도 유진이를 좀 만나려고 오던 중이었다."

정원이 가진 문제를 해결하기 위해 유진을 만나는 게 좋겠다는 생각을 동시에 했던 모양이었다.

"그러셨군요."

"우린 이 사람이랑 할 말이 있으니 먼저 가보마. 먹고 유진이 잘 데려다 주고 와."

"네."

"안녕히 가세요."

유진이 영문을 모르겠다는 표정을 하고 인사를 했다.

신혁이 빙긋 웃으며 답하고 남자를 끌고 밖으로 나갔다.

"이게 다 무슨 일이야?"

유진이 많이 놀란 표정으로 물었다.

"내가 차근차근 설명할게. 앉자."

정우는 그동안 일어났던 일을 설명해 주기 위해 자리로 돌아갔다.

27

"이 정도면 충분하지 않습니까?"

강현이 신혁에게 볼펜과 메모리 카드를 들어 보이며 말했다. 볼펜엔 은영이 시켜서 미행을 했고 사진촬영까지 했다는 남자의 진술이 더해졌다. 그리고 메모리 카드엔 그동안 남자가 정우를 쫓아다니며 찍었던 사진이 담겨 있었다. 호텔 앞에서 정원과 정우를 찍었던 문제의 사진도 그 안에 포함되어 있었다.

남자의 진술에 따르면 은영이 정우와 연관된 사람들한테 일일이 사람을 붙였다고 했다. 그래서 분명 자신이 발각된 사실도 이미 전해졌을 거라 했다. 아주 치밀하고 조직적이었다. 하지만 은영한테 불리한 상황으로 일이 치닫고 있다는 건 자명했다.

신혁은 그악한 은영이 그 사실을 알고 어떤 식으로 나올지가 궁금했다.

정우가 왔는지 현관문 쪽에서 인기척이 났다.

강현이 냉큼 볼펜과 메모리 카드를 바지주머니에 쑤셔 넣었다.

"다녀왔습니다."

정우가 강현과 신혁이 앉아 있는 소파로 다가와 인사를 건넸다.

"왔니?"

신혁과 강현이 동시에 말했다.

"어떻게 됐어요? 그 남자?"

그게 가장 궁금했던 모양인지 정우가 소파에 엉덩이를 붙이며 물었다.

"풀어줬어."

강현이 불만조로 얼른 대답했다.

"풀어주다니요? 경찰에 넘기지 않았어요? 왜요?"

정우 역시 황당하다는 말투였다.

이에 강현이 또 한 번 나섰다.

"나도 너처럼 경찰에 넘겨서 네 친엄마가 한 짓을……."

"강현 씨!"

신혁은 다급하게 강현의 말을 가로막았다. 하지만 늦은 감이 있었다. 남자를 경찰에 넘겨 은영이 한 짓을 정우가 알게 해야 한다고 주장했던 강현이 끝내 사고를 친 기분이 들었다. 정우를 보니 이미 눈치를 챘는지 당황한 눈빛을 하고 있었다.

"그게…… 무슨 말이에요? 친엄마가 뭘 어쨌다는 거예요? 이번 일과 친엄마가 무슨 관련이라도 있는 거예요?"

"정우야."

신혁은 강현에게 원망을 쏟아내고픈 마음을 억누르고 정우를 불렀다.

"말씀하세요."

정우가 성마르게 재촉했다.

"누군가가 우리의 뒤를 밟고 있다는 건 너도 이제 확실하게 알았을 거다."

"전 처음에 형이랑 선생님한테만 그러는 줄 알았어요. 그러다 뭔가 이상하다는 생각이 들었어요. 저도 연루되어 있는 거죠? 그래서 그 남자가 제 뒤까지 밟았던 거죠?"

"유감스럽게도 그런 것 같다."

"도대체 누가 그런 일을 시킨 거죠? 설마…… 친엄마가……. 아니죠?"

정우가 진심으로 아니길 바라는 눈으로 신혁을 바라보았다. 그러다 좀처럼 말문을 열지 않는 신혁보다 강현에게서 답을 얻으려는 듯 시선을 돌렸다.

신혁은 재빨리 강현을 쳐다보았다. 절대 말하지 말라는 무언의 암시를 보내며.

"아! 맞다. 페이쓰 밥 주는 거 깜빡했다!"

강현이 다른 말을 하며 내빼자 정우가 다시 신혁을 바라보았다. 두려워하면서도 간절한 눈빛이었다.

"말해줘요. 숨기지 말고 제발 있는 사실 그대로를 말해줘요."

있는 사실을 그대로 말한다면 정우는 보나마나 걷잡을 수 없는 엄청난 충격에 휩싸일 것이다. 어떻게 그걸 알면서 원하는 대로 해줄 수가 있단 말인가. 신혁은 절대 그럴 수 없다고 생각했다.

"알아보는 중이야. 지금 말할 수 있는 건 그게 다야."

"나와 관계있는 일이라면 나도 알 권리가 있다고 생각해요. 그러니까 무슨 일이 있으면 꼭 알려줘요."

신혁은 잠시 아무런 말을 하지 못하고 입을 꾹 다물었다.

어떻게 해야 할까? 어떻게 해야 정우가 상처받지 않고 이 일을 해결할 수 있는 것일까?

수백 번, 수천 번 생각을 하고 머리를 쥐어짜 내도 답이 나오지 않는 일이었다. 신혁은 어떤 대답도 해줄 수가 없어 그저 고개를 작게 끄덕일 뿐이었다. 그 정도가 최선의 대답이었다.

"유진이한테 물어봤어요. 선생님이 학교 그만두신 이유요."

정우가 조금 전의 일을 일단락 지으며 말을 꺼냈다.

이에 페이쓰한테 밥을 주러 갔던 강현이 서둘러 쪼르르 달려왔다.

"왜 그만두셨대? 도대체 이유가 뭐래?"

"선생님이 덮고 싶어하는 일이라 적당한 선에서만 알려줄 수 있다고 하더니 좀처럼 말을 해주지 않더라고요. 그런데."

정우가 잠시 말을 끊었다.

"그런데 뭐? 답답해 죽겠다. 너희 집안 식구들은 절단신공들만 있나? 왜 이렇게 절묘한 순간에서 말을 끊어?"

강현이 답답증 때문에 못살겠다는 식으로 가슴을 두드렸다.

"저 그 녀석이 누군지 알 것 같아요."

"그 녀석이라니?"

신혁보다 강현이 더 적극적으로 나서서 물었다.

"선생님하고 문제 있었다는 그 녀석이요."

이제 정우도 아예 강현을 보고 이야기를 하고 있었다.

"누구야? 누구?"

"이름이 승민인 것 같아요. 유진이가 자꾸 말실수하다가 그 이름을 꺼냈거든요."

"승민이?"

"네. 그리고 교문에서 우연히 본 녀석이 아무래도 그 녀석 같다는 생각이 들어요."

"얼굴도 봤어?"

"네. 확실히 알아볼 수 있을 것 같아요."

"걔를 수배해야겠네요. 가장 중요한 열쇠를 가진 인물 같으니까요."

"그때도 입을 열지 않은 아이가 이제 와서 열겠습니까?"

신혁이 오랜 침묵을 깨고 입을 열었다.

"아, 그게 진짜 문제네요."

강현이 한숨을 내쉬며 속상해했다.

"그래도 제가 좀 만나볼까요?"

"정우 네가?"

강현이 눈을 크게 뜨며 물었다.

"설득이라도 해봐야 할 거 아니에요. 이대로 두면 선생님이 계속 곤란해지실 테니까요."

"글쎄다. 네가 나서서 해결될 문제 같지는 않은데……."

신혁은 걱정을 담아 말했다.

"사실 유진이 걔가 나설 것 같기도 해요."

"유진이가?"

"선생님이 그 녀석 때문에 계속 곤란해질 수밖에 없다는 사실을 깨달은 모양이에요. 되게 심각해져서 고민하더라고요. 유진이 걔 성격으로 봐서 절대 가만히 있을 것 같지는 않아요."

"아마 나라도 그럴 거다."

강현이 끼어들며 말했다.

"죄없는 사람이 당하고 있는 걸 그냥 두고 보기만 하는 거, 그것도 사람이 못할 짓이거든. 사정이 있어 본인이 나서지 못하면 곁에 있는 사람이라도 나서야지. 안 그러냐?"

신혁은 강현을 쳐다보았다. 아무래도 자신을 빗대어 하는 말 같아서였다.

아니나 다를까, 강현이 신혁을 의미심장한 눈으로 보고 있었다.

"정우야, 만약 네가 유진이라면 어떻게 할래? 강 선생님이 덮어두고 싶어하는 일이 그분의 발목을 잡고 있는데 너 같으면 네가 알고 있는 진실을 밝힐래 아니면 그분이 하자는 대로 계속 덮어둘래?"

강현이 점점 대범하게 나왔다.

"쉬운 일은 아닌 것 같아요."

"물론이지. 절대 쉬운 일은 아니지. 솔직히 아무런 상관도 없는 제삼자일 수도 있으니까 말이야. 그래도 그냥 놔두면 그분이 계속 억울한 누명을 쓰실 거 아니니?"

강현의 말대로 신혁의 상황과 정원의 상황은 굉장히 유사했다. 강현은 지금이라도 정우한테 그동안 은영이 벌였던 극악무도한 짓을 낱낱이 폭로하고픈 게다. 그래서 자꾸 저런 식으로 말을 돌리는 것이었다.

신혁은 위험수위가 높아지는 강현의 말로 인해 불안해지기 시작했다. 정우 앞이라 티를 낼 수도 없고 그야말로 죽을 맛이었다.

"제가 유진이라면 승민이라는 녀석을 설득할 것 같아요. 그 녀석이 직접 진실을 밝힐 수 있게 말이에요."

"설득을 해도 입을 열지 않는다면?"

강현이 끈덕지게 물고 늘어졌다.

"글쎄요. 정말 어려운 문제네요. 당사자가 아닌 유진이 입을 연다면 끝까지 진실을 덮어두고 싶어했던 선생님 입장에서는 그동안의 모든 노력과 수고가 물거품이 되는 일이니까요."

"맞아. 그래서 당장이라도 폭로하고 싶은데 입을 열지 못하는 이유도 그거지."

"유진이 걔 지금쯤 엄청 고민하고 있겠네요."

"아마 머리를 쥐어뜯고 있을지도 모른다. 하루에 10년씩 늙어가는 기분일걸."

강현이 그 심정을 누구보다 잘 안다는 듯 말했다.

"고3한테 괜한 짐을 얹어준 걸까요?"

정우가 어두운 낯빛을 했다. 생각보다 풀기도 어렵고 여러 사람을 힘들게 만드는 문제라는 인식을 한 모양이었다.

"살다 보면 불가항력적인 일도 생기고 어떤 사명이 주어지는 일도 생기는 거다. 그게 자연스러운 일이니까 너무 걱정하지는 마. 굳이 네가 아니더라도 강 선생을 위해 유진이한테 그 일을 논의할 사람들은 많았을 거야."

강현이 정우의 등을 토닥였다.

신혁은 그 광경을 지켜보며 생각이 많아졌다.

도대체 어떤 방식으로 일을 해결해야 하는 것일까? 어떤 사람도 상처받지 않고 일을 해결할 수 있는 방법은 존재하지 않는 것일까? 이러한 마음이 욕심은 아닐 텐데 왜 뚜렷한 길이 보이지 않는 걸까?

무엇보다 지혜가 간절한 순간이었다.

정원은 우두커니 생각에 잠겼다가 문을 열고 들어오는 유진을 보고 소스라치듯 깜짝 놀랐다. 평소 같으면 도서관에서 공부를 하고 있을 시간이었기 때문이다.

"무슨 일이야? 어디 아파?"

"그냥…… 오늘은 좀 쉬려고요."

정원은 매가리가 하나도 없는 유진이 걱정되어 바짝 다가갔다. 열이 있나 싶어 이마를 짚어보고 체기가 있을까 봐 손을 만져 보았다.

"아프지 않아요."

정원을 바라보는 유진의 목소리가 왠지 구슬프게 들렸다.

"무슨 일 있었던 거지?"

이런 적이 없었던 아이라 정원은 걱정스러웠다.

"저녁은 드셨어요?"

유진이 갑자기 딴소리를 해왔다.

"저녁? 그냥 대충."

사실 정원은 저녁을 거른 상태였다. 떠들썩했던 학교 일로 인해 하루 종일 입맛이 달아난 상태였기 때문이다.

유진이 계속 슬픈 눈을 하고 정원을 쳐다보았다.

"너 왜 그래? 왜 그런 눈을 해?"

"속상해요."

유진이 울먹거렸다. 금세 눈에 눈물이 그렁그렁 돌았다.

"왜? 왜 속상한데?"

"선생님이 너무 착해서 속상해요."

"뭐? 너 뭐 잘못 먹었냐? 느닷없이 그게 무슨 말이야?"

정원은 어이가 없어 웃음이 터졌다.

하지만 유진은 반대로 눈물과 울음이 터지고 말았다.

정원은 웃음기를 거둬들이고 유진을 토닥였다.

"네가 이러면 나도 속상해지잖아. 울지 마. 뚝 그쳐."

"선생님, 그만 착하게 사세요. 매번 힘들게 애들 뒤치다꺼리 해도 좋은 소리는커녕 오해만 받으시고, 그게 뭐예요? 다 소용없는 것 같아요. 세상이 악해서 착하게 사는 거 다 부질없는 짓 같다고요."

"어허, 소유진답지 않게 왜 이럴까?"

정원은 마음이 어지럽게 요동치는 것을 느꼈다.

"승민이가 원망스럽고 미워요. 선생님 이렇게 만든 거 다 걔 잘못이잖아요!"

"그러지 마. 승민이도 어쩔 수 없는 일이었어."

"선생님은 아직도 승민이를 옹호하고 싶으세요? 그 녀석 때문에 선생님이 이렇게 당하고 있는데도?"

"승민이 잘못 아니야. 내가 선택한 거였어."

"그 녀석이 잘못된 마음만 먹지 않았어도 이런 일은 없었다고요."

유진의 울음이 점점 커졌다.

그럴수록 정원은 가슴이 천 갈래 만 갈래로 찢겨 나가는 것 같았다.

"살다 보면 어쩔 수 없는 선택을 해야 할 때가 있어. 선택의 갈림길에서 한 길은 죽게 되는 길이고 또 한 길은 살 수 있는 길이면 누구든 살 수 있는 길을 택하지 죽게 되는 길을 택하지는 않아. 살고자 하는 마음이 때로는 사람을 이기적이고 인색하게 만드는 경우가 있어. 그걸 나쁘다고 할 수는 없는 거야."

"선생님도 그러시지 왜 안 그러셨어요? 왜요?"

"죽지 않을 것 같았어."

정원은 유진을 향해 미소를 지어 보였다.

"봐. 이렇게 멀쩡하잖아."

"죽진 않았어도 가시밭길 걷고 계시잖아요."

"괜찮아. 처음엔 아파도 나중 되면 굳은살 박여서 괜찮아."

"모르겠어요. 선생님 같은 분이 많지 않아서 그런지 저는 왜 그렇게 선생님이 희생을 하고 사시는지 이해가 되지 않아요. 저 같은 애 떠안고 사시는 것도 그렇고……."

"야! 입은 삐뚤어졌어도 말은 바로 하고 살자."

정원은 더는 들어줄 수 없다는 듯 유진의 말을 끊었다. 그리고 자신의 생각을 밝혔다.

"내가 널 떠안았니? 아냐, 네가 뭘 착각하고 있나 본데 네가 날 떠안고 사는 거야. 너, 나 아무것도 못하게 하잖아. 엄마처럼 마누라처럼 먹여주고 입혀주고 재워주고. 난 가끔씩 너 없이 어떻게 살까 싶어 걱정도 하고 그래."

사실이었다. 유진은 이 집에 들어왔을 때부터 살림을 도맡아 했다. 그게 마음의 부담을 덜어내는 일이라 생각했는지 아무리 말려도 소용없었다. 고3이 되어서도 마찬가지였다. 공부에 더 신경을 쓰라고 해도 막무가내로 고집을 피웠다. 그래서 정원은 어쩔 수 없이 유진이 하고 싶은 대로 하게 놔두었다.

정원은 아직도 할 말이 남아 계속 입을 움직였다.

"그리고 내가 무조건 퍼주고 희생하고 손해 본다고 생각하지 마. 그건 정말 잘못 생각하고 있는 거야. 그럴 만하니까 그러는 거고, 그로 인해서 내가 얻은 게 얼마나 많은데."

"뭘 얻으셨는데요?"

"일일이 열거하기도 힘들어. 우선 좋은 사람들을 더 많이 얻었지. 내게 힘을 불어넣어 주고 날 지켜주기 위해 애쓰는 사람들. 그리고 그 사람들이 준 사랑과 믿음과 희망과 배움과 교훈 등등."

"그 정도에 만족하시는 거예요?"

"그 정도면 충분하지 뭐가 더 필요해? 난 이렇게 행복한데."

"앞으로 선생님이 좋아하시는 일 하실 때 어려움이 있을 수 있잖아요. 더 많은 수난을 겪을 수도 있고요."

"감당할 만하니까 그런 역경도 오는 거겠지. 견디고 이겨낼 때마다 내가 가진 신념도 더불어 성장하는 것 같아서 이제는 두

렵지 않아."

유진이 손으로 눈물을 닦아냈다. 울지 않으려고 애를 썼다.

"오늘…… 정우 만났어요."

"정우를? 어디서?"

정원은 깜짝 놀라 물었다.

"학교로 왔더라고요."

"학교로?"

모든 게 놀랄 만한 일이라 정원은 계속 되물었다.

"그래서 알게 됐어요. 멋진 삼선짬뽕님이 걔네 형이라는 거, 걔네 엄마가…… 전은영 씨라는 거, 그 외 가족들에 관한 거 모두요."

"그걸 정우가 말해?"

정말 놀라운 이야기였다. 정우가 왜 갑자기 유진을 찾아가 그 모든 걸 말했는지 이해가 가지 않았다.

"네. 저도 무척 놀랐어요. 그런 사연이 있을 줄 몰랐으니까요. 아마도 정우는 자신이 가진 비밀을 먼저 털어놓으면 제가 알고 있는 진실을 쉽게 말할 수 있을 거라고 생각한 모양이에요."

"네가 알고 있는 진실이라니?"

"선생님이 왜 학교를 그만두셨는지 그 이유를 제대로 알고 있는 사람이 저라고 생각한 거죠."

"그걸 물었어?"

유진이 고개를 끄덕였다.

"그래서 말해줬니?"

정원은 걱정스러운 얼굴로 물었다.

"아뇨. 선생님이 생각나서 말하고 싶어도 말할 수 없었어요."

"잘했다."

정원은 안심했다.

"아뇨. 잘한 것 같지 않아요. 그래서 마음이 좋지 않았어요."

유진이 다시 울먹거렸다.

정원은 유진이 다시 울까 봐 걱정이 되어 이러지도 저러지도 못했다.

유진이 계속 말을 이었다.

"누구한테도 털어놓기 힘든 비밀을 말하면서까지 정우는 선생님을 모든 오해에서 벗어나게 하려고 했어요. 그런데 전……선생님을 위해서 아무것도 한 게 없잖아요."

"네가 왜 한 게 없어. 내가 원하는 바를 아니까 그대로 해주고 있잖아."

"그게 선생님한테는 별 도움이 되지 않으니까 그렇죠."

"그렇지 않아. 너도 애쓰고 정우도 애쓰고 그게 모두 날 위한 거잖아. 난 기뻐. 행복해."

"더 행복해질 수 있는데 왜 마다하세요."

"너 솔직히 말해봐. 승민이 미워?"

유진이 아까는 밉다고 했지만 막상 솔직하게 말해보라니까 우물쭈물했다.

"너도 걔가 한순간 잘못된 선택을 했지만 왜 그럴 수밖에 없었는지 잘 아니까 미운 건 아니잖아. 오히려 이해를 하고 있잖아."

"맞아요. 어느 때는 밉고 어느 때는 안쓰럽고 그래요."

"나도 그래. 그 똑똑한 녀석이 왜 그때 그런 바보 같은 짓을 했을까 싶어서 솔직히 미워. 하지만 나도 너처럼 걔가 안쓰러워. 그래서 미워할 수가 없어. 비록 지금은 아니지만 난 걔를 지켜야만 했던 목자였고 걔는 내 양이었잖아. 양이 미운 짓 한다고 목자가 양을 버리나? 그렇지는 않잖아. 난 어떻게 보면 승민이한테 가장 큰 벌을 준 거야. 무기징역 같은 벌. 얼마나 마음이 무겁겠니? 자신으로 인해서 내가 소중한 꿈을 포기했다고 생각할 텐데 얼마나 괴롭겠어. 그래서 어쩔 땐 그게 마음에 걸려."

유진이 정원을 뚫어져라 쳐다보았다. 안타까운 눈으로.

"세상엔 선생님 같은 분이 더 많아야 하는데 왜 사람들은 그걸 모르고 자꾸 흔들어대고 못살게 하는 걸까요?"

"서로 다르니까. 틀린 게 아니라 다르니까. 틀린 건 빨리 알아낼 수 있어. 하지만 다른 건 좀 더 시간이 걸려. 이해하는 과정이 필요하니까."

"선생님이 여자라서 좋기는 한데 가끔은 아쉬울 때가 있어요."

"뭐가?"

"남자로 태어났어야 제가 선생님이랑 결혼해서 평생을 같이 살 수 있을 거 아니에요."

정원은 웃으며 유진에게 꿀밤을 주었다.

"인마, 내가 남자로 태어났으면 우리는 이렇게 살 수도 없었어."

"에에에, 솔직히 말하면 멋진 삼선짬뽕님하고 연애할 수 없는 게 더 큰일이다 싶었죠?"

"아니라고는 말 못하지."

"와, 사랑이 무서운 거네요. 지금 선생님 표정이 어땠는지 알아요?"

"내가 뭘?"

"지금까지 본 표정 중에 가장 여자다운 표정이었단 말이에요."

"그래? 어떤 표정이었는지 나도 되게 궁금하네."

"거울 없이는 자기가 자신 모습을 볼 수 없다는 거 어떻게 보면 아주 당연한 일인데 왜 그렇게 만들어졌는지 모르겠어요."

"거울 장수 밥줄 끊길까 봐 그랬나 보지 뭐."

유진이 애매모호한 표정으로 정원을 쳐다보았다.

"선생님."

"응? 왜?"

"설마 수업시간에 그러진 않으시죠?"

"나 예전에도 그런 질문 받은 적 있거든? 학교 냉방비 절약 차원에서 가끔씩 교실을 냉장고로 만든다고 대답했고."

"어우, 진짜 순간적으로 체온이 뚝 떨어졌어요."

"요게 이제 보니까 꿀밤을 먹고 싶어서 일찍 들어왔네. 옜다, 받아라. 꿀밤."

정원은 유진의 머리에 꿀밤을 한 대 더 먹이며 말했다.

"아야!"

유진이 과장된 몸짓으로 머리를 감싸고 고통스러워했다.

"누가 속을 줄 아니? 아직 연기력이 부족하거든?"

정원의 말에 유진이 헤헤거리며 고개를 들었다.

둘은 서로를 쳐다보며 웃음을 터뜨렸다.

28

"주승민."

유진은 점심식사를 마치고 급식실을 빠져나오는 승민을 불러 세웠다. 그동안 안면을 몰수하고 다녔던 유진이 승민에게 말을 건 것은 거의 일 년 반 만의 일이었다.

승민이 많이 놀랐는지 꽤 긴 시간 유진을 멍하니 쳐다보았다. 마치 시간이 멈춘 것처럼.

"나 좀 봐."

유진은 앞장서서 복도를 걸어 학교 건물 밖으로 나왔다. 후끈한 열기에 숨이 막혀오는 것 같았다.

뜨거운 햇빛을 받은 땅에서 지열이 아지랑이처럼 피어올랐다.

유진은 일부러 그늘 한 점 없는 곳을 향해 걸어갔다. 승민과의 대화 내용이 새어나가지 않게 하기 위해서였다.

"무슨 일이야?"

참으로 오랜만에 듣는 승민의 목소리였다. 학부모의 항의로 학교가 떠들썩했던 그날 이후로 승민이 웬만해서 입을 여는 법이 없었기 때문이다.

"너만이 해결할 수 있는 일."

"그게 무슨 말이야?"

승민이 눈살을 찌푸렸다. 무슨 뜻으로 하는 말인지 짐작도 안 되는 모양이었다.

"선생님이 곤란해졌어."

"선생님이라니? 어떤 선생님을 말하는 건데?"

"내가 오랜 침묵을 깨고 너한테 말을 걸 정도면 내가 말하는 선생님이 강정원 선생님이라는 것쯤은 알아들어야 하는 거 아니니?"

유진은 참지 못하고 발끈하고 말았다.

승민이 인상을 찡그렸다. 그게 눈부신 햇빛 때문인지 아니면 유진의 말 때문인지 분간하기는 어려웠다.

"어떻게 곤란해지셨다는 거야?"

승민이 진지하게 물었다.

"지금 근무하시는 학교 홈페이지에 누군가가 너와의 일을 언급해서 논란을 일으킨 모양이야."

승민이 다소 놀란 표정을 지었다. 그리고 한동안 아무런 말을 하지 않았다.

"무슨 말이라도 해봐."

유진은 답답하다는 듯 말했다.

"무슨 말을 어떻게 하라는 거야?"

약간의 짜증이 섞인 어투였다.

"뭐?"

유진은 어이가 없어졌다. 자신으로 인해 비롯된 일인데 걱정은 못할망정 무책임하게 말하는 승민한테 화까지 났다.

"잊었니? 네가 무슨 짓을 했는지, 선생님이 널 지키기 위해 어떤 식으로 희생하셨는지, 벌써 다 잊었어?"

"잊어?"

승민의 입 언저리에 가벼운 비웃음이 새겨졌다.

"어떻게 잊어? 그걸 어떻게 잊을 수 있냐고!"

승민이 점점 언성을 높이더니 나중엔 고함을 쳤다. 가슴에 응어리진 울분을 터트리는 것처럼. 거칠게 씩씩대던 승민이 다시 입을 열었다.

"아직도 너는 내가 입을 열지 않았다고 해서 모든 책임을 선생님께 돌렸다고 생각하는 거야?"

"결과적으로는 그렇게 됐잖아!"

유진은 그게 너무나도 사무치게 괴롭고 화나고 속상해서 다시는 승민과 말도 섞지 않겠다고 다짐했었다.

"내가 그렇게 되길 원했던 것 같아?"

"그럼 왜 가만히 있었어? 왜!"

유진은 날카롭게 따져 물었다.

"길이 보이지 않았어! 이리 가면 낭떠러지 저리 가면 막다른 길이라 아무 데도 갈 수가 없었다고!"

"이 바보야! 그러니까 왜 애초부터 가지 말았어야 할 길을 가!"

유진은 속상한 마음에 울먹이며 소리쳤다.

"그럼 나도 우리 부모님 너희 부모님처럼 사채업자들한테 쫓기다 인생 포기하게 만들어?"

유진은 이를 악물고 울음을 참느라 아무 말도 하지 못했다.

"너는 어떨지 몰라도 나는 지금도 시달려. 하루가 멀다 하고 찾아와서 행패 부리는 사채업자들 때문에 아버지는 일본에서 불법체류자 신분으로 일하시고 엄마는 당뇨병 때문에 인슐린 주사 맞아가며 일해서 빚 갚아나가. 이런 상황에서 내가 무슨 말을 해. 나 하나만 바라보고 계시는데 내가 어떻게 입을 여냐고! 학교에서 쫓겨나면 모든 게 다 끝나는데 내가 어떻게 그래!"

유진은 울음이 터질 것 같아 입을 틀어막았다. 하지만 흘러내리는 눈물은 어쩔 도리가 없었다.

승민의 말은 계속되었다.

"마음 같아선 이놈의 공부 다 때려치우고 돈이나 얼른 벌어서 빚부터 갚고 싶어. 그런데 내가 왜 이러고 있는 줄 알아?"

승민이 잠시 말을 끊고 유진을 노려보았다. 차마 밝히기 싫었지만 어쩔 수 없이 밝힌다는 듯 표정이 일그러질 대로 일그러졌다.

"선생님 때문에 그러지 못하고 있는 거야! 네가 그걸 알기나 해? 내가 여기서 학교 그만두면 그때 선생님이 날 위해 하신 희생이 물거품이 되어버리니까! 그래서 하루에도 몇 번씩 느끼는 유혹 다 뿌리치고 죽어라 공부에만 매달리는 거라고!"

유진은 무릎을 접고 두 손으로 얼굴을 가린 채 울음을 터뜨렸다.

양가 부모들이 함께하는 사업이 잘되었을 때는 미처 몰랐다. 이렇게까지 불행으로 얼룩진 삶을 살게 될 거라고는 상상도 하지 못했다.

원래 두 가족은 서로 사돈을 맺자고 할 정도로 사이가 좋았다. 하지만 사업이 망하고 유진의 부모가 목숨을 끊은 뒤로 모든 게 달라졌다. 함께 떠안았던 빚이 고스란히 승민의 부모 몫으로 넘어가면서 감당해야 할 고통이 더욱 가중되었기 때문이다.

자연스레 승민과 유진의 관계도 예전 같을 수 없었다.

승민의 부모는 자식처럼 예뻐했던 유진을 꺼려하게 되었다.

유진도 그 사실을 모르진 않았다. 서로 가슴 아프지만 어쩔 수 없는 일이었다.

승민은 어려서부터 줄곧 전교 1등을 도맡아 했을 만큼 영리하고 똑똑했다. 인물도 빼어나 어디서나 주목을 받았다. 그런 승민이 부모의 사업 실패로 잘못된 선택을 하고 어리석은 짓을 하고 말았다.

부도를 막기 위해 사채업자들한테서까지 돈을 끌어다 썼지만 끝내 막지를 못했던 승민의 가족은 나날이 심해져 가는 사채업자들의 횡포에 휘둘렸다.

그래서 도저히 안 되겠다 싶었는지 승민이 부모 몰래 유흥업소를 드나들며 돈을 벌기 시작했다. 워낙 키가 크고 말과 행동이 어른스러워 미성년자임을 들키지 않고 용케 잘도 버틴 모양이었다.

하지만 꼬리가 길면 잡히는 법. 아이들 사이에서 유흥업소를 드나드는 승민을 봤다는 소문이 돌기 시작했다.

그 사실을 알게 된 유진은 정원에게 도움을 청했다. 승민을 그대로 뒀다가는 큰일이 나겠다 싶었던 것이다. 아무리 전교 1등이라도 학생 신분으로 해서는 안 될 일이었기 때문에 발각이 되는 날엔 퇴학처분을 면하기 힘들었다.

정원이 여러 차례 승민을 만나 설득을 했다.

하지만 승민은 말을 듣지 않았다. 어떻게든 돈을 벌어서 빚을 청산하겠다는 쪽으로 마음을 굳혔던 것이다.

정원이 유흥업소에 직접 들어가 승민을 빼오기도 여러 번. 그러다 아이들과 학부모의 눈에 띄고 말았다.

자세한 내막을 모르는 사람들은 그 일을 여선생과 제자 간의 부적절한 관계에서 비롯된 일쯤으로 여기고 비난을 쏟아부었다.

승민의 부모가 학교로 호출이 되었다. 살면서 단 한 번도 속을 썩인 적이 없었던 아들이라 충격은 이루 말할 수 없었다.

진실이 가려진 상황에서 부모와 학교 측은 이 일의 잘못은 무조건적으로 정원에게 있다고 입을 모았다. 사리 판단과 분별이 부족한 아이를 꼬드겨 농락한 것도 모자라 학교 위신을 추락시켰다고 손가락질했다.

그 가운데서 승민은 이러지도 저러지도 못했다. 제대로 된 진실을 말하자니 무엇보다도 자신을 마지막 유일한 희망으로 삼아 역경을 극복하고 있는 부모가 마음에 걸렸다. 그렇다고 오해를 그냥 내버려 두자니 정원이 모든 잘못을 뒤집어쓰고 화를 면치 못하게 생겼다. 상황이 그렇다 보니 승민은 입이 있어도 아무런 말을 할 수가 없었다.

그런 승민을 위해 총대를 멘 사람이 정원이었다. 정원은 부모와 학교가 승민한테 거는 기대를 누구보다 잘 알았다. 그리고 승민은 여기서 모든 게 끝날 수 있지만 자신은 다시 시작할 수 있다는 판단을 했던 것이다. 그래서 이 일을 무마하기 위해 정원은 사직서를 제출했다.

잘못을 인정해서가 아니었다. 어떻게든 제자를 지켜주고 싶은 마음에서였다. 승민이 자신의 잘못을 뉘우치고 다시는 똑같은 전철을 되밟지 말라는 의미로 한 일이었다. 하지만 사직서는 부정적인 이미지만을 남겼을 뿐이었다.

　물론 끝까지 정원을 믿는 사람들도 있었다. 문제는 그렇지 않은 사람들도 있다는 것이었다. 정원을 믿는 사람들은 그 뜻이 어떤 것인지 알기에 입을 다물 수밖에 없었고, 믿지 못하는 사람들은 신이 나서 입을 놀리고 말을 부풀렸다. 그로 인해 정원이 받은 상처도 매우 컸다.

　유진은 눈물을 닦고 일어났다. 목이 엉기고 막혀서 제대로 말이 나오지도 않았다.

　"모르겠다. 무슨 말을 해야 하는 건지도 모르겠고 앞으로 내가 어떻게 해야 하는 건지도 모르겠다. 그래. 그때 너의 상황, 심정이 지금의 나와 같은 것이겠지."

　유진은 잠시 말을 끊었다가 다시 입을 열었다.

　"네가 그렇게 할 수밖에 없었던 거…… 어떻게 보면 내 책임도 크다는 생각이 든다. 우리 부모님이 그렇게 돌아가시지만 않았어도 네가 그렇게까지 극단적인 선택을 할 필요도 없었겠다 싶고 말이야."

　승민이 초점 없는 눈으로 땅만 응시하고 있었다. 여전히 일그러진 얼굴로.

　"미안하다."

　유진의 힘없는 사과에 승민이 눈을 들어 그녀를 보았다.

　"마지막으로 할 수 있는 말은 그게 다인 것 같다."

　유진은 깊은 한숨을 내쉬며 자리를 떠났다.

승민이 좀처럼 자리를 벗어나지 못하고 그대로 서 있기만 했다.

1학년 12반 교실이었다.

종례만을 남겨둔 상황이라 아이들이 왁자지껄하게 떠들면서 정원을 기다리고 있었다.

정우는 오늘도 방과 후에 보람고등학교를 찾아갈 생각이었다. 유진이 아니라 승민을 만나기 위해서였다.

"야, 우리 이제 형님을 형수님이라고 불러야 하는 거 아니냐?"

정우 바로 앞에 앉아 있는 태현과 이야기를 나누던 한 아이가 불쑥 말을 꺼냈다.

"인마, 결혼을 해야 형수님이 되는 거지."

"결혼 전에 그렇게 불러도 상관없는 거 아닌가?"

"아닐걸? 야, 노정우."

태현이 뒤를 돌아보며 정우를 불렀다.

"왜?"

"너희 형이랑 우리 형님이랑 결혼하실 거지?"

"글쎄다. 아직 모르겠는데."

정우는 피식 웃으며 답했다.

"두 분이 사귀는 거 이제 개나 소나 다 아는 사실인데 조만간 결혼 발표하지 않으실까?"

"글쎄다."

아직 결혼 이야기는 한 번도 나온 적이 없었기에 정우는 계속 그렇게 말할 수밖에 없었다.

"그런 소식 있으면 우리한테 먼저 말해주기다."

"그래. 알았다."

그때였다. 누군가가 형님이다, 하고 외치는 소리가 들려왔다.

이에 아이들이 자기 자리로 돌아가고 정원이 교실 안으로 들어섰다.

"오늘 하루 잘 보냈니?"

항상 우렁차고 기운이 넘치는 정원이었다.

"네!"

"요즘 불쾌지수 높다고 여기저기서 치고 박고 싸우는 일이 자주 있는 모양이야. 다들 조심하고 금방 여름방학 오니까 조금만 더 힘내자."

"방학하면 뭐 해요. 보충에 학원에 더 힘들기만 할 텐데요."

누군가가 툭 하고 내던진 말에 아이들이 서로들 맞아요, 하며 아우성을 쳤다.

"그래도 방학하면 늦잠 한 번이라도 더 잘 수 있고 시간 내서 여행이라도 다녀올 수 있잖아. 그러니까 기대하는 마음으로 즐겁게 살면서 여름방학을 맞이하자는 거지. 학교 끝나고 엉뚱한 데로 새지 말고 집에 가서 찬물로 샤워하고 공부해라. 알았지?"

"네!"

"대답 하나는 잘해서 예쁘다. 민호야, 인사하고 가자."

"차렷, 경례."

"감사합니다!"

인사가 끝나자 정우는 서둘러 일어났다.

하지만 정원이 잠시 남으라는 듯 손짓을 해와 주춤했다.

아이들이 우르르 빠져나간 교실은 금세 조용해졌다.

정우는 정원에게 다가갔다.

"왜 부르셨어요?"

"할 말이 좀 있어서. 우리 좀 앉을까?"

정우는 정원이 가리키는 의자에 앉았다.

"유진이한테 얘기 들었는데 학교로 찾아갔었다며."

정원이 가까운 곳에 놓인 의자를 끌어다 앉으며 조심스럽게
말했다.

"네."

"음……. 정우야."

정원이 꺼내기 어려운 말인지 한참을 망설였다.

"편하게 말씀하세요."

"혹시…… 나와 문제가 있었던 아이도 찾아갈 생각이니?"

정우는 어떻게 할까 잠시 고민을 하다가 솔직하게 털어놓기
로 했다.

"실은 오늘 만나려고 했어요."

"그랬구나."

이미 그럴 줄 알고 남으라고 한 것 같은 기분이 들었다.

"제가 만나지 않았으면 하시는 거예요?"

"응. 그러지 않았으면 좋겠어."

정원이 심사숙고한 끝에 대답했다.

"왜요?"

"걔와 나를 위해서."

"선생님이 아니라 승민인가 뭔가 하는 그 녀석을 위해서겠 죠."

이름을 거론하자 정원이 다소 놀란 표정을 짓더니 이내 아니라는 듯 고개를 가로저었다.

"아냐, 그렇지 않아. 정말 승민이를 위해서도 나를 위해서도 그러지 않았으면 좋겠다는 거야."

"이해가 안 가요."

"다 지난 일이고 새삼스럽게 그 일을 끄집어내서 그 아이를 힘들게 하고 싶지 않아서 그래. 그건 나도 힘들어지는 일이거든."

"이 일을 해결하지 않으면 선생님은 끊임없이 오해를 받으실 거예요."

"괜찮아."

"괜찮다고요?"

"응. 정말 괜찮아."

"어떻게 괜찮을 수가 있어요?"

정우는 말도 안 된다는 식으로 되물었다.

"내가 더 노력하면 되니까."

"그게 노력으로 될 일인가요?"

"사람들의 마음을 얻는 일, 신뢰를 얻는 일 다 노력이 필요한 일들이야. 그리고 지금 당장은 아주 심각해 보이는 일이지만 시간이 지나면 언젠가는 흐릿해져서 흔적도 없이 사라질 거야. 그러니 그때까지 노력하면서 잘 견디면 돼."

"선생님은 왜 그렇게 그 녀석을 감싸려고 하시는 거예요?"

"교사는 학생한테 부모와도 같은 존재가 되어야 한다고 생각해. 네 눈엔 내가 그 아이를 무조건적으로 감싸려는 것처럼 보일지 몰라도 사실은 그렇지 않아. 나는 그 아이한테 회초리를 든 거야. 그리고 그 아이는 지금 뼈저리게 반성하면서 노력하는 거고. 그러니 더 이상 파고드는 건 그 아이나 나한테 못할 짓이야."

정우는 할 말이 없어졌다. 정원한테 어떻게든 도움이 되려고 나섰는데 오히려 못할 짓이라고 하니 더 이상의 명분도 의미도 가치도 없는 일이 되고 만 것이다.

"선생님이 그렇게까지 말씀하시니까 저도 더 이상은 나서지 않을게요."

"고맙다. 내 뜻을 이해해 줘서."

정원이 마음이 놓인다는 듯 편한 미소를 지어 보였다.

반면 정우는 씁쓸한 표정을 하고 입을 열었다.

"아뇨, 전 선생님 뜻을 죽었다 깨나도 이해 못할 것 같아요. 다만 선생님이 원치 않으시니까 하지 않겠다는 거예요."

"아무튼 고마워. 참, 정우 너 이번 기말시험 잘 본 것 같더라. 선생님들이 다들 놀라워하셔."

정원이 더 이상 그 일에 관해서는 말하고 싶지 않은지 화제를 돌렸다.

"의심하는 게 아니고요?"

"의심? 왜 의심을 해?"

"나 딴에는 죽어라 열심히 했는데 이사장 동생이라서 무슨 특혜라도 받은 게 아닌가 하는 의심을 할 것 같아서요."

"음……. 네 입장에서는 그럴 수도 있겠다. 그런데 그런 선생님은 없으셨어. 걱정 안 해도 돼."

"그럼 다행이고요. 그런데 선생님도 열심히 하고 계신 거예요?"

"열심히 하다니 뭘?"

"뭐긴요, 우리 형하고 연애 열심히 하고 있느냐는 거죠."

"헐, 난 또 뭐라고."

정원이 쑥스러운지 얼굴을 붉혔다.

"애들이 많이 궁금한가 봐요. 결혼 얘기까지 묻더라고요."

"헐, 겨, 결혼?"

갈수록 태산이라는 듯 정원이 제대로 말을 잇지 못했다.

정우는 웃음이 나왔다.

"설마 선생님도 연애 따로 결혼 따로 이렇게 생각하시는 거예요?"

"응? 그, 그런 건 아니지만……. 결혼이라는 게 쉬운 일은 아니잖아. 나 혼자 결정하는 문제도 아니고 말이야."

"와, 저 오늘 처음으로 선생님이 여자로 보이는 것 같아요. 연애, 결혼 이런 얘기하니까 되게 부끄러워하시네요."

"칭찬도 욕도 아닌 것 같은데 기분이 되게 애매모호하다."

"형은 어떤 반응을 보일지 되게 궁금해지네요. 집에 가서 한번 물어봐야겠어요. 그런데 우리 형 많이 변한 거 아세요?"

"변하다니? 어떻게 변했다는 거야?"

"자꾸 웃어요."

"웃어?"

"네. 가만히 있다가도 아무 이유 없이 실실 웃어요. 별로 웃기지도 않는 방송인데도 웃고, 괜히 페이쓰한테 말 걸면서 웃고 그래요. 강현 아저씨랑 저랑 어이없을 때가 한두 번이 아니에요. 그러다 보면 우리도 따라서 웃게 되고 아무튼 형이 변했어요. 평생 아껴뒀다가 펑펑 쓰는 사람처럼 그렇게 자꾸 웃어대요. 뭐, 어딘가가 고장난 사람처럼 보일 때도 있지만 나쁜 것 같지는 않아요."

정원이 신혁의 웃는 모습을 상상했는지 히죽거렸다.

"그거! 바로 그거예요! 선생님이 방금 지은 표정 말이에요."

"내가 뭘 어쨌는데?"

"누가 커플 아니랄까 봐 우리 형하고 똑같은 표정에 말씀까지 하시네요."

정원이 안 되겠다 싶은지 자리에서 일어났다.

"정우야, 내가 좀 바빠서 이만 가봐야겠다."

"그것도 똑같아요."

정우는 아주 신이 나서 의기양양한 미소를 지으며 일어섰다. 그리고 이제는 정원을 보내줘야겠다 싶어 마무리를 짓기로 했다.

"우리 형이 선생님 같은 분을 만나서 참 다행이다 싶어요. 어떤 사람을 만나느냐에 따라 인생도 달라지는 거잖아요. 그런 의미에서 저도 형도 행운아인 것 같아요. 절대 우리 형 놓치지 마세요. 우리 형한테도 제가 그럴 거예요. 선생님 절대 놓치지 말라고요. 그런데 제가 오늘 너무 주제넘게 굴었나요?"

"그런 건 아니고 네가 너무 많은 걸 알고 있다는 기분은 든다."

"아는 게 힘이라는 말을 왜 하는지 알 것 같아요."

"난 모르는 게 약이라는 말이 왜 있는 건지 알 것 같다."

둘은 교실을 나오면서 함께 웃었다.

29

  무더위가 연일 기승을 부렸다.

  기상청은 당분간 비 소식이 없을 거라고 했다.

  웬일인지 은영도 아무런 연락을 해오지 않고 있었다. 미행을
시켰던 사람이 잡혔다 풀려난 그날 이후로 은영은 이상하다 싶
을 정도로 잠잠했다.

  무슨 꿍꿍이속일까 싶어 강현이 은영의 동태를 살폈다.

  알아본 결과 은영은 미국으로 출국해 국내에 없는 상태였다.
미국에서 비밀리에 결혼식을 올리고 신접살림도 그곳에서 시작
할 거라는 정보가 입수되었다.

  신혁은 강현으로부터 그러한 내용의 보고를 받고 씁쓸해했

다. 정우한테 자신이 친모임을 밝혔으면 다른 사람은 몰라도 친아들인 정우에게만큼은 결혼 소식을 전하고 상황 설명 정도는 했어야 하지 않나 싶어서였다.

정우는 아무것도 모르고 그저 은영의 연락을 기다리고 있는 듯했다. 신혁은 그런 정우가 안쓰러울 뿐이었다. 차라리 이럴 바엔 은영이 영영 연락을 끊고 나타나지 않았으면 싶었다. 하지만 그것은 어디까지나 그의 바람일 뿐이었다.

방학을 일주일 앞둔 일요일 저녁, 신혁의 아파트 거실은 웃음이 넘쳐흘렀다. TV에서는 여행을 주제로 한 예능 프로그램이 한창 방송 중이었다.

그리고 그 앞에 모인 세 남자는 삼겹살을 구워 먹으며 웃음을 빵빵 터뜨리고 있었다.

신혁은 원래 뉴스나 다큐멘터리, 스포츠가 아니면 TV 앞에 앉아 있는 일이 없었다. 그런데 정원이 신혁과 만나기 전엔 늘 그런 식으로 유진과 일요일 저녁을 보냈다고 해서 처음 시도해 본 일이었다.

강현은 대환영했고 정우는 어리둥절해했다. 한 번도 TV를 보면서 밥을 먹어본 일이 없어서였다. 더군다나 둘러앉아 삼겹살을 구워가며 식사를? 그런 일은 단 한 번도 없었다. 가족들과 정원에서 바비큐 파티를 한 적은 있어도 사방으로 튈 기름을 염려해 신문지를 잔뜩 깔고 냄새와 연기가 진동하는 거실에서 식사

를 해본 적은 없었다. 게다가 소주까지 주고받으며? 전무후무한
일이었다.

페이쓰도 처음 겪는 일이라 놀랐는지 계속 주위를 맴돌았다.
고기를 받아먹고 싶은지 입맛을 다시며.

안 해보던 일을 하려니 처음엔 서로가 어색했다.

하지만 강현이 모든 걸 알아서 준비하고 분위기를 이끌어 나
중엔 모두가 편안하고 즐거운 분위기에서 식사를 할 수 있었다.

"진짜 강 선생님 말씀대로 한 주간 쌓였던 스트레스가 확 날
아가는데요."

강현이 하도 웃어서 나온 눈물을 닦으며 말했다.

"그러게 말입니다."

신혁 역시 얼굴에 웃음기가 가득했다.

"잔이 비었네요. 받으십시오."

강현이 바닥을 드러낸 신혁의 잔에 술을 따라주었다. 그리고
소주 두 잔을 먹인 정우를 살폈다.

정우는 술을 먹은 것 같지 않게 아주 멀쩡했다.

"너, 술 곧잘 하는구나!"

"예전에 아버지가 먹어보라고 맥주 한 잔 주신 적 있었어요.
소주는 오늘이 처음이고요."

"마실 만해?"

강현이 정우에게 물었다.

"고기랑 먹으니까 괜찮은데요."

"그래, 삼겹살엔 소주가 최고고, 땀 흘린 뒤에는 맥주가 좋지. 그런데 너도 술 먹고 누구처럼 출산 주정하면 안 된다."

가만히 앉아 이야기를 듣던 신혁은 하마터면 방금 입에 넣은 술을 내뿜을 뻔했다.

"출산 주정이라니요?"

정우가 강현과 신혁을 번갈아 쳐다보며 물었다.

"낳고, 낳고, 낳고, 또 낳고 계속 낳고 그만 낳으라고 해도 자면서까지 낳는 그런 주정이 있다."

강현이 엉큼하게 웃으며 설명을 해주었다.

정우가 눈치를 챘는지 신혁을 쳐다보며 말없이 웃었다.

신혁은 자기도 모르게 헛기침을 하고 말았다.

"아니, 누가 이사장님이라고 딱 꼬집어 말했습니까? 그래 버리면 다 들통이 나지 않습니까?"

신혁은 계속적으로 놀려대는 강현에게 눈을 흘겼다.

"제대로 건수 하나 잡으신 모양입니다. 하지만 사람이 늘 당하고만 살라는 법은 없습니다. 언젠가는 강현 씨도 저한테 된통 걸리는 날이 있을 겁니다."

"뭐, 그렇게 말씀하셔도 겁나지 않습니다. 이사장님이 워낙 저한테 들킨 게 많으셔서요."

"들킨 게 많다니 뭐가 말입니까?"

신혁은 강현이 무엇을 말하는 건지 종잡을 수가 없어 되물었다.

"말해도 됩니까?"

"하십시오."

"노신혁은 강정원을 좋아한다. 노신혁은 강정원을…… 읍!"

신혁은 강현에게 얼른 달려들어 손으로 입을 막아버렸다.

강현이 웅얼거리며 버둥거렸다.

애들처럼 엉켜 있는 모습에 정우가 유치해서 못 봐주겠다는 표정을 짓더니 이내 웃어버렸다.

"계속할 겁니까? 안 할 겁니까?"

강현이 항의를 하듯 계속 웅얼거렸다.

신혁은 손에 더 힘을 주었다.

강현이 고통스러운지 안 하겠다는 식으로 손과 고개를 절레절레 흔들었다.

항복을 받아낸 신혁은 강현을 풀어주었다.

"와! 시킬 땐 언제고 이제 와서 사람 숨넘어가게 하시는 겁니까?"

강현이 억울하다는 식으로 따지고 들었다.

"애 앞에서 할 말이 있고 안 할 말이 있지 제 입장은 뭐가 되는 겁니까?"

신혁은 무섭게 눈을 희뜩이며 강현을 노려보았다.

"그래서 지금 강 선생님을 향한 애정을 부정하시는 겁니까?"

"헐."

예상치 못한 강현의 반격에 신혁은 할 말을 잃고 말았다.

"말씀해 보십시오. 부정하시는 겁니까?"

강현이 계속 끈질기게 물고 늘어졌다.

신혁은 마지못해 입을 열었다.

"아닙니다."

"좋아하십니까?"

"좋아합니다."

"사랑하십니까?"

이게 뭐 하는 짓인가 싶었다. 하지만 신혁은 여기에서 딴말을 하면 또다시 강현의 손아귀에서 놀아나게 될까 봐 순순히 인정하기로 했다.

"사랑합니다."

하지만 강현은 신혁의 예상을 깨고 장난기 넘치는 얼굴로 손뼉을 치며 음을 타기 시작했다.

"얼레리 꼴레리, 사랑한대요, 사랑한대요, 사랑한대요."

정우가 익살맞은 강현 때문에 웃음을 그치지 못했다.

신혁은 강태공도 울고 갈 강현의 낚시 솜씨에 경의를 표하면서도 헤드록을 걸고픈 충동에 시달렸다.

"내일 구인광고 하나 내주십시오."

강현이 눈 하나 깜짝하지 않았다.

"밥줄 끊겠다는 협박은 너무 식상해서 먹혀들지도 않습니다. 좀 더 참신한 걸 연구해 보십시오. 그리고 어느 누가 이사장님 비위 맞춘다고 자꾸 바꿀 생각을 하십니까? 저 같은 사람 못 구한다고 몇 번을 말씀드립니까? 그만 포기하고 우리의 만남을 운명으로 받아들이십시오. 그런데 우리는 여름휴가 안 갑니까?"

"여름휴가요?"

"설마 여름휴가도 없이 닥치고 일이나 하라는 건 아니시겠죠? 하다못해 쟤네들처럼 1박 2일 여행이라도 다녀와야 하는 거 아닙니까? 다양한 삶의 체험이 필요한 정우를 위해서도 그렇고요."

"재미있겠는데요?"

웃기만 하던 정우가 끼어들었다.

이에 강현이 힘을 얻어 더 활기차게 밀어붙였다.

"그치? 재미있겠지?"

"네."

정우의 얼굴에서 생기가 돌았다.

"이사장님, 이럴 게 아니라 이왕 말 나온 김에 우리도 방학 시작하자마자 1박 2일로 여행 떠나는 건 어떨까요? 강 선생님이랑 유진이도 포함시켜서 고고씽! 네? 네?"

"글쎄요. 이것저것 알아봐야 할 것 같은데요."

"에이, 여행의 묘미는 그냥 아무 준비도 없이 훌쩍 가는 겁니다."

"아무 준비 없이요?"

신혁은 뭘 해도 완벽하게 준비해서 하는 성격이라 강현의 제안이 당황스럽기만 했다. 아무 준비 없이 훌쩍 떠나본 적도 없고 말이다.

"장소도 사다리타기 복불복으로 정하고 어른은 5만 원, 애들은 50% DC해서 2만 5천 원, 딱 20만 원만 가져가서 모든 의식주를 해결하고 오는 겁니다. 잠도 텐트에서 자고 밥도 직접 해 먹고. 그야말로 야생으로!"

"그게 가능합니까?"

"초절정 알뜰여행의 새로운 역사를 써내려 가야죠!"

강현이 혼자 자신만만해서는 상상의 나래를 폈다.

신혁과 정우는 반신반의하며 서로를 쳐다보았다.

의기투합으로 1박 2일 여행을 떠나기로 했다. 사다리타기 복불복으로 서해, 동해, 남해 가운데 남해가 결정되었다. 그리고 정원의 본가가 부산 해운대라 이왕이면 지리나 지역 상황을 잘 아는 곳으로 가자고 해서 최종 여행지는 부산 해운대로 결정되었다.

정말 텐트 두 개에 간단한 취사도구와 20만 원으로 모든 게 해결될 수 있을까 하는 의구심이 최대 고민거리였다. 하지만 모험심과 실험정신을 발휘해 잊지 못할 추억거리를 만들어보기로 했다. 스릴을 만끽하기 위해 절대 개인 지갑이나 카드는 소지를 금했다.

다섯 명은 오전 5시에 집합했다. 그나마 서늘한 시간에 떠나야 에어컨을 켜지 않고 연료를 아끼며 갈 수 있다는 계산에서였다.

"운전은 가위바위보를 해서 지는 사람이 하는 걸로 합니다."

운전면허가 있는 신혁과 강현, 정원이 모였다. 장시간의 운전이다 보니 서로 피하고 싶은지 세 사람은 어딘지 모르게 비장해 보였다.

"남자는 주먹입니다. 자, 시작합니다. 안 내면 술래, 가위바위보!"

모두가 주먹을 냈다. 은근한 긴장감으로 모두가 안타까워하며 웃었다.

"강 선생님도 참, 남자는 주먹이라 했으면 보를 내서 이겨야지 왜 주먹을 내십니까?"

강현이 정원에게 어이없다는 듯 말했다.

"아하하하! 정말 우대해 주실 생각이었어요?"

정원은 웃으며 물었다.

"지금 절 의심하시는 겁니까?"

강현이 장난스럽게 무뚝뚝한 표정을 짓더니 이내 속사포처럼 말을 빠르게 쏟아냈다.

"안 내면 술래, 가위바위보!"

정원은 강현이 시키는 대로 보를 냈다.

그런데 강현도 보를 내서 결국 신혁이 걸리고 말았다.

"야호! 이사장님이 걸렸다!"

"남자는 주먹이라면서요?"

신혁이 어이가 없다는 듯 물었다.

"이번에는 그런 말 안 했는데요. 웅흥흥!"

강현이 신혁을 놀리면서 간사한 웃음소리를 냈다.

이에 신혁만이 낚였다는 표정을 짓고 나머지는 대폭소했다.

"갑시다!"

강현이 미리 정우와 유진을 데리고 뒷좌석으로 갔다.

자연스레 조수석은 정원의 차지가 되었다.

"출발!"

이른 아침이라 도로는 그나마 한산했다. 아직 해가 보이진 않았지만 어둡지는 않았다. 열린 차창으로 들어오는 바람도 꽤 시원했다.

"와, 제가 이사장님이 운전하는 차를 다 타보고 이거 꽤 기분이 좋은데요. 푸른 언덕에 배낭을 메고 황금빛 태양 축제를 여는 광야를 향해서 계곡을 향해서!"

강현이 흥에 겨워 노래까지 불러댔다.

그러자 신혁이 CD를 틀었다. 스피커에서 동일한 노래가 흘러나왔다.

"오, 역시 이사장님은 준비의 달인이시라니까요? 이런 건 언제 또 다 준비하셨나요?"

"안 그러면 가는 내내 강현 씨 라이브 들어야 할 것 같아서 그랬습니다."

신혁이 무뚝뚝하게 대답하자 강현이 흥, 하는 소리를 내며 노래를 따라 불렀다.

정우와 유진은 그런 강현이 우습다는 듯 계속 웃기만 했다.

그러다 유진이 손으로 입을 가리고 하품을 했다.

"졸려?"

옆에 있던 정우가 무심하게 물었다.

"얼마 못 잤거든."

"공부하느라?"

"놀러 가려고 무리 좀 했지."

"눈 좀 붙여."

"봐서. 지금은 괜찮아."

기분이 좋은지 유진이 계속 싱글벙글 웃었다. 차창 너머로 보이는 녹음 짙은 풍경에 매료가 된 듯 좀처럼 시선을 떼지 않았다.

"아침은 어디서 어떻게 해결할까요?"

노래를 흥얼거리던 강현이 질문을 던졌다.

"금강휴게소에서 먹으면 좋을 것 같아요. 거기가 꽤 경치가 좋거든요."

정원은 예전에 가보았던 기억을 더듬으며 말했다.

"아! 거기요. 저도 알 것 같습니다. 야외에서 식사나 차를 마실 수 있게 잘 꾸며놓은 곳이죠?"

"네. 강을 끼고 있어서 수상스키 타는 분들도 보이고 그래요."

"그럼 거기서 잠시 쉬어가는 걸로 하겠습니다."

신혁이 운전을 하면서 말했다.

"유진아, 우리 뭐 먹을까?"

"얘 자요."

정우가 강현의 물음에 대신 답했다.

모두의 시선이 유진에게 향했다.

유진이 창에 머리를 대고 자고 있었다. 꽤 피곤했는지 아무 소리도 못 듣는 듯했다.

"그새 자네?"

강현이 신기하게 쳐다보며 말했다.

"오기 전까지 밤새서 공부했거든요."

정원의 말에 강현이 혀를 내둘렀다.

"공부 잘한다더니 역시 다르네요."

"고3이다 보니 놀러 가는 것도 부담이 됐는지 미리 해놓더라고요."

정원은 뒤를 돌아보며 말했다.

자세가 불편했는지 유진이 고개를 반대 방향으로 돌렸다. 그러더니 이내 꾸벅거리다 정우의 어깨를 콩콩 박아댔다.

정우가 난감한 표정을 지으며 유진을 보다 어깨를 움직여 유진의 머리를 살포시 받아주었다.

정원은 그 광경을 흐뭇하게 바라보며 앞을 향했다.

차는 2시간 반을 달려 금강휴게소에 도착했다.

주차장에 차를 세우고 하나둘 내리자 유진이 천천히 눈을 떴다. 그리고 이상한 기분이 들었는지 몸을 퍼뜩 곧추세웠다.

"되게 잘 잔다, 너. 난 어깨 빠지는 줄 알았는데."

정우가 놀리듯 말했다.

"미안."

유진이 당황해서 빨개진 얼굴을 하고 사과했다.

정우가 재미있다는 듯 씨익 웃으며 차에서 내렸다.

"와! 다 먹고 싶다."

강현이 배가 고팠는지 군침을 삼켜가며 진열된 음식을 둘러보았다.

하지만 먹고 싶다고 다 먹을 수는 없었다. 최대한 돈을 아껴야 하기 때문에 만 원 한 장으로 아침을 해결하기로 했다.

다섯 명은 토스트, 감자, 버터구이 옥수수를 샀다. 그리고 소나무를 이용해 설치한 베란다로 나가 금강이 내려다보이는 테이블에 앉아 함께 나눠 먹었다.

"좋다! 비록 초라한 밥상이지만 말이야."

강현이 기름에 구운 감자를 입에 넣으며 말했다.

"이거 먹고 요기 아래 마련된 산책로 좀 걷다가 가면 좋을 것 같아요."

정원은 모두가 골고루 먹을 수 있게 토스트를 나눠 주며 제안했다.

"그럽시다."

정원이 건넨 토스트를 입에 넣고 우물거리며 신혁이 말했다. 즐겁고 색다른 경험을 하고 있다는 생각을 하는지 얼굴이 편안해 보였다.

자신에게 정해진 몫이 없다 보니 서로가 서로를 배려하며 음식을 권하고 먹으니 마음이 하나로 묶어지는 듯한 기분도 들었다.

음식을 다 먹은 그들은 산책로를 걸었다.

신혁과 정원이 앞장서고 강현이 유진과 정우를 양옆에 끼고 뭔가를 열심히 설명하면서 뒤따르고 있었다.

잔잔한 물과 강을 둘러싼 산을 보고 있으려니 마음이 편안해지면서 여유가 생기는 것 같았다. 앞만 보며 정신없이 살아왔던 나날들에 대한 보상을 받는 기분이었다.

"혹시 어른들께서 아십니까?"

신혁이 물었다.

"저희 가는 거요?"

"음…… 그것도 그렇고 저에 대해서 알고 계시는지 여쭈어보는 겁니다."

"아…… 가는 건 말씀드렸는데 신혁 씨에 대해서는 아직 말씀 못 드렸어요."

정원은 아버지와 통화를 하면서 여행을 가게 되었는데 집에 들를 수도 있다는 걸 말씀드렸다. 하지만 신혁에 대해선 어떻게 설명을 해야 좋을지 몰라 아무런 말을 하지 않았다.

"이런 식으로 찾아뵙고 인사를 드려도 되는 건지 잘 모르겠습니다."

"너무 부담은 갖지 마세요."

"그렇게 말해도 부담이 안 될 수가 없습니다. 힌트 좀 주십시오. 할머님과 아버님이 계시다고 하셨는데 어떤 분이신지 뭘 좋아하시는지 등등."

정원은 괜히 웃음이 나왔다. 항상 호령만 하던 신혁도 사귀는 여자의 가족들 앞에서는 움츠려들 수밖에 없구나 싶어서였다.

"할머니는 연세가 많아 눈과 귀가 많이 어두우세요. 같은 말을 여러 번 하셔야 할지도 몰라요. 그리고 아버지는 대쪽 같은 성품을 지니셔서 부당하다고 여기는 일은 하늘이 두 쪽 나도 물러나는 법이 없으세요. 잘 모르는 사람이 보면 좀 무서운 이미지가 있다고나 할까?"

"왠지 겁이 나는데요."

"겁이 난다고요?"

"저는 겁없이 사는 사람 같습니까?"

"네."

정원은 웃음을 참으며 대답했다.

"헐, 저도 무서운 게 있지 왜 없겠습니까? 그리고 솔직히 이런 경험은 처음이라 뭘 어떻게 해야 하는 건지도 잘 모르겠습니다."

"그냥 편하게 하세요. 아마 저희 아버지도 신혁 씨 편하게 대하실 거예요. 학교 이사장이라는 사실도 말하지 않아서 아마 선생님쯤으로 생각하실 거예요."

"그래도 언젠가는 아실 일인데 먼저 밝혀야 하지 않겠습니까? 그리고 정원 씨와 사귀고 있다는 사실도 말입니다. 많이 놀라실까요?"

"글쎄요. 저도 부모님께 사귀는 사람을 처음 소개해 보는 거라 잘 모르겠는데요."

"정원 씨도 처음이라고요?"

신혁이 놀랐다는 듯 물었다.

"왜요? 여러 번 그랬을 것 같나요?"

"아니, 뭐…… 정원 씨가 워낙 인기가 많으니 전혀 경험이 없다고는 생각 못했죠."

"잘못 생각하셨네요. 친구들이나 선배들을 데리고 간 적은 있어도 사귀는 사람을 소개한 적은 없었어요."

"그럼 정원 씨한테 물어봐도 별 소용이 없는 거잖습니까."

"듣고 보니 그러네요. 그런데 뭐 그렇게 긴장하고 그러세요. 진짜 편하게 하시라니까요. 저희 아버지는 소탈하고 친근하게 구는 스타일을 좋아하세요."

"왠지 저는 아닐 것 같은 생각이 더 드는군요. 혹시 강현 씨를 더 마음에 들어하시는 거 아닙니까?"

정원은 곰곰이 생각해 보다가 고개를 끄덕였다.

"어쩜…… 그럴 수도 있겠네요."

"헐."

신혁이 아주 심각해졌다.

"너무 염려하지 마세요. 아무렴 딸이 좋아하는 사람을 더 좋아하시지 엉뚱한 사람을 마음에 들어하시겠어요?"

"어떻게 염려를 안 합니까? 저는 죽었다 깨나도 강현 씨처럼 못합니다. 저더러 밉상 진상을 다 떨라는 말씀이십니까?"

강현이 쪼르르 달려와 두 사람을 파고들었다.

"지금 제 얘기하고 계셨습니까?"

신혁이 강현을 빤히 쳐다보다가 소리쳤다.

"저는 정말 죽었다 깨나도 이 인간처럼 못합니다!"

30

경부고속도로 부산 원동IC로 나와 해운대 방향으로 가다 동백섬에 가장 먼저 들렀다. 일찍 출발한 덕분에 오전 11시가 되기도 전에 동백섬을 거닐 수 있었다. 바다를 배경으로 자연을 훼손하지 않고 나무로 만든 산책로를 걸었다. 울창하게 우거진 푸르른 송림으로 장관을 이루는 길은 아름답고 낭만적이었다.

끝없이 펼쳐진 파란 하늘, 수십억 개의 보석을 삼킨 것처럼 반짝반짝 빛나는 바다. 육지에 끊임없이 도전하듯 세차게 밀려와 철썩철썩 부딪치는 파도 소리. 거대하고 장엄하며 신성하기까지 한 자연 앞에서 모두들 인간의 언어를 잃고 보잘것없어 보이는 인간의 존재에 대한 절박한 궁핍을 느꼈다. 또한 확 터진

공간에 있다 보니 마음도 트이고 만물을 포용할 수 있는 포용력
도 길러지는 듯했다.

"여기는 올 때마다 좋은 것 같아요."

신혁과 나란히 걷고 있던 정원이 잠시 멈춰 서서 하늘과 바다
가 맞닿은 수평선을 눈에 담으며 말했다.

"자주 오셨습니까?"

신혁도 지구 끝자락에 매달려 있는 것 같은 배에 시선을 박으
며 물었다.

"부산에 있을 땐 아버지랑 거의 매일 운동 삼아 와요."

매일?

신혁은 갑자기 온몸이 뻣뻣해졌다. 정원이 아무리 편하게 마
음을 먹으라고 해도 소용이 없었다. 아버지라는 말만 들어도 자
동센서가 작동하는 것처럼 모든 신경이 예민해지고 곤두섰다.

신혁은 정원의 가족 특히 아버지한테 잘 보이고 싶었다. 하지
만 자신이 없었다. 소탈하고 친근한 이미지를 좋아한다는데 이
때까지 고슴도치처럼 뾰족하고 까칠하게 살아온 인생을 어떻게
하루아침에 밍크처럼 보들보들하게 바꿀 수 있단 말인가. 그리
고 아무런 준비 없이 내려와 찾아뵙는다는 그 자체가 부담인데
어떻게 마음을 편히 먹을 수 있단 말인가.

게다가 이곳에서 마주치기라도 한다면?

신혁은 생각만으로도 현기가 느껴지고 아찔해졌다. 이제는
아버지 연배의 우락부락하게 생긴 남자만 봐도 절로 몸이 뻣뻣

해지고 등골이 서늘해질 정도였다.

"혹시 이 시간에 자주 오셨습니까?"

신혁은 아주 조심스럽게 물었다.

"아뇨, 대체로 저녁이요. 여기서 보이는 광안대교 야경도 멋지고 가끔 불꽃도 구경할 수 있거든요."

안도의 한숨이 절로 나왔다.

이에 정원이 고개를 돌려 신혁을 쳐다보았다.

"왜 한숨을 쉬고 그러세요. 설마, 여기서 우리 아버지랑 마주칠까 봐 그런 거예요?"

아니라고 하고 싶었다. 하지만 이미 표정으로 다 드러난 것 같아 부정을 해도 부질없는 짓이었다.

"입장 바꿔 생각을 해보십시오. 이런 데서 저희 아버지 만나면 정원 씨라고 긴장하지 않겠습니까?"

정원이 웃음을 터뜨렸다.

"뭐, 어느 정도 얼기는 하겠죠. 그래도 신혁 씨처럼 꽝꽝 얼 것 같지는 않아요."

"아무튼 전…… 좀 두렵습니다."

그때였다. 정우와 유진을 데리고 앞서 가던 강현이 멀리서 손짓을 하며 불러댔다.

신혁과 정원은 지난 2005년 APEC 회의장으로 쓰기 위해 만들었다는 누리마루를 배경으로 나란히 서 있는 세 사람에게로 다가갔다.

"저희 사진 좀 찍어주세요."

신혁은 위치를 잡고 가지고 온 디지털카메라로 사진을 찍어 주었다.

세 사람이 다가와 카메라를 받아 들고 찍은 사진을 확인했다.

"오, 뉘 집 자식들인지 잘 나왔네!"

강현의 말에 정우와 유진이 키득거렸다.

"선생님이랑 형도 찍으세요."

정우와 유진이 한 사람씩을 끌고 가 위치를 잡아주었다.

강현이 카메라를 들고 이것저것을 살피더니 만족스럽지 않다는 듯 소리쳤다.

"좀 다정하게 안 됩니까? 어깨를 감싸든지 허리를 끌어안든지 아, 영 자세가 안 나오는군요."

"이렇게요?"

정우와 유진이 신혁의 팔을 끌어다 정원의 어깨를 감싸게 하고 정원을 신혁에게 더 가까이 밀어붙였다.

"그렇지, 역시 젊은 니들이 낫다. 아, 거참 표정이 왜들 그러십니까? 웃으세요. 그게 웃는 겁니까? 우는 거지? 이 사람들아! 웃어! 웃으란 말이야! 웃는 게 뭔지 몰라!"

강현이 눈을 부릅뜨고 버럭버럭 호통을 치는 바람에 주위를 지나가던 사람들이 웃음을 터뜨렸다.

결국 신혁과 정원도 어이가 없어 따라 웃을 수밖에 없었다.

강현이 때는 이때다 싶었는지 셔터를 눌렀다. 그리고선 후환이 두려운지 정우와 유진에게 튀어, 하며 먼저 줄행랑을 쳤다.

동백섬을 나와 간 곳은 해운대역에서 멀지 않은 곳에 위치한 국밥집이었다. 쇠고기국밥 한 그릇이 3천원밖에 되지 않는 곳이었다. 워낙 싸고 맛있기로 유명해서 그런지 사람들로 복작거렸다.

"와! 진짜 거저다, 거저. 게다가 맛까지! 맛있죠? 맛있지?"

강현이 무척 만족스러운지 탄복을 하며 촐싹거렸다.

신혁과 정우도 처음에는 다소 꺼려하다가 막상 먹어보고선 맛에 반했는지 국물까지 싹 비웠다.

"요구르트까지 주시고 이래 가지고 남는 게 있을까요?"

강현이 요구르트를 단번에 입에 담아 넘기며 말했다.

"저도 항상 올 때마다 그 생각이 들어요. 물론 싸게 많이 팔자는 생각으로 그러시는 거겠지만 또 어떻게 보면 그게 다는 아닌 것 같고요."

"또 다른 이유가 있다는 말씀입니까?"

신혁은 정원의 말을 받아 물어보았다.

"주머니 사정이 좋지 않은 사람들을 배려하는 마음이 느껴져서요. 지난번 어버이날 유진이랑 내려와서 여기에 들렀는데 어떤 아저씨가 노모를 모시고 와서 한 그릇만 시켜 나눠 드시더라고요. 형편이 많이 안 좋아 보였어요."

"아! 맞다. 그때 선생님이 아저씨가 낼 돈까지 몰래 계산하셨잖아요."

유진이 기억을 더듬으며 말했다.

정원은 그 사실까지 밝힐 생각이 없었는지 움찔했다.

"역시! 강 선생님의 마음은 실크로드라니까요!"

강현이 감동의 물결이 출렁이는 눈빛을 하고 말했다.

"그런데 저 같으면 차라리 한 그릇 더 시켜서 드렸을 텐데 왜 그런 방법으로 도와주신 거예요?"

정우가 궁금하다는 듯 물었다.

"그러게. 나도 궁금하네."

강현이 맞장구를 쳤다.

"혹시라도 그분이 자존심 상해할 수 있으니까 그런 식으로 하셨겠지."

신혁은 나름 추리해서 정우에게 설명했다.

"어? 어떻게 아셨어요? 그때 저도 그게 이상해서 선생님께 여쭈어보니까 그렇게 말씀하셨거든요."

유진이 놀라워하며 자세한 설명까지 곁들였다.

"아! 그렇게 깊고 오묘한 뜻이!"

강현이 무릎을 치며 감탄했다.

그 가운데서 정원만 민망하다는 듯 머리를 긁적였다.

"별것도 아닌 이야기를 너무 길게 하고 있다는 생각이 드네요. 아무튼 다 드셨으면 이제 바다로 갈까요?"

국밥집을 나온 그들은 해운대 해수욕장으로 향했다. 푸른 파도가 일렁이는 바다와 그 주위를 둘러싼 어마어마한 수의 파라

솔들이 눈에 들어왔다. 절로 입이 떡 벌어지는 광경이었다.

"바다야! 내가 왔다!"

강현이 헤어졌다 다시 만난 친구를 맞이하는 사람처럼 두 팔을 벌리고 바다를 향해 뛰기 시작했다.

정우와 유진도 따라 들어가 첨벙첨벙 물을 튀기며 물장난을 쳤다.

신혁과 정원은 5천 원을 내고 물에서 가장 가까운 파라솔을 빌려 뜨거운 태양을 피했다.

"안 들어가세요?"

"쓰나미 몰려오는 영화를 봐서 그런 건지, 아니면 여기서 6미터나 되는 산갈치가 발견됐다는 기사 때문인지 보는 건 좋은데 들어가는 건 왠지 꺼려집니다."

두 사람은 선글라스를 쓴 채로 물에서 노는 세 사람을 지켜보며 대화를 나눴다.

"에이, 영화는 영화고 그 산갈치가 발견된 건 지난겨울이었는데 무슨 일이 있겠어요?"

"걔네들이 계절 따져 가며 일정 알려주고 출몰하겠습니까? 마음 같아선 저 세 사람 모두 끄집어내서 요 앞에서만 놀라고 하고 싶습니다."

"그것도 그거지만 선크림 덧발라 줘야 하는데 걱정이네요. 저렇게 놀다가 살갗 벗겨지면 많이 쓰라릴 텐데."

"왠지 우리 애들 데리고 나온 부부 같지 않습니까?"

신혁은 갑자기 머릿속을 스치는 생각을 말하며 웃었다.

"그럼 강현 씨가 삼남매 중 맏형인 건가요?"

정원도 따라 웃으며 한마디 거드는데 때마침 강현이 두 사람을 향해 어서 들어오라고 손짓했다.

신혁은 아버지처럼 너나 실컷 놀라며 손으로 답했다.

정원도 어머니처럼 짐을 지키고 있을 테니 맘 놓고 열심히 놀라고 손짓했다.

"바르세요. 안 그러면 나중에 고생해요."

정원이 신혁의 손에 선크림을 짜주며 말했다.

"손 안 닿는 곳 있으면 말씀하십시오. 발라 드릴 테니."

"네. 그럼 여기 좀 부탁드려도 될까요?"

정원이 목에서 등으로 가는 부분을 가리켰다.

신혁은 선크림을 받아 들고 정원이 가리킨 곳을 꼼꼼하게 발라주었다.

별생각 없이 부탁했던 정원이나 아무 생각 없이 응했던 신혁은 접촉시간이 길어질수록 스킨십이 주는 느낌과 감정에 기분이 묘해졌다. 둘은 말이 없어졌다. 사실 무슨 말을 해야 좋을지 몰랐다. 다 발라주고서도 두 사람은 한참을 조용히 있었다.

"정우가 많이 밝아진 것 같죠?"

침묵을 깨고 먼저 말을 꺼낸 것은 정원이었다.

"네. 전은영 씨 일만 아니면 더할 나위 없이 잘 지낼 것 같습니다."

"미국에서 결혼했다고 하더니 그 이후로 연락은 있었나요?"

"없었습니다."

"무슨 생각일까요?"

"아무래도 자리를 잡아놓고 정우를 불러들일 셈인 것 같습니다."

"아버님도 이 사실을 아시나요?"

"말씀 못 드렸습니다. 가뜩이나 몸도 안 좋으신데 이 일까지 아시면 더 안 좋아지실 것 같아서요."

"밝아진 정우 보고 많이 좋아하시죠?"

"네. 그래서 정우도 자기 때문에 아버지가 쓰러지셨다는 죄책감에서 조금은 해방된 듯합니다."

"여러모로 다행이네요. 전은영 씨 일만 잘 해결되면 좋겠네요. 세월도 많이 흘렀으니 아이를 위해서 양가가 원만하게 지내는 것도 좋을 텐데 말이죠."

"사실 저도 그러길 원하고 있습니다. 혈연이라는 게 막는다고 해서 끊어지거나 사라지는 게 아니니 남은 세월을 위해서라도 그래 줬으면 싶은데 왜 그렇게 마음을 악하게 먹나 모르겠습니다."

"자식을 위하는 길이 어떤 건지 현명한 판단을 해주었으면 싶네요."

신혁은 점점 정원의 말에 집중할 수 없게 되었다. 작은 튜브를 허리에 끼고 물속으로 들어가는 어린 여자아이 때문이었다.

아이는 보호자도 없이 혼자였다. 아이가 겁도 없이 물을 타고 놀았다. 그리고 점점 깊은 곳으로 밀려 나갔다.

신혁은 걱정스러운 눈으로 주위를 둘러보았다. 보호자가 있나 싶어서였다. 하지만 아이에게 신경을 쓰고 있는 사람은 아무도 없었다.

바로 그때였다. 밀려온 파도에 튜브가 기우뚱하더니 이내 아이가 거꾸로 처박히고 말았다.

"어!"

신혁은 벌떡 일어나 총알처럼 뛰어나갔다. 가슴까지 물이 닿는 곳까지 들어간 신혁은 물속에서 버둥거리는 아이를 안아 들었다.

아이가 많이 놀란 상태에서 물을 먹었는지 숨이 넘어갈 것처럼 콜록거리다가 울음을 터뜨렸다.

신혁은 아이의 등을 토닥여 물을 토하게 만들었다.

아이의 울음소리에 주위의 시선이 모아졌다. 그리고 뒤늦게 아이를 발견한 부모가 뛰어왔다.

"어머! 어떡해! 다람아, 괜찮니?"

아이가 엄마를 보고 목을 꽉 끌어안으며 크게 울어댔다.

물에 들어갈 생각이 없었던 신혁은 온몸이 홀딱 젖은 상태였다.

"감사합니다! 감사합니다!"

아이의 부모가 끊임없이 감사를 표했다.

하지만 신혁은 무뚝뚝한 표정으로 아무런 말도 하지 않고 부모를 뚫어져라 쳐다보았다. 그리고 이내 자리를 벗어났다.

물을 잔뜩 먹은 바지와 티셔츠가 몸에 착 달라붙어 걷기조차 불편했다.

"어디 다친 데는 없으세요?"

정원이 수건을 건네며 걱정스러운 말투로 물었다.

신혁은 선글라스를 벗고 건네받은 수건으로 젖은 얼굴을 닦아냈다.

"그런데 좋은 일 하고 와서 표정이 왜 그래요? 혹시 화났어요?"

애써 억눌렀다고 생각했던 감정이 고스란히 얼굴에 드러난 모양이었다. 신혁은 차마 무책임한 부모한테 하지 못했던 말들을 쏟아내기 시작했다.

"하마터면 애가 죽을 뻔했잖습니까! 도대체 부모라는 사람들이 애를 저렇게 위험하게 혼자 놔두고 뭐 하는 겁니까? 생각들이 그렇게도 없는 겁니까! 애가! 애가 죽을 뻔했잖습니까."

신혁은 생각만 해도 소름이 돋았다. 아이가 물속에 가라앉아 보이지 않는 순간 귓가에서 환청과도 같은 아기였던 정우의 울음소리가 들려왔다. 엄마는 사라지고 목을 맨 아버지 곁에서 배고픔을 견디지 못하고 목이 쉴 정도로 울고 있었던 정우의 모습이 눈앞에 선명하게 그려졌다.

물에 빠진 아이에게로 달려가면서부터 주체할 수 없는 분노가 치솟았다. 물속에서 아이를 건져 내 품에 안았을 땐 심장이 터져 버릴 것만 같아 악을 쓰고 싶을 정도였다.

"미안합니다. 정원 씨가 들을 말도 아닌데⋯⋯."

감정이 격해진 신혁은 선글라스를 다시 끼고 자리에 털썩 주저앉아 고개를 숙였다. 뜨거운 날씨임에도 온몸이 덜덜 떨려왔다.

정원이 가방에서 커다란 타월을 꺼내 그를 감싸고 말없이 토닥였다. 어떤 연유로 그러는지 다 아는 것처럼 그저 부들부들 떨리는 손을 꽉 잡고 부드럽게 어루만져 주었다.

신혁은 천천히 고개를 돌려 정원을 바라보았다. 가슴 아파하는 모습이 보였다. 가족들을 제외하고는 이때까지 이렇게까지 그를 위해 가슴 아파해 주는 사람은 없었다. 가슴 아파한다는 건 사랑을 하고 있다는 확실한 증거가 아니겠는가.

정원은 그에게 유일한 위로이자, 그의 슬픔과 고통을 치유해 주는 의사와도 같은 존재였다. 축복이었다.

신혁은 서서히 진정을 되찾아갔다. 다시 정상적으로 숨을 쉴 수 있고 그의 손을 잡고 있는 정원의 손을 어루만질 수 있는 여유까지 생겼다.

"가끔⋯⋯ 착각을 하곤 합니다."

"착각이라니요?"

정원이 부드럽게 되물었다.

"강정원이라는 여자는 노신혁이라는 남자를 위해 이 세상에 존재하는 거라는 행복한 착각입니다."

정원이 살짝 놀라는 표정을 짓더니 이내 얼굴 가득 미소를 피워 올렸다. 그리고 그의 어깨에 살며시 고개를 기대며 입을 열었다.

"영원히 지속되어도 좋을 착각이네요."

시간이 흘러 세 사람이 해수욕을 마치고 돌아왔다. 세 사람은 물에 젖은 신혁을 보고 이상하다는 듯 고개를 갸웃거렸다. 멀리 벗어나 놀고 있어서 아까 벌어졌던 상황을 전혀 모르고 있었다.

"노인네처럼 앉아 있기만 할 것 같더니 언제 물에 들어갔다 나오신 겁니까?"

강현이 장난을 치며 물었다.

"왔다가 그냥 가면 서운할까 봐 한번 푹 담그고 나왔습니다."

신혁은 시큰둥하게 둘러댔다.

샤워까지 마친 그들이 향한 곳은 해운대시장이었다.

여느 재래시장과 달리 해운대시장은 깨끗하고 단정하게 정비가 되어 깔끔한 인상을 심어주었다. 활기차고 생동감 넘치는 분위기에 여기저기서 들려오는 구수한 부산 사투리가 정겹기만 했다.

"음! 여기는 해운대라는 영화에서 사람들이 쓰나미를 피해 달아났던 곳 아닙니까?"

강현이 불현듯 생각이 났는지 물었다.

"맞아요. 여배우가 매달렸던 전봇대가 저기 있어요."

정원이 웃으며 알려주었다.

"와! 맛있겠다."

유진이 방금 튀겨낸 튀김을 보고 눈을 반짝였다.

"좀 먹고 갈까요?"

"부산에 왔으면 어묵도 필수로 먹어야겠죠?"

정원의 제안에 강현이 메뉴를 하나 더 얹었다.

다섯 사람은 서서 튀김과 어묵, 떡볶이까지 시켜 먹었다.

그때였다. 정원의 휴대폰이 울렸다.

"여보세요? 네! 아버지!"

아버지라는 말에 튀김을 먹다가 신혁은 움찔했다.

"지금 해운대시장에서 간식 좀 먹고 있어요. 네. 네."

신혁은 계속 굳은 상태로 정원의 말에 귀 기울였다.

"정말 그래도 돼요? 네. 네. 네. 그럼 이따 봬요."

정원이 전화를 끊었다.

"아버님이세요?"

옆에 있던 강현이 입에 있던 어묵을 삼키고 물었다.

"네. 회랑 고기랑 술 사다 놓으셨다고 와서 저녁 먹으라고 하시네요."

"오! 그래요? 아버님 짱이시다!"

강현이 좋다고 헤헤거렸다.

하지만 신혁은 드디어 올 게 왔구나 싶어 바짝 긴장했다. 정원과 눈이 마주쳤다. 그가 왜 그런 모습을 하는지 다 이해할 수 있고 안쓰러운 마음이 들지만 좀 우습다는 표정이었다. 신혁은 자기도 모르게 커다란 한숨을 토해내고 말았다.

"그럼 우리는 저녁 먹을 돈으로 과일이나 좀 사갈까요?"

강현이 기름 묻은 입을 손등으로 쓱 닦더니 과일가게로 걸어가 수박이며 참외를 살펴보았다. 그러더니 이내 주인 아저씨와 부산 사투리를 주고받으며 흥정에 들어갔다.

"수박 얼맙니꺼?"

"만 오천 원만 주이소."

"삼천 원만 깎읍시더."

"안 됩니더."

강현은 그렇게는 못 준다는 아저씨와 계속 흥정을 해나갔다.

네 사람은 곁에서 능수능란한 사투리에 흥정기술까지 보이는 강현을 보며 혀를 내둘렀다.

결국 강현은 수박과 참외, 복숭아를 저렴한 가격에 손에 쥐었다.

"아저씨, 부산 출신이에요?"

시장을 나오면서 정우가 강현에게 조용히 물었다.

"아니, 서울인데."

"그런데 사투리는 어디서 배우셨어요?"

"TV 드라마나 영화 보고 배웠지. 교과서만 배움을 주는 건 아니야."

"대단하십니다. 저도 순간적으로 착각했습니다."

신혁은 두 사람의 대화를 듣다가 한마디 했다. 그리고 정원에게 물었다.

"사투리 좀 하십니까?"

"좀 하기는 하는데 저는 완전 짬뽕 사투리예요."

"왜 그렇습니까?"

"군인이셨던 아버지를 좇아 여기저기 지역을 옮겨 살다 보니 섞여서 하게 되더라고요. 완전히 정체불명의 사투리인 셈이죠."

"그럴 수도 있겠네요."

그들은 차로 정원의 집으로 향했다.

얼마 가지 않아 넓은 마당을 가진 단층 주택이 나왔다.

그들은 차를 세우고 활짝 열어둔 대문을 통해 들어갔다.

"아버지, 저희 왔어요."

한 남자가 마당 한쪽에 마련된 텃밭에서 상추와 깻잎, 고추를 따다가 고개를 들었다. 정원의 아버지였다.

"왔나?"

"안녕하세요."

"안녕하십니까."

신혁은 유난히 바짝 긴장한 모습으로 인사를 건넸다. 매섭게 빛나는 아버지의 눈과 마주치자 심장이 철렁 내려앉는 것 같았다.

아버지가 다가와 손을 내밀며 일일이 악수를 청했다. 드디어 아버지가 신혁 앞에 섰다.

신혁은 아버지가 내민 손을 잡았다. 잡은 손에서 강한 힘이 느껴졌다. 눈에서도 범상치 않은 기운이 느껴졌다.

"어서 오게."

신혁은 살면서 이렇게까지 기가 눌려본 적이 없었다. 식은땀이 등줄기를 타고 죽 흘러내렸다.

"아, 안녕하십니까. 노신혁이라고 합니다."

제길, 오기 전 수십 번 연습을 했건만 말을 더듬고 말았다. 제길, 제길, 제길!

31

집보다 마당이 훨씬 넓은 정원의 본가.

햇빛이 잘 드는 곳에는 뚜껑 없이 촘촘한 망으로 입구를 덮은 크고 작은 항아리가 있고, 회색빛 담장을 따라 커다란 호박잎이 풍성하게 피어 있었다. 또한 그 아래에는 상추, 고추, 깻잎 등등 갖은 채소가 싱싱하게 잘 자라고 있었다. 그리고 앞마당 한가운데에는 10명 정도가 앉아도 거뜬한 평상이 놓여 있었다.

이 모든 것은 부지런하고 손재주가 뛰어난 정원의 할머니와 아버지의 솜씨였다.

평생을 직업군인으로 살다 퇴역한 정원의 아버지 강창수는 워낙 사람들을 좋아하고 인심이 후한 사람이었다.

할머니 역시 맛있는 음식을 만들어 손님 대접하기를 좋아하는 분이라 늘 집으로 찾아오는 사람들이 많았다.

정원과 유진은 할머니를 도와 평상 위에 상을 차리고 남자들은 창수의 곁에 모여 있었다.

"모깃불부터 피워야겠군."

"모깃불이 뭐예요?"

정우가 물었다.

"모기 쫓아내려고 풀 같은 거 태워 연기를 내는 불을 모깃불이라고 한다."

창수가 설명해 주었다.

"아!"

정우가 이제 알겠다는 식으로 고개를 끄덕였다.

"모깃불엔 냄새가 알싸한 쑥대가 제일이야. 하지만 질경이, 엉겅퀴, 익모초, 채송화줄기, 뚝새풀, 비름 같은 잡풀이나 고춧대나 보릿대도 한나절쯤 햇볕에 던져 두었다가 불을 붙이면 하얀 연기를 모락모락 내면서 모기들을 멀리 내쫓아주지. 누가 저기 쌓아둔 소나무 잔가지 좀 가져오겠나?"

창수가 마당 한곳에 말려 모아둔 풀과 생솔가지를 가지러 가며 말했다.

"예, 아버님! 제가 가져오겠습니다."

처음 만난 사이임에도 불구하고 전혀 스스럼없이 아버님이라고 잘도 부르는 강현이 신혁보다 발 빠르게 마른 소나무 잔가지가 짚더미처럼 수북이 쌓여 있는 곳으로 달려갔다. 강현이 소나무 잔가지를 한 아름 들고 다시 돌아왔다.

"여기 내려놓게."

창수가 모깃불 재료도 곁에 내려두고 뭔가를 가지러 집 안으로 들어갔다 나왔다. 손에 들고 나온 것은 길쭉하게 생긴 점화기였다. 창수가 소나무 잔가지를 얼기설기 놓고 점화기로 따닥따닥 하는 소리를 내며 불을 붙였다. 점화기에서 나온 시퍼런 불이 잔가지에 옮겨 붙었다.

그때였다. 모기 한 마리가 창수의 등을 향해 날아들었다.

신혁이 두 손으로 모기를 조준해 탁, 하는 소리를 내며 잡아냈다.

창수가 신혁을 돌아보았다.

신혁이 손바닥도 펴지 못하고 그대로 굳어버렸다.

창수가 잔가지 위에 모깃불 재료를 얹으려고 다시 고개를 돌리고 나서야 신혁이 비로소 마법이 풀린 듯 움직였다.

모깃불에서 하얀 연기가 몽실몽실 피어올랐다.

"이것 좀 함께 옮길까?"

넋을 잃고 불구경을 하고 있는데 어느새 창수가 담벼락 가까이에 놓인 야외용 바비큐 그릴 옆으로 옮겨가 있었다.

"예, 아버님!"

강현이 또 냉큼 달려갔다.

"저희가 들겠습니다."

뒤따라간 신혁이 말하자 창수가 자리를 비켜주었다.

"그러겠나?"

평상 가까이에 그릴을 놓자 창수가 다가와 그 안에 숯불탄을 대고 점화기로 불을 붙였다. 검은 숯불탄에서 붉은 불길이 일어나자 나머지 3개에도 그런 식으로 불을 붙여 그릴 안에 놓았다.

"숯이 좋네요."

강현이 굵은 숯이 담긴 상자를 들어 창수가 그릴에 쉽게 옮겨 담을 수 있게 해주었다.

"참나무 숯이네. 이게 소나무보다 두 배는 오래 타. 연기도 적고. 소나무는 송진이 있어서 연기가 맵지만 참나무는 타는 냄새 자체도 맑아 참 좋다네. 정원아, 고기 좀 가져와라."

정원은 두툼하게 썰어진 삼겹살을 가져왔다.

삼겹살은 누르스름한 액에 재워져 있었다.

창수가 정원에게서 받아 든 고기를 이리저리 뒤집었다.

"아버님, 이건 뭐에 재워둔 건가요?"

"옻이네."

"옻이요?"

강현이 눈을 휘둥그렇게 뜨고 되물었다.

"왜? 먹으면 옻 탈까 봐 그러나?"

창수가 웃으며 물었다.

"제 친구 하나가 옻닭 먹고 가렵다 못해 살이 부르트고 통통 부어오른 적이 있거든요."

"심하게 옻을 타는 사람은 옻 냄새를 맡기만 해도 타지. 옻나무 근처에만 가도 말이야. 그런데 말이야 노루나 사슴이 이런 옻의 순을 가장 좋아한다는 건 아나? 그런 짐승은 약효도 좋다네."

"저도 가끔씩 짐승남이란 소리는 듣지만 먹고 탈날까 봐 은근히 겁이 나는데요."

"하하하! 걱정 말게. 이건 옻을 타지 않게끔 가공된 거라네. 이걸 넣어줘야 고기가 누린내도 안 나고 쫄깃하거든."

"아, 그렇습니까? 아버님, 제가 굽겠습니다. 이리 주십시오."

강현이 창수가 든 집게를 넘겨 들었다.

"고기 잘 굽나?"

"그럼요! 제가 굽기의 달인입니다. 고기는 딱 3번만 뒤집어줘야 하는 게 진리죠."

"뭘 좀 아는구먼."

두 사람은 죽이 착착 맞았다.

"이리 와서 회부터 드세요."

정원은 상에 싱싱한 회를 올려놓으며 모두에게 말했다.

강현이 고기를 굽고 나머지는 평상에 둘러앉았다.

"너무 많이 사 오신 것 같아요."

유진이 물주전자와 컵이 담긴 쟁반을 평상 위에 내려놓으며 말했다.

"지난번에 보니까 유진이 네가 잘 먹는 것 같아서 많이 사왔다. 많이 먹어라."

"정말요? 감사합니다."

창수의 말에 유진이 활짝 웃었다.

창수가 상추에 회, 마늘, 풋고추 등을 넣은 쌈을 만들어 강현에게 가져가 입에 넣어주었다.

강현이 먹어보고서는 맛있다는 듯 엄지를 치켜세웠다. 그리고 뭉개진 발음으로 말을 하기 시작했다.

"아버님, 죽음입니다. 너무 맛있습니다."

회를 먹다가 이를 지켜보던 신혁이 조금 뒤에 쌈 하나를 만들어 조용히 일어나 강현에게로 갔다. 그리고 강현에게 먹여주면서 귓속말로 뭐라고 속삭였다.

이에 강현이 손과 고개를 가로저었다. 하지만 신혁이 또 한번 뭐라고 하자 강현이 고기를 뒤집던 집게를 넘겨주었다. 아무래도 서로 고기를 굽겠다고 고집을 피운 모양이었다. 강현이 신혁의 자리를 차고 앉아 회를 맛있게 먹었다.

"노 군이 벌써 교체를 해준 건가?"

창수가 물었다.

"괜찮다고 해도 굳이 달라고 해서 넘겨줬습니다."

"정원아, 네가 수고하는 노 군 좀 챙겨라."

"네."

정원은 정성을 들여 만든 쌈을 가지고 신혁에게로 갔다.

"아, 하세요."

좋아할 거라 예상했던 신혁이 왠지 조금은 아쉬워하는 눈빛을 하며 쌈을 받아먹었다.

"혹시 우리 아버지한테 하나 받아먹고 싶었던 거예요?"

"네."

신혁이 쌈을 씹어 넘기고 나서 아주 작게 대답했다.

설마 그럴까 싶어 물어봤던 정원은 신혁이 그런 마음을 갖고 있었다는 게 아주 놀랍기도 하고, 기가 막히기도 했다. 웃음이 나왔다. 정원은 장난기가 발동했다.

"아버지! 이 사람이 아버지가 싸주신 쌈이 더 맛있을 것 같다는데요."

신혁이 눈을 휘둥그렇게 뜨고 얼어붙었다.

"그래? 그럼 내가 하나 맛있게 싸줘야지."

창수가 쌈을 만들어 왔다.

신혁이 경직된 얼굴로 어찌할 바를 몰라 했다.

정원은 이 상황이 우스워 고개를 숙이고 웃음을 흘렸다.

"아, 하게."

신혁이 망설이다가 입을 벌리고 쌈을 받아먹었다.

"어떤가? 맛있나?"

"맛있습니다."

신혁이 고개를 끄덕이며 양손을 들고 엄지를 치켜세웠다.

"고기는 잘 구워지고 있나?"

"한 번만 더 뒤집으면 딱 세 번입니다."

"자네도 곧잘 하는구먼. 그럼 맛있게 구워서 가져오게."

창수가 등을 돌리고 가자 신혁이 기분 좋아 찢어지는 입을 애써 오므렸다.

정원은 은근히 어린아이 같은 구석이 많은 신혁을 계속 빤히 쳐다보았다. 그의 트레이드마크였던 까칠한 카리스마는 어디에도 없었다. 그저 예쁨받고 사랑을 독차지하고 싶어 안달이 난 질투심 많은 욕심쟁이의 모습만 있을 뿐이었다. 그녀와 시선이 부딪친 신혁이 얼른 웃음을 감추며 고기를 뒤집었다. 그 모습마저 귀엽고 사랑스럽다는 생각이 들었다.

고기가 알맞게 지글지글 구워졌다.

정원은 커다란 접시를 가져왔다.

신혁이 먹기 좋은 크기로 고기를 썰어 보기도 좋게 담아냈다. 더운 날씨에 뜨거운 불 앞에 서 있으니 신혁의 이마와 코에 땀이 송골송골 맺혔다.

"많이 덥죠?"

정원은 다른 사람들의 시선을 피해 가져온 티슈로 그의 땀을 닦아주었다.

"괜찮습니다."

둘은 서로를 향해 미소 지었다.

"고기 새로 올려두고 익을 동안 와서 드세요."

신혁과 정원은 고기를 가지고 평상으로 다가갔다.

"자, 고기가 왔습니다."

"우와! 냄새가 정말 좋네요."

강현이 코를 킁킁거리며 감탄했다.

"아주 잘 구웠군. 참, 정원아, 냉장고에 넣어둔 술 좀 가져오너라. 아까부터 뭔가가 계속 허전하다 싶었는데 술을 깜박했구나."

"네."

정원은 소주와 잔을 챙겨와 모두에게 나눠 주었다.

신혁이 소주를 따서 먼저 할머니에게 권했다.

"한 잔 올리겠습니다."

"응? 아, 한 잔 받으라고?"

귀가 어두운 할머니가 신혁이 한 말보다 내민 술과 잔을 보고서야 이해를 했다.

신혁이 이어 창수에게도 술을 권했다. 할머니는 괜찮았는데 왠지 창수 앞에선 떨리는 모양이었다. 손끝이 아주 살짝 떨렸다.

"고맙네. 이리 주게. 내가 한 잔씩 주겠네."

창수가 신혁, 강현, 정원에게 한 잔씩 따라주었다. 그리고 유진과 정우를 보며 입을 열었다.

"너희도 좀 마셔볼래?"

"감사합니다."

둘 다 잔을 내밀었다.

"아니, 나는 그냥 빈말로 해본 건데 잘도 들이대네?"

못 마신다고 뺄 줄 알았던 아이들이 의외로 반겨들자 창수가 깜짝 놀랐다.

"받아만 놓으려고요."

약속이라도 한 것처럼 정우와 유진이 웃으며 똑같이 말하고선 서로 놀라 마주 보았다.

"받아만 놓는다고? 얼굴은 아닌 것 같은데? 그래, 어른이 주는 술 한 잔 정도는 마셔도 된다. 받아라."

모두의 잔이 채워지자 다 함께 술을 들었다.

"모두의 건강과 행복을 위하여 건배!"

"건배!"

잔 부딪치는 소리가 울려 퍼졌다.

신혁이 잔을 비우고 고기를 입에 한 점 물고 그릴로 가 고기를 살피며 뒤집었다. 그리고 다시 돌아왔다.

한동안 다들 맛에 감탄하며 먹는 것에 열중했다. 잔이 비면 서로 채워주기도 하면서.

"오늘 밤 정원이랑 유진이는 정원이 방에서 자고, 자네들은 나랑 자면 되겠군."

갑자기 창수가 꺼낸 말에 신혁이 고기를 한 번 더 뒤집기 위해 가다 말고 딱딱하게 굳었다.

정원은 그런 신혁의 속마음을 읽고 입을 열었다.

"너무 비좁지 않을까요?"

"비좁을까?"

창수가 방의 넓이를 가늠하며 혼잣말처럼 중얼거렸다.

"네. 비좁아요. 날씨도 덥고 무엇보다 아버지 코 고는 소리가 너무 요란해서 안 돼요."

정원은 마음의 준비가 아직도 턱없이 부족한 신혁을 위해 적극적으로 나섰다.

"평상도 넓고 날씨도 좋은데 아버님만 허락하시면 저희는 여기서 자겠습니다."

강현이 말했다.

"여기 평상에서?"

"네, 모기장 하나만 있으면 될 것 같은데요."

"그게 좋을 것 같습니다."

창수의 방에서 마음 불편하게 자느니 오히려 그게 낫다는 생각을 했는지 신혁이 고기를 뒤집고 와서 동조했다.

"그럼 그렇게 하게. 나도 가끔씩 여기서 모기장 쳐놓고 자곤 하네."

잠자리에 대한 논의는 그것으로 끝났다.

신혁이 구운 고기를 가져와 가위로 열심히 썰고 있을 때였다.

"그런데 자네들은 무슨 과목을 가르치고 있나?"

정원은 잠시 당황했다. 자세히 설명하지 않고 그저 학교 관련한 지인들과 함께 갈 거라 했기에 창수 입장에서는 충분히 할 수 있는 질문이었다. 하지만 처음 학교에 채용이 되었을 때 학교 이사장이 좀 유별난 사람인 것 같다는 설명을 한 적이 있었기 때문에 신혁이 바로 그 이사장임을 말하기는 어려웠다.

"저는……."

신혁이 고기를 썰다 말고 가위를 내려놓으며 운을 떼었다.

모두의 시선이 신혁에게로 모아졌다.

"교사가 아니고 이사장입니다."

창수가 잠시 이해를 하지 못하고 눈을 슴뻑슴뻑 껌벅이고 신혁을 쳐다보았다.

"이사장이라고 했나? 정원이 다니는 학교 이사장?"

"네. 그렇습니다."

창수가 뭔가가 이상하다는 식으로 고개를 갸웃거렸다.

"정원이 너 나한테 거짓말했냐?"

"네? 거짓말이라니요?"

정원은 화들짝 놀라며 되물었다.

"너 그 학교 채용되었을 때 이사장 좀 유별난 사람이라고 하지 않았냐? 그런데 멀쩡……."

급하게 말을 잇던 창수가 뒤늦게 정원의 입장을 생각하고 말 끝을 흐렸다.

정원은 무슨 말을 해야 좋을지 몰라 계속 머뭇거렸다.

신혁이 정말 그랬냐는 식으로 정원을 쳐다보다가 입을 열었다.

"그때는 제가 좀 유별났습니다. 물론 지금도 좀 그렇지만…… 정원 씨 만나면서 많이 나아졌습니다."

"만나?"

창수가 귀에 거슬리는 단어를 콕 집어냈다. 그리고 다시 입을 열었다.

"둘이…… 사귀나?"

"네. 사귀고 있습니다."

웬일로 신혁이 당차게 나갔다.

창수가 신혁을 빤히 보다가 정원에게로 눈을 돌렸다.

정원은 창수의 눈만 봐도 심중을 헤아릴 수 있었다. 우선은 서운한 거다. 교제를 시작하기 전도 아니고 진행 중인데 어떻게 말 한마디 없었나 싶어서 말이다. 그리고 괜찮은 거냐고 묻고 싶은 거다. 너는 일개의 기간제 교사이고 상대는 학교 이사장인데 교제를 계속 이어가도 무리가 없는 건지를 묻고 있는 것이다.

"죄송해요. 미리 말씀드리지 못해서요."

정원의 말에 창수가 생각이 많은지 말없이 술잔을 기울었다. 그러다 강현을 쳐다보았다.

"그럼, 송 군도 교사가 아닌 건가?"

"네. 저는 교사가 아니고 이사장의 운전기사입니다."

"그렇구면."

"저는 동생이에요."

정우도 자신의 정체를 밝혔다.

"동생? 누구 동생? 아, 맞다. 노정우라고 했지? 그럼 노 군 동생이겠군."

"네."

"음…… 그렇구먼."

또 창수가 고기 한 점을 입에 넣고 술잔을 기울였다. 잠시 동안은 말없이 있겠다는 뜻으로 여겨졌다.

"그런데 왜 이렇게 다들 심각한 거야?"

이때까지 아무런 말이 없던 할머니가 끼어들었다. 귀가 잘 안 들려 상황파악을 제대로 못한 모양이었다.

"어머니, 정원이가 노 군하고 사귄대요."

창수가 큰소리로 말해주었다.

"엥? 정원이가 놀음을 하고 살아? 얘야, 뜬금없이 놀음이라니, 아서라. 애들 가르치는 선생이 그러면 못쓴다."

말을 잘못 알아든 할머니가 정색을 했다.

"그게 아니고요. 정원이가 이 사람하고 교제한대요."

창수가 다시 한 번 천천히 일러주었다.

"교재? 같이 책 만든다고?"

"보청기 귀찮다고 안 끼셔서 잘 알아듣지 못하신다네. 이해하게."

창수의 설명이 끝나자 신혁이 갑자기 정원에게 다가왔다. 그리고 할머니를 크게 불렀다.

"할머니!"

"응?"

할머니가 쳐다보자 신혁이 정원의 손을 잡고 뺨에 뽀뽀를 했다.

"엥? 둘이 사귀냐?"

"네! 저희 사귑니다!"

말보다 더 확실한 인증이었다.

다른 사람들처럼 할머니가 처음에 많이 놀란 것 같더니 이내 입가에 미소를 머금고 기뻐했다.

"보기 좋구먼. 그럼 우리 정원이 드디어 시집가는 거냐?"

시기적으로 다루기 이른 감이 있는 시집이라는 말에 잠시 모두가 침묵했다.

그 침묵을 깬 것은 신혁이었다. 신혁이 할머니가 알아듣기 쉽게 두 팔을 들고 크게 원을 그리며 네, 하고 외쳤다.

다들 더 크게 놀랐다.

정원도 예외는 아니었다. 그가 그녀를 많이 좋아하고 있다는 건 알지만 직접적인 프러포즈 없이 한 일이었기 때문이다.

신혁이 창수에게 허리를 굽혀 고개를 숙였다.

"진심으로 죄송합니다. 이런 식으로 찾아뵙고 승낙을 받을 생각은 아니었지만 할머님 말씀에 확신과 용기가 생겼습니다. 따님을 제게 주십시오."

또 한 번의 침묵이 찾아들었다. 어느 누구도 쉽게 입을 열지 못했다. 창수도 이번만큼은 아주 신중했다. 그래도 결국 입을 먼저 연 것은 창수였다.

"정원이 너는 생각이 다른 거냐?"

"네?"

"왜 노 군만 허리가 부러져라 저러고 있는 거냐?"

정원은 그때서야 창수의 말뜻을 이해하고 허리를 굽혔다.

"승낙해 주세요. 저도 이 사람 곁에 있고 싶어요."

"그런데 왜 둘 다 가장 중요한 걸 빠뜨리는지 모르겠구나."

창수의 말에 신혁과 정원이 고개를 들고 그게 뭐냐고 묻듯 서로를 쳐다보았다.

"에헤, 정말 이분들이! 아버님은 서로 사랑하고 있다는 말을 기다리고 계신 거잖습니까. 속이 터져서 더 이상 못 보겠군요."

강현이 가슴을 치며 나섰다.

이에 신혁과 정원이 동시에 소리쳤다.

"서로 사랑하고 있습니다!"

"서로 사랑하고 있어요!"

"그렇다니 다행이네. 그런데 말이야. 결혼 승낙은 자네 집안에서 승낙이 떨어지는 거 보고 했으면 하네. 오늘은 우선 교제 승낙만 하는 걸로 하고 말이야."

어떤 마음으로 그런 말을 하는지 정원은 충분히 이해했다.

신혁도 창수가 뭘 염려하고 있는지 아는 듯했다.

"감사합니다. 결혼 승낙은 추후에 정식으로 찾아뵙고 받도록 하겠습니다."

"그래. 그렇게 하도록 하게. 자, 분위기가 갑자기 이상해진 것 같은데 내 술 한 잔 받게."

창수가 근심을 완전히 떨쳐 버리지 못한 얼굴로 신혁에게 술을 따라주었다.

정원은 그런 창수를 유심히 쳐다보았다. 자식만이 보고 알고 느낄 수 있는 아버지의 마음 때문에 쉽사리 눈길을 뗄 수가 없었다.

시간이 흘러 저녁식사와 후식, 정리까지 모두 마친 후에 잠자리에 들게 되었다. 즐겁기도 했지만 아주 고단한 하루였는지 다들 눕자마자 곯아떨어졌다.

정원은 유진이 잠든 것을 확인하고 창수의 방으로 향했다.

열어둔 방문 사이로 담배를 피우고 있는 창수의 모습이 보였다. 고민이 많은 얼굴이었다.

"아빠, 들어가도 돼요?"

정원을 발견한 창수가 담배를 끄고 들어오라고 손짓했다.

"피곤할 텐데 자지 않고 왜?"

"그냥요."

정원은 창수 곁에 앉으며 말했다.

"나한테 미안해서 그래?"

말하지 않아도 이미 그녀의 마음을 읽어버린 상태였다.

"미안하기도 하고, 아빠가 걱정하시는 거 보이니까요."

"보여?"

"그럼 보이지 안 보여요?"

"너…… 괜찮은 거야? 앞으로도 괜찮을 것 같고?"

걱정 가득한 얼굴이었다.

"전 언제나 괜찮았잖아요. 그러니 괜찮을 거예요."

창수가 정원을 빤히 쳐다보았다.

"사람이 문제가 있어 보이지는 않더라. 하지만…… 알지? 내가 무슨 말 하려고 하는지?"

"알아요. 아빠가 뭘 걱정하시는지 말이에요. 그런데 아빠…… 저 그냥 그 사람 믿고 따라가고 싶어요. 나한테는 참 좋은 사람이에요. 마음씀씀이도 고운 사람이고요. 사람에 대한 믿음의 소중함을 어느 누구보다 잘 아는 사람이라서 절 완전한 믿음으로 지켜주는 사람이에요. 그래서 저, 그 사람 꼭 붙들고 곁에 있으려고 해요."

"그런 확신이 있으면 됐다. 됐어."

창수가 정원의 손을 가져다 어루만졌다.

"네 엄마가 제일 좋아할 것 같다. 하나밖에 없는 딸내미 사내 녀석처럼 커가는 거 못마땅해서 눈도 제대로 못 감았는데. 너 그거 아냐? 네 엄마 가면서 나한테 너 시집 못 보내면 자기 곁에 올 생각도 하지 말라고 했던 거 말이야."

정원의 어머니는 그녀가 대학에 입학할 때 위암 말기 판정을 받고 돌아가셨다.

"엄마가 그랬어요?"

"그래 인마. 그래서 솔직히 오늘 좀 마음이 놓였다. 이젠 네 엄마가 나 반겨줄 것 같아서 말이야."

"아빠는 다른 사람들한테는 다 대범하게 굴면서 유독 엄마 앞에서는 소심해지시더라?"

"인마, 남자는 사랑하는 여자 앞에서는 다 그렇게 되는 거야. 봐라. 노 군도 오늘 잔뜩 얼어서 한여름인데도 덜덜 떨잖니."

그때였다. 창문 너머로 손뼉 치는 소리가 났다.

창수가 고개를 길게 쭉 빼고 창문 너머를 보더니 키득거렸다.

"노 군 또 모기 잡는구나. 너도 아까 내 등 뒤에서 모기 잡고선 엉거주춤하게 굳은 노 군 표정을 봤어야 하는 건데."

"어땠는데요?"

"꽤 귀엽더구나. 하하하."

"그 사람 아빠가 강현 씨를 더 마음에 들어하실까 봐 노심초사했었어요."

"그래? 사실 송 군은 아들 삼았으면 좋겠고 노 군은……."

"그 사람은 뭐요?"

정원은 귀를 쫑긋 세우고 말을 흐리는 창수를 재촉했다.

"처음 보는 순간 듬직하고 의젓해 보여서 사위 삼고 싶었다."

"정말요?"

정원은 믿기지 않아 되물었다.

"한평생을 사내 녀석들만 보고 살아온 나다. 척 보면 이 녀석이 어떤 놈이구나 하는 것쯤은 다 알 수 있어."

정원은 편안한 미소를 지어 보였다.

창수가 그런 정원의 코를 잡아 흔들며 말했다.

"그놈이 좋기는 한 모양이구나? 너 대문 딱 들어서는데 얼굴에서 빛이 나더라. 평소와 다르게 말도 행동도 조신하게 하는 것 같고 말이야. 요놈한테 무슨 일이 있구나 싶기는 했다."

정원은 말없이 다시 한 번 환하게 웃었다.

창문 너머로 보이는 달이 유난히 고운 밤이었다.

자려고 해도 잠이 오지 않는 밤이었다.

정원은 자는 것을 포기하고 바깥으로 나왔다. 그러다 마당을 서성이는 신혁을 발견했다.

신혁이 그를 향해 달려드는 모기를 손으로 휘휘 내쫓다가 그녀를 보고 놀란 기색을 했다.

"자지 않고 뭐 하세요?"

정원은 아주 작은 목소리로 물었다.

"잠이 안 와서 나왔습니다. 그런데 부산 모기들은 원래 이렇게 독하고 열성적입니까? 싫다고 하는데도 왜 이렇게 죽자 사자 덤벼드는 건지."

"이리 오세요."

정원은 다가온 신혁에게 가지고 나온 모기 기피제를 꼼꼼히 발라주었다.

"이거 바르면 좀 낫습니까?"

신혁이 소매에 발라준 약 냄새를 맡아보며 물었다.

"안 바르는 것보다는 낫겠죠?"

정원은 모기 기피제를 바지주머니에 넣고 그를 바라보았다. 그리고 다시 말을 이어갔다.

"안 주무실 거면 저랑 산책이라도 가실래요?"

"그럽시다."

둘은 어두운 밤길을 걸었다.

"무섭지 않습니까?"

신혁이 물었다.

"뭐가요?"

"길도 어둡고 나쁜 사람들이 툭 튀어나와 해코지할 수도 있잖습니까."

"글쎄요. 아직까지 그런 일이 없어서요. 그리고 그런 일 있으면 신혁 씨가 물리쳐 주시면 되잖아요."

"헐."

"왜요? 자신없으세요?"

"이럴 줄 알았으면 무술이라도 배울 걸 그랬습니다."

"그럼 제가 신혁 씨 지켜 드릴게요."

"뭐로 말입니까? 무술이라도 배워두신 겁니까?"

"저 태권도 3단에 합기도 3단, 격투기 2단, 특공무술 2단, 유도 1단 무도 합계 11단이에요."

신혁이 말도 안 된다는 식으로 코웃음을 쳤다.

"뻥도 정도껏 치십시오."

"제가 그 소리 듣기 싫어서 말 안 하고 사는 거예요."

정원은 믿기 싫으면 관두라는 식으로 말했다.

"그럼 정말 그렇다는 겁니까?"

"네."

신혁의 눈이 휘둥그레졌다.

"헐, 앞으로는 정원 씨한테 무조건 복종하고 말 잘 들어야 할 것 같은 기분이 듭니다."

정원은 장난스럽게 팔로 신혁의 어깨를 두르고 그의 얼굴을 들여다보았다.

"잘 생각하셨어요."

"지금 저 놀리시는 겁니까?"

"아뇨."

정원은 시치미를 떼고 히죽 웃었다.

그러자 신혁이 갑자기 그녀의 허리를 확 끌어당겨 담벼락에 밀어붙이고 얼굴을 가까이 들이댔다.

"11단이면 뭐 합니까? 이거 한 방이면 나한테 무너질 텐데."

그가 갑자기 그녀에게 키스를 해왔다.

급작스러운 공격에 당황한 정원은 잠시 본능적으로 버둥거렸다. 하지만 곧 그의 말대로 그에게 달콤하게 무너지고 말았다.

32

　부산으로 여행을 다녀온 지 나흘째 되던 날 밤이었다.

　신혁과 정원은 오늘도 시간에 구애받지 않고 거의 하루 종일 함께 붙어 다녔다.

　홍대에 위치한 아담한 북카페에 가서 책도 보고 차도 마시고 소문난 맛집에서 식사도 했다. 허심탄회한 심정으로 나누는 폭넓은 대화도 빼놓을 수 없는 일이었다. 이 모든 것은 방학이라 가능했다.

　함께 하는 시간이 많아질수록 둘의 관계는 더욱 화락하고 친밀해졌다. 이제는 자연스럽게 손을 잡고 어깨를 감싸고 타인의 시선을 피해 포옹과 입맞춤을 주고받기도 했다. 헤어질 때는 아쉬워 발길을 쉽게 돌리지 못했다. 그들은 오늘 밤도 정원의 집 앞에서 서로의 손을 놓지 못하고 있었다.

"우리 내일은 산에 갑시다."

신혁이 느닷없이 등산을 제안했다.

"산이요?"

"네. 괜찮겠습니까?"

"괜찮다마다요."

"정원 씨는 제가 남극에 다녀오자고 해도 괜찮다고 할 사람 같습니다."

"남극 데려가는 남자가 어디 흔한가요? 무조건 콜이죠."

정원의 말에 신혁이 웃음을 흘렸다.

"고맙습니다. 그런데 등산화는 있습니까?"

"아, 이제 보니까 본가에서 챙겨 오질 못했네요. 뭐 내일 하나 구입해서 신고 가죠."

"그럴 줄 알고 제가 준비했습니다."

"준비를 했다고요?"

신혁이 자동차 화물칸을 열더니 쇼핑백 세 개를 안겼다.

"이게 다 뭔가요?"

"등산복이랑 장비들입니다."

"헐, 언제 또 이런 건 준비하신 건가요?"

"전 준비가 되어 있지 않으면 모든 게 불안한 사람이라 그렇 습니다."

"그런데 제 발 사이즈는 어떻게 아셨어요?"

"예전에 밥 먹으러 들어갈 때 벗어놓은 신발에서 봤습니다."

"예리하고 치밀하시군요."

"하여간 내일 아침 9시쯤 데리러 오겠습니다."

"그러세요. 이거 고마워요. 잘 쓸게요."

정원은 밝게 웃으며 쇼핑백을 흔들어 보였다.

신혁이 정원을 물끄러미 바라보다가 손으로 정원의 얼굴을 다정하게 감쌌다.

"나만 그런 겁니까?"

"뭐가요?"

"때때로 뭔가 견딜 수 없는 감정이 불쑥불쑥 튀어 오르고 제어가 안 되는 기분이 드는 거 말입니다."

정원은 포근한 미소를 지어 보였다.

"저도 감정이 있고 느낄 수 있는 사람인데 왜 안 그러겠어요."

"다행입니다. 일방적인 감정이나 기분이 아니라서."

신혁이 천천히 다가와 입을 맞추었다. 부드럽고 달콤한 입맞춤이었다. 입술이 아쉽게 떨어져 나갔다. 뭔가가 부족하고 모자란다는 생각이 들었는지 그가 한숨에 가까운 숨결을 토해내며 다시 입술을 겹쳤다. 유혹적이었다. 그녀를 갈구하는 심정이 고스란히 전달되었다. 숨 막히는 열정, 점차 강렬해지는 열망. 둘은 시공을 까맣게 잊고 점점 서로에게 몰입되어 갔다. 거칠게 뛰는 심장, 황홀한 감각에 몽롱해지는 정신. 이대로 하나가 되어 굳어져 버렸으면 좋겠다는 생각이 들었다.

그때였다. 인기척이 난다 싶더니 뭔가가 쓰윽 하고 옆을 지나갔다.

둘은 소스라치게 놀라며 떨어져 나갔다. 뭔가 싶어 봤더니 도서관에서 공부를 하고 돌아온 유진이었다.

유진이 아무렇지도 않게 대문으로 들어가 문을 닫고 옥탑으로 향하는 계단을 올랐다. 마치 아무것도 보지 못했다는 듯.

두 사람은 투명인간이 된 기분이었다. 둘은 그저 멍한 눈으로 유진의 모습을 좇았다.

늦은 여름밤 귀뚜라미 소리만 조그맣게 들려올 뿐 사방은 고요했다.

둘은 다시 서로 마주 보았다. 이 상황을 어떤 식으로 해석하고 반응해야 할지를 서로 묻는 것처럼.

"봤겠죠?"

정원은 아주 작게 속삭이듯 물었다.

"못 봤다고 하면 그게 더 이상한 일일 겁니다."

신혁도 목소리를 최대한 낮추었다.

"들어가서 뭐라고 하죠?"

"음……. 묻지 않으면 그냥 아무 말도 하지 마십시오."

"그게 낫겠네요. 이제 그만 가세요. 내일 산에 가려면 좀 쉬셔야죠."

"알겠습니다. 그럼 내일 봅시다."

신혁이 정원의 등을 가볍게 토닥이고 차에 올라탔다.

정원은 잘 가라며 손을 흔들었다.

곧 시동을 건 차가 움직여 시야에서 사라졌다.

정원은 옥탑을 올려다보았다. 커다란 한숨이 터져 나왔다. 아무리 생각해도 유진을 어떻게 봐야 할지 막막했기 때문이다. 공기를 잔뜩 모은 입을 요리조리 옮기며 고심을 해도 별수가 없다는 결론이 나왔다. 정원은 그냥 맞부닥뜨리기로 하고 옥탑을 향해 올라갔다.

조심스럽게 집 안으로 들어서자 유진이 샤워를 하는지 물소리가 들려왔다.

때는 이때다 싶었다. 정원은 소리나지 않게 쇼핑백을 한곳에 놓아두고 빛의 속도로 옷을 갈아입은 후 이불을 깔고 베개를 끌어안고 누워버렸다.

하루쯤 씻지 않고 잔다고 죽진 않을 것이다. 신혁이 이런 사실을 알게 될까 싶어 조금 꺼림칙했지만 어떤 사정인지 알고 있으니 이해해 줄 것이다. 정원은 스스로를 합리화시키고 눈을 감았다. 그리고 어느새 스르르 잠이 들었다.

다음날 아침. 정원은 신혁과 서울에 위치한 북한산을 찾았다.

덥지만 청명한 날씨였다.

그들은 수유동 아카데미 하우스 근처에 차를 대고 진달래 능

선과 대동문으로 가는 길이 나뉜 곳에 섰다.

"둘 중에 어느 길로 갈까요? 제가 알기로는 진달래 능선으로 가는 길은 완만하고 대동문으로 가는 길은 험하다고 하더군요."

신혁이 미리 조사를 하고 왔는지 알려주었다.

"저는 대동문으로 가고 싶은데요."

"도전정신이 충만한 사람이라 그럴 거라 예상했습니다. 갑시다."

두 사람은 웃으며 산길로 들어섰다.

빽빽하게 우거진 초록빛 나무들이 뜨거운 열사의 태양을 가려 시원한 그늘을 만들어주었다. 고요한 길, 식물들이 뿜어대는 맑고 상쾌한 공기, 푸르른 수목, 청정한 계곡물 흐르는 소리. 세속에서 오염되었던 마음이 편안해지고 정화되는 듯했다.

둘은 하얀 바탕에 검은 글씨로 구천교라 쓰인 팻말이 붙어 있는 다리를 나란히 건넜다.

"여기는 단풍 드는 가을에 와도 참 좋겠어요."

정원은 주위를 둘러보며 말했다.

"빨갛고 노랗게 변한 모습이 굉장히 화려할 것 같습니다. 인생으로 따지면 황금기라 할 수 있겠죠."

"신혁 씨는 인생의 황금기가 언제라고 보세요?"

"사람마다 다르겠지만 저는 에너지를 분출하고 결실을 맺고 수확하고 성숙한 아름다움을 지니는 30대 중반, 40대 초가 인생의 황금기라고 생각합니다."

"저는 딱히 정해진 어떤 나이 즈음이 아니라 나 스스로가 가장 행복하고 멋진 삶을 살고 있다고 느끼는 그 순간이 아닐까 해요."

"그 말은 어떤 나이에도 황금기는 존재한다는 말씀인가요?"

"네. 미처 느끼지 못할 뿐이지 그렇다고 생각해요."

"그럼 정원 씨는 태어난 순간부터 죽는 순간까지 황금기를 살아가는 사람이겠군요."

정원은 신혁을 쳐다보며 유쾌하게 웃었다.

"제 삶이 항상 행복하고 멋지게 보이나 보죠?"

"마음에 달린 문제 아니겠습니까? 아무리 많은 것을 가졌어도 스스로를 불행하다 느끼는 사람이 있는가 하면 손에 쥔 것하나 없이도 행복해하는 사람들도 있으니까요. 전에 정원 씨가저한테 그랬습니다. 정원 씨는 쉽게 행복해지는 사람이라고. 맛있는 커피 한 잔을 마셔도 행복하고, 예쁜 종이 한 장을 봐도 행복하고, 제자들 눈망울만 봐도 행복하고, 빨간 색연필로 시험지채점하는 순간도 행복하다고. 제 눈엔 긍정적인 마인드로 행복을 해석할 줄 아는 정원 씨가 멋지게 보였습니다."

"그렇다고 제가 태어난 순간부터 그랬던 건 아니에요. 저도어렸을 땐 불만이 많았어요."

"불만이 많았다고요?"

의외라는 듯 신혁이 놀라며 되물었다.

"네."

"믿기지 않는데요."

"전 제가 딸인 게 굉장히 싫었어요. 할머니, 아버지는 너무나 아들을 원하셨는데 엄마가 절 낳고 건강상의 이유로 더 이상 아이를 가질 수 없게 되었거든요. 엄마는 그거 때문에 항상 죄인 같은 마음으로 사셨어요. 아버지는 쉽게 단념을 하셨지만 할머니는 그렇지 않았거든요. 할머니가 많이 속상해하셨어요. 대가 끊겼다고 하면서요. 늘 아쉬운 눈길로 절 바라보셨고 아들 가진 사람들을 부러워하셨어요. 집안 사람들이 모이는 명절엔 그 정도가 더 심했죠. 맏며느리인 엄마의 입장에서는 속상할 수밖에 없는 일이었어요. 몰래 숨어서 우신 적도 있었어요. 제 앞에서 그랬던 건 아닌데 언젠가…… 엄마가 아버지한테 어디서 아들 하나만 낳아오라고 하신 적도 있었어요. 그때 아버지는 처음으로 엄마한테 화를 내셨어요. 그랬더니 엄마가 그럼 이혼을 하자고 그러시더라고요. 우연히 들은 말이었는데 굉장히 충격적이었죠."

신혁이 안타까운 듯 정원을 바라보았다.

"그만큼 엄마는 심적 고통이 크셨던 거예요. 저 그래서 어렸을 땐 이런저런 말과 행동으로 엄마한테 상처를 주는 할머니를 많이 미워하기도 했어요."

"그래서 아들이 되려고 노력하셨던 겁니까?"

"네. 어떻게 보면 정말 바보 같은 짓이었죠. 그렇게 해도 변하는 건 아무것도 없는데 말이죠."

정원은 쓸쓸하게 말했다.

"그렇군요."

"엄마가 저 대학 입학하고 나서 얼마 되지 않아 위암 말기 판정을 받고 돌아가셨는데 눈감기 전 할머니가 엄마를 부둥켜안고 미안하다고 하시면서 우시더라고요. 마음의 짐, 할머니에 대한 미움, 원망 모두 내려두고 가라고 하시면서요."

"죽음은 사람들에게 넓은 마음을 허락하는 것 같습니다. 비록 화해와 위로가 늦은 감이 있는 것 같지만 참 다행스럽다는 생각이 드는군요. 그 과정이 없었다면 서로가 두고두고 한이 되었을 테니까요."

신혁의 목소리가 왠지 구슬프게 들렸다.

정원은 신혁을 유심히 바라보았다.

"혹시…… 정우 친부 생각하세요?"

"그걸 어떻게 아셨습니까?"

신혁이 놀라며 물었다.

"가끔 삶과 죽음에 대한 이야기를 나누다 보면 신혁 씨의 표정이나 목소리가 암울하게 그늘질 때가 많거든요. 혹시 그 이유가 정우 친부 때문이 아닐까 하는 생각을 하다가 여쭈어본 거예요."

"맞습니다. 저한테 그 친구는 심장에 박힌 파편과도 같은 존재니까요."

"시간을 되돌리고 싶을 때가 많으실 것 같아요."

"그럴 수만 있다면 더 이상 바랄 것이 없을 겁니다."

"지난번 부산 갔을 때도 어린아이 구하면서 혹시 그때의 상황이 떠올랐던 건 아닌가요? 정우와 관련된 일이 생각나서 말이에요."

"네, 그랬습니다. 생후 한 달도 안 되었던 정우는 싸늘하게 식어버린 주검 앞에서 울다 지쳐 거의 탈진 상태로 발견이 되었습니다. 그때의 기억은 지금도 아주 생생하게 남아 있습니다. 차가운 주검의 섬뜩한 느낌, 서럽게 울어대던 아기의 울음소리……."

과거를 회상하는 신혁이 고통스럽게 보였다.

"큰 충격이었을 테니까요."

"충격 정도가 아니었습니다. 너무나 두렵고 떨려서 죽을 것만 같았으니까요."

"아마 저라도 그랬을 거예요."

정원은 위로하듯 신혁의 팔을 어루만졌다.

정원을 돌아보는 신혁이 진정이 되는지 표정을 누그러뜨렸다.

등산로의 경사가 슬슬 높아지기 시작했다.

두 사람은 철봉과 철선을 잡고 험한 바윗길을 올랐다. 땀이 솟고 호흡이 가빠졌다.

험준한 길이 끝나고 이제 기나긴 오르막길로 접어들었다.

"그런데 궁금한 게 있습니다."

신혁이 말을 꺼냈다.

"뭔데요?"

"솔직히 정우는 아직도 혼란스러워하고 있습니다. 저와 친모의 엇갈린 주장을 두고서요. 그런데 정원 씨는 전혀 그래 보이지 않습니다."

"저한테서는 혼란스러움이 보이지 않는다는 건가요."

"그렇습니다."

"아마 제가 정우였다면 그랬을지도 몰라요. 자신을 낳아준 친모와 데려다 키워준 형 사이에서 양자택일해야 하는 건 쉽지 않은 문제니까요. 저는 그런 부담감이 없잖아요. 제가 아는 신혁 씨는 그럴 사람이 아니니까 혼란을 겪을 필요도 없었던 거고요."

"전 솔직히 두려웠습니다."

"제가 신혁 씨를 불신할까 봐 그랬나요?"

"믿음을 얻는 일은 어려운 일이니까요."

"만약 그동안 신혁 씨가 제게 보여준 믿음직한 모습이 없었다면 불가능한 일이었겠죠. 신혁 씨도 제가 가진 문제가 불거졌을 때 무조건적인 믿음을 보여주었던 것도 그래서가 아니었나요?"

"맞습니다. 저 역시 정원 씨를 겪어보고 얻은 믿음으로 흔들리지 않았던 겁니다."

"그래도 의구심이 아주 없진 않았을 텐데 신혁 씨는 제게 아무것도 묻지 않으셨어요."

"그건 정원 씨도 마찬가지였습니다. 사실 지금도 궁금하기는 합니다. 정원 씨가 억울한 누명을 뒤집어쓰면서까지 그토록 지키고 싶었던 게 뭘까 하고요."

"형인 신혁 씨가 동생인 정우를 지키고 싶어하는 것처럼 교사인 저도 제자인 그 아이를 지키고 싶었던 것뿐이에요. 그밖에 다른 건 아무것도 없었어요."

"명예를 버려가면서까지 그러긴 힘든 일입니다. 그래서 어쩜 아주 당연한 일인데도 워낙 보기 드문 일이라 그러한 뜻까지 헤아리기 힘들었나 봅니다."

"교권이 무너지고 사제 간의 불신이 심화되다 보니 제 행동을 두고 부정적인 해석을 하시는 분들이 참 많았어요."

"상처가 심했겠군요."

"없다고 하면 거짓말이겠죠."

"그 아이가 원망스럽거나 밉지는 않았습니까?"

"그 아이를 그렇게 몰고 간 세상이 원망스럽고 미웠죠."

어느새 북한산성 성벽을 지나 동장대까지 이르렀다.

이단 구조의 기왓장 지붕을 한 동장대 뒤편에는 몇몇 등산객들이 돗자리를 펴고 잠시 휴식을 취하고 있었다.

두 사람은 그곳에 머무르지 않고 계속 걸었다.

아주 긴 계단이 나왔다. 다리가 묵직해지고 숨이 턱까지 오를 만큼 아주 긴 계단이었다. 시원한 바람이 부는 위문을 지나 가파른 바윗길을 올랐다. 급경사라 바위에 박힌 쇳줄을 잡고 올라야만 했다. 워낙 위험한 코스라 대화를 나눌 수 있는 상황은 아니었다. 하늘을 향해 오르는 기분이었다.

"저기가 백운대인가 봅니다."

신혁이 등산객들이 모여 있는 정상을 가리키며 말했다.

백운대가 가까워질수록 바람이 세차게 불어왔다. 땀을 흘리며 힘겹게 산행한 사람들을 환영하며 맞이하듯.

두 사람은 드디어 백운대 정상에 올랐다.

"와우! 서울이 한눈에 다 들어오네요."

정원은 천천히 한 바퀴를 다 돌아보며 말했다.

"뭔가 대단한 일을 한 것처럼 뿌듯하군요."

신혁도 기쁨에 겨운 얼굴이었다.

"그 맛에 사람들이 산을 찾는 것 같아요."

"솔직히 너무 힘들어서 괜히 오자고 했나 싶었습니다. 후회도 들고 포기하고 그냥 내려가자고 할까 별의별 생각을 다 했습니다. 그런데 참고 고생한 보람이 있군요."

솔직한 고백에 정원은 웃음이 나왔다.

"그런 마음을 가지고 올라온 줄은 몰랐어요."

"정말 정원 씨가 힘들다는 말 한마디만 해주길 간절히 바라기도 했습니다."

"절 핑계 삼아 내려갈 생각이었군요."

"네."

두 사람은 함께 마주 보고 웃었다.

"시원해서 좋네요. 여름에 이런 바람을 맞을 수 있다는 게 신기해요."

정원은 신혁이 건넨 물을 받아 목을 축이며 말했다.

"이렇게 좋은 바람을 두고 바람을 피운다는 말을 사용하는 거 바람에 대한 모욕 같지 않습니까?"

신혁의 엉뚱한 소리에 정원은 또 한 번 웃음을 터뜨렸다.

"듣고 보니 그러네요."

한동안 두 사람은 말을 잃고 각자의 사색에 빠져들었다. 그러다 먼저 말을 꺼낸 사람은 신혁이었다.

"미국에서 영구 귀국해서 학교 이사장으로 부임한 후로 세상엔 믿지 못할 사람들만 존재하는 게 아니라는 사실을 깨달았습니다. 굳이 금전 관계에 얽히지 않았더라도 손수 나서서 도와주고 훈훈한 마음을 보여주는 이들이 많았기 때문입니다."

"진작 오지 그랬어요."

"그러게 말입니다. 아버지께서는 진작부터 제가 한국에서 지냈으면 하는 소망을 내비치셨습니다. 아니, 저뿐만 아니라 가족들 모두가 함께 지냈으면 하셨습니다."

"그런데 왜 그러지 못했나요?"

"아버지와 어머니는 서로 다른 가치관과 사고방식을 가지고 있어 함께 있으면 늘 마찰을 빚었습니다. 특히 자녀 양육 방식에서는 더 그랬습니다."

"어떤 식으로 달랐는데요?"

"고집이 센 저희 어머니는 어느 누구의 말도 듣지 않았습니다. 자신이 옳다 생각하면 생각한 그대로를 추진해야 직성이 풀리는 분이었습니다. 그래서 아버지가 반대하는데도 자식들에게 더 좋은 교육환경을 마련해 주어야 한다며 어린 형과 저를 데리고 해외로 돌아다녔습니다. 어머니는 인간관계에 있어서도 이득이 될 만한 사람만 추려 사귀도록 했습니다. 세상엔 선한 사람들보다 악한 사람들이 더 많으니 함부로 자신을 보이고 내어 주어서는 안 된다고 가르치셨습니다. 상처를 주는 사람과는 상종할 필요가 없으니 피하라고 하셨습니다."

"그럼 사회성이 부족할 수밖에 없었을 텐데요."

"그래서 아버지는 항상 그런 점을 못마땅해하셨습니다. 그러던 중 제가 친구를 사귀고 좋은 영향을 받고 있다는 소식을 접하고 아주 기뻐하셨습니다."

"그 친구가 정우 친부였나요?"

"네. 아버지는 불우한 사람들을 돌보기 좋아하는 분이라 어려운 환경에서도 열심히 살아가는 그 친구를 격려하고 제가 그 친구를 돕고 싶다는 의사를 밝혔을 때 흔쾌히 허락해 주셨습니다. 어쩜 아버지는 제게 좋은 친구가 되어준 그 친구한테 고마움을 느껴 혼자 남겨진 정우도 쉽게 받아들였는지도 모릅니다. 정우를 받아들이는 문제에 대해서도 어머니와 상당한 갈등이 있었지만 아버지는 그 일만큼은 절대 양보하지 않았습니다."

"모든 면에서 존경받을 만한 인물이셨네요."

"맞습니다. 하지만 그런 아버지도 단 하나 힘들어하는 문제가 있었습니다."

"그게 뭔가요?"

"그것은 바로 여자에 관한 것이었습니다. 아버지는 늘 여자라는 존재를 도무지 이해하기 힘들다고 입버릇처럼 되뇌곤 하셨습니다. 아버지에게 가장 심한 트라우마는 바로 어머니였던 겁니다. 그래서 아버지는 학교에서 절대 여선생을 고용하는 법이 없었습니다. 주위에서 재혼을 권유해도 강경하게 마다하셨습니다. 싫어서가 아니라 어렵고 힘들다는 게 바로 그 이유였습니다."

"아, 그런 이유가 있었던 거군요."

"그나마 아버지는 며느리를 보고 나서 많이 달라지기는 했습니다. 형수가 아버지를 극진히 모시기도 했지만 형수의 성품이 원래부터 어질어 진심이 통했기 때문입니다."

"다행이네요."

"아버지는 뇌출혈로 쓰러지고 나서 저한테 그전까지는 결혼에 대해 별말씀을 안 하시다가 더 늦기 전에 결혼을 하라고 권하기도 하셨습니다. 여자에 대한 생각이 많이 달라지신 모양입니다. 사실 전 원래부터 결혼 생각이 없었습니다. 하지만 정원 씨 때문에 생각의 변화가 많았습니다."

"가족들이 과연 저를 좋아하실까요?"

"저를 흔들어놓고 좋은 영향을 끼치는 사람이니 분명 아버지나 나머지 가족들도 대환영할 겁니다. 정원 씨."

"네?"

"사실 여기까지 오자고 한 이유가 있었습니다."

"뭣 때문에 오자고 하신 건데요?"

정원은 신혁을 쳐다보며 물었다.

신혁도 아주 진지한 얼굴로 그녀를 돌아보았다.

"오늘처럼 앞으로도 저와 함께 고되고 힘든 길 모두 이겨내고 정상에 서서 웃자는 말을 하려고 왔습니다."

"그래요. 우리 앞으로도 등산 자주 해요."

정원은 아무렇지 않게 말했다.

이에 신혁이 아주 당황한 표정을 지었다.

"아니, 제 말은 등산 자주 하자는 말이 아닙니다."

"그럼요?"

"저와 결혼해서 평생 동행해 달라는 말을 하는 겁니다. 흔히들 말하는 것처럼 검은 머리 파뿌리 되도록 오래오래…… 영원히 말입니다. 정원 씨가 하는 말도 잘 들을 거고 하라는 대로 잘할 거고 내가 가진 것 아낌없이 주고 바치고 희생할 테니 내 곁에 있어주십시오."

정원은 눈을 동그랗게 뜨고 신혁을 쳐다보았다.

"지…… 금 청혼하신 거죠?"

"아!"

신혁이 뭔가가 생각났는지 배낭을 뒤적거렸다. 그가 꺼낸 것은 반지가 들어 있는 작은 케이스였다. 신혁이 케이스를 열어 반지를 보여주었다.

정원은 반지를 마냥 신기하게 쳐다보기만 했다.

신혁이 반지를 꺼내 정원의 손을 잡아당겨 끼워주었다.

"그거 아십니까? 신기하게도 층층이 쌓이는 문제 앞에서도 정원 씨만 떠올리면 힘이 솟고 모든 걸 이겨낼 수 있을 거란 자신감이 생긴다는 거. 저 한 가지 깨달은 게 있습니다. 더 이상 정원 씨 없는 저의 인생은 무의미하다는 것을 말입니다. 다시 한 번 묻겠습니다. 저와 결혼해 주시겠습니까?"

정원은 신혁을 말없이 쳐다보다가 이내 입을 열었다.

"다시 한 번 생각해 보세요. 저랑 결혼해도 후회 안 하시겠어요? 아까처럼 포기해 버릴까 하는 생각 안 들겠어요?"

"안 합니다."

정원은 빙그레 미소 지었다.

"반지가 너무 예뻐서 돌려주고 싶지 않네요."

"반지만 갖고 튈 생각입니까?"

"그렇게 하면 어쩌실 건데요?"

"평생 가둬둘 겁니다. 내 인생에."

"원하는 바예요."

신혁이 웃으며 정원을 꽉 끌어안았다.

그러자 여기저기서 사람들이 휘파람을 불고 환호성을 질러댔다.

33

공공도서관이었다.

정우는 열람실을 돌아다녔다. 벌써 40분째였다. 다들 고개를 숙이고 공부를 하고 있어 유진을 찾기란 쉽지 않은 일이었다. 물론 휴대폰으로 전화를 여러 번 걸어도 보았다. 하지만 공부에 방해가 될까 봐 꺼놓았는지 연결이 되질 않았다. 부디 점심시간이 되기 전에 찾기만을 바랄 뿐이었다.

그렇게 한참을 돌아다니다가 드디어 유진을 발견했다.

유진은 더운지 펜을 비녀 삼아 머리를 틀어 올리고 있는 중이었다. 고무줄도 없이 펜으로 그게 가능할까 싶어 유심히 보는데 유진이 금방 머리를 완성하고 책을 넘겼다.

유진의 드러난 목덜미와 둥근 어깨선이 유난히 예뻐 보였다.

정우는 씩 웃으며 유진에게 다가갔다.

때마침 유진의 옆에 앉아 있던 사람이 일어나 자리를 비웠다.

정우는 잠시 그곳에 앉아 손으로 턱을 괴고 유진을 물끄러미 지켜보았다.

이마와 속눈썹, 코, 입술, 턱을 잇는 부드러운 곡선의 옆모습이 무척이나 인상적이고 매혹적이었다. 타인의 시선을 의식하지 않고 뭔가에 열심히 몰두하는 모습이 아름답고 사랑스러웠다.

정우는 그런 유진을 빤히 보다가 장난기가 발동해 가방에서 포스트잇과 펜을 꺼냈다. 그리고 '너 마음에 든다. 오빠랑 차 한 잔 할래?' 라는 글을 써 유진의 시선이 내려앉은 곳에 붙였다.

유진이 반사적으로 움찔하더니 이내 책에서 포스트잇을 떼 구겨 버리고 다시 책 내용을 눈에 담았다.

정우는 꽤 시니컬하게 나오는 유진의 반응이 재미있어 웃음을 머금었다. 그리고 다시 포스트잇에 '누나, 저랑 밥 한 끼 먹는 게 그렇게 힘든 일인가요?' 라는 글을 작성해 다시 시도했다.

유진이 눈살을 찌푸리더니 매서운 눈으로 정우를 돌아보았다. 화를 내려다 당혹해했다.

정우는 어이없어하는 표정을 짓는 유진을 향해 웃음이 새어 나가지 않게 키득거렸다.

유진이 손에 들고 있던 펜으로 정우의 이마를 얄미워 죽겠다는 식으로 톡 하고 때렸다.

정우는 때를 놓치지 않고 유진의 손목을 잡고 자리에서 일어났다.

끌고 나가려는데 유진이 난색을 표하며 고개를 가로저었다.

"공부도 다 먹고살자고 하는 짓인데 밥은 먹어가며 해야지."

목소리를 낮춰 말을 했는데도 주위 사람들이 쳐다보았다.

유진이 놀란 얼굴을 해가지고 되레 정우를 끌고 열람실을 빠져나왔다.

"미쳤어, 미쳤어. 누구 망신 줄 일 있니?"

복도로 나오자마자 유진이 정우의 등짝을 사정없이 갈기기 시작했다.

"아파. 그만 해. 생일빵치고는 너무 아프다고."

"생일빵? 너 오늘 생일이야?"

유진이 때리는 것을 멈추고 놀라 물었다.

"그래. 오늘이 노정우님 오신 날이다."

유진이 잠시 미안해하는 기색을 보였다.

"표정이 왜 그래? 미안해할 필요까지는 없어. 나도 네가 말해 주지 않는 이상 네 생일이 언제인지 모르니까. 그런데 말 나온 김에 물어나 보자. 넌 생일이 언제냐?"

"1월 15일."

"1월 15일? 야, 너 빠른 생일이야? 학교 일찍 들어간 거야?"

"그래. 왜?"

"고작 일 년 차이밖에 안 나면서 그동안 그렇게 열심히 누나 드립 친 거냐?"

"어머? 얘 좀 봐. 일 년이 적니? 내년엔 난 대학생이고 넌 여전히 고딩이라고 몇 번을 말해야 알아들어? 너, 그리고 아까 나한테 뭐라고 적어줬어? 누나라며? 거봐, 내가 언젠가는 듣고 말 거라고 했지?"

유진이 의기양양하게 웃으며 말했다.

"순진하기는, 농담하고 현실도 구분 못하냐? 야, 됐고 밥이나 먹으러 가자."

"나 도시락 싸왔는데."

"어째 나랑 같이 먹기 싫다는 소리로 들린다."

"그게 아니라……."

"그게 아니면 가."

정우는 유진의 말을 끊고 강경하게 말했다.

유진이 정우를 빤히 쳐다보다가 마음을 결정했는지 입을 열었다.

"알았어. 지갑 가지고 나올 테니까 기다려."

유진이 열람실을 들어갔다가 잠시 후에 지갑을 들고 다시 나왔다.

둘은 도서관을 나와 길을 걸었다.

"어디로 갈까?"

유진이 물었다.

"몰라. 오늘 처음 와본 동네를 내가 어떻게 알겠어."

"그럼 저기 골목길에 있는 분식집으로 가자. 거기가 싸고 맛있거든. 누나가 오늘 한턱 쏘마. 동생아, 맘껏 먹으렴. 하하하!"

유진이 정우의 등을 툭툭 치며 호탕하게 웃었다.

"누가 누나고 누가 동생이야? 이젠 네 이름도 모자라 내 이름까지 개명하려는 거냐?"

정우는 퉁명스럽게 물었다.

"네가 아무리 그렇게 발버둥을 쳐도 내가 누나고 네가 동생인 사실은 만고불변의 진리다."

"길 가는 사람을 붙잡고 물어봐라. 네가 누나로 보이는지 여동생으로 보이는지."

"진짜 물어본다."

"물어보라니까."

"물어봐서 누나라고 하면 너 앞으로 나한테 누나라고 부를 거야?"

"미치지 않고서야 어떻게 널 누나로 불러? 내가 머리에 총 맞았냐?"

"하여간 밉상도 이런 밉상이 없다니까."

유진이 입술을 삐죽였다.

"그런데 너 도서관에서 대시받은 적 많았냐? 아주 귀찮아 죽겠다는 얼굴이던데?"

정우는 화제를 돌렸다.

"내가 좀 귀엽고 예뻐서 인생이 괴롭긴 하지."

"뭐래? 귀 썩어 들어가게."

유진이 걸음을 멈추고 인상을 구기며 토라진 얼굴을 했다.

정우는 애써 웃음을 참고 한마디를 덧붙였다.

"뭐? 이젠 눈까지 썩게 하려고?"

도저히 참을 수가 없는지 유진이 홱 돌아서며 오던 길을 가려 했다.

정우는 삐친 유진을 달래려 황급히 다가섰다. 그런데 갑자기 유진이 다시 돌아서는 바람에 맞부딪치고 말았다. 땀구멍이 보일 정도로 아주 밀접한 거리였다.

커다래진 눈, 뭔가를 말하기 위해 벌어졌던 입술, 서서히 붉어지는 뺨, 부딪치면서 풀어져 버린 긴 머리.

정우는 유진의 모습에 심장이 콩닥콩닥 뛰고 말았다. 난생처음 여자한테 입을 맞추고 싶은 충동까지 일었다. 유진이 떨어진 펜을 줍기 위해 고개를 숙이지 않았더라면 정말 그랬을지도 모를 일이었다.

유진도 많이 당황했는지 등을 돌리고 펜으로 머리를 틀어 올렸다. 그리고 귀까지 빨개진 줄도 모르고 애써 아무렇지도 않다는 듯 투덜거렸다.

"오늘은 네 생일이라서 내가 참는 거야. 그리고 네가 뭘 모르나 본데 이 누나가 진짜 남자들한테 인기가 많거든. 보는 눈이 없는 너……."

정우는 계속 쫑알거리는 유진의 어깨를 잡아 돌려 기습적으로 입술을 훔쳤다.

다시 틀어 올렸던 유진의 머리가 풀어지면서 펜이 땅바닥으로 떨어졌다.

달콤하고 짜릿한 첫 키스였다.

정우는 입술을 떼고 거칠게 숨을 몰아쉬었다.

"예뻐, 너. 진짜 예쁘다고."

유진이 충격을 받았는지 좀처럼 말을 하지 못하고 얼어붙어 있었다.

"바보야, 늑대가 잡아먹으려고 덤벼들면 이렇게 때려야지. 왜 가만있어? 그냥 잡아먹힐래?"

정우는 유진의 손을 끌어다가 자신의 뺨을 때리게 만들었다.

이에 유진이 정말 밉다는 식으로 정우를 노려보았다. 그리고 이내 발로 정우의 정강이를 퍽 차버렸다.

"생일이라서 참는다고 그랬지! 이 나쁜 자식아! 너 정말 태어난 날 제삿밥 먹고 싶은 거야!"

분이 풀리지 않는지 유진이 계속 발길질에 남은 손으로 정우를 때려댔다.

"알았어, 알았어. 잘못했어. 잘못했다고!"

정우의 사과에 유진이 때리는 것을 멈추고 씩씩거렸다.

"죽고 싶으면 한 번만 더 그래."

"한 번 더 그러고 확 죽어버릴까?"

정우는 히죽거리며 유진을 놀렸다.

"이게 정말!"

유진이 다시 달려들려고 했다.

"야, 그래도 배고픈 상태에서는 죽고 싶지 않다. 얼른 가서 먹자. 응? 계속 가면 네가 말한 분식집 나오는 거냐? 빨리 와라. 내가 먹고 싶은 거 마음대로 시킨다."

정우는 유진을 피해 달아나며 말했다. 그런데 참으로 이상한 일이었다. 이대로 달리다 뛰어오르면 하늘을 날 수 있을 것 같은 기분이 들었다. 세상이 달리 보이기도 했다. 첫 키스 한 번에 눈이 밝아지다니. 정우는 행복에 겨운 미소를 지었다. 그리고 참고 싶어도 자꾸 머금게 되는 미소가 신기해 마냥 웃게 되었다.

오늘 아침 강현이 맛있는 미역국을 끓여주고, 언어구사와 거동이 힘든 아버지와 바쁜 큰형, 형수가 생일 축하 문자를 보내주고, 신혁이 용돈을 두둑하게 주었지만 이보다 행복하지는 않았다.

사실 유진을 어떻게 해볼 생각으로 찾아온 것은 아니었다. 생일이라 기뻐해야 하는 날인데도 괜히 친모 때문에 마음이 싱숭생숭해져서 기분이나 전환할까 싶어 왔던 것이다.

이런 날 엄마는 어디서 뭘 하고 계실까? 아무리 바빠도 아들 생일쯤은 기억하고 있어야 하는 거 아냐? 급작스럽게 내가 너무 많은 걸 바라는 건가? 그래도 서운한 마음은 어쩔 수 없는 걸.

정우는 아침부터 사로잡혀 있던 생각에 또다시 잠겼다.

유진이 말했던 분식집이 보였다. 아는 사람만 찾아올 수 있을 만큼 외진 곳에 있는 분식집이었다.

하지만 맛있는 집으로 소문이 났는지 사람들이 줄을 서서 기다리고 있었다.

예전 같으면 이런 곳에 올 일도 없는 정우였다. 하지만 정원과 유진을 만난 이후로 정우는 뭐든 가리지 않게 되었다.

뒤돌아 유진이 얼마만큼 왔는지 확인하려던 때였다. 휴대폰으로 전화가 걸려왔다. 바로 그렇게 기다렸던 은영이었다.

정우는 또다시 가슴이 뛰기 시작했다.

역시 엄마는 내 생일을 기억하고 있었던 거야.

그런 생각으로 정우는 감격했다. 혹시 그런 이유로 전화를 하지 않았다 해도 정우는 생일에 친모의 음성을 들을 수 있다는 사실에 기뻐했다. 정우는 사람들을 피해 한적한 곳으로 가 전화를 받았다.

"여보세요?"

목소리가 떨리기까지 했다.

[정우야. 엄마야.]

너무나 다정하고 친근한 음성에 정우는 눈시울마저 뜨뜻해졌다.

"네. 안녕하셨어요?"

유진이 통화를 하는 정우에게 다가오지는 못하고 줄을 서서 기다리겠다는 식으로 손짓했다.

정우는 알았다는 듯 고개를 끄덕였다.

[잘 지냈어?]

"네. 잘 지내셨어요?"

[응.]

많이 우울한 목소리였다.

"어디 편찮으세요?"

정우는 걱정이 되어 물었다.

[아니. 괜찮아. 너도 아픈 데 없이 건강하고?]

"네. 아주 건강해요."

어느새 정우는 서운했던 마음이 싹 가신 상태였다.

[생일 축하해.]

눈물이 핑 돌았다. 정우는 갑자기 치솟은 눈물과 감정을 애써 억누르려고 하늘을 올려다보았다.

[듣고 있니?]

"네. 듣고 있어요. 감사해요. 잊지 않고 기억해 주셔서."

[이제 와서 내가 그런 말을 들을 자격이나 있는 사람인지 모르겠다.]

은영의 목소리에서 슬픔이 방울져 떨어졌다.

"그게 무슨 소리예요? 절 낳아주셨잖아요. 저는 그 사실만으로도 충분히 감사드리고 있는걸요."

은영이 잠시 침묵했다.

어떤 마음인지 알 수가 없어 정우는 다시 말을 이어갔다.

"듣고 계세요?"

[그래. 듣고 있어. 정우야……. 내가 그러면 안 되는 건데 막상 네 목소리를 들으니까 자꾸 욕심이 생긴다.]

"욕심이라니요?"

[아니야. 그냥 흘려들어. 이제 와서 이러는 거 아무 소용이 없다는 거 잘 아니까.]

"뭔데요? 말씀해 보세요."

정우는 조바심이 나 물었다.

[그냥…… 평범한 엄마처럼 너와…… 함께 지내고 싶어. 밥도 해주고 빨래도 해주고 이야기도 많이 나누고……. 나 정말 뻔뻔하지? 이제 와서 이런 말이나 하고 말이야. 내가 네 생일이다 보니 생각이 깊어져서 그랬나 봐. 미안해.]

"미안해하지 마세요. 저도…… 엄마가 해주는 밥 먹고 싶을 때가 많았으니까요. 옷 살 때 옆에서 옷 골라주는 엄마들 보면서 부러운 적도 많았으니까요."

[정…… 말이니?]

귓가에서 숨죽여 흐느끼는 소리가 들려왔다.

"엄마……. 지금…… 우시는 거예요?"

정우는 덜컥 걱정이 되어 물었다.

은영이 한참 뒤에 목소리를 가다듬고 입을 열었다.

[네가…… 엄마라고 부르는 소리 정말 듣고 싶었는데 막상 들

으니까 나도 모르게 울컥해져 버렸어. 자식 하나 지키지도 못한 나인데 엄마라는 소리를 해줘서 너무 고맙다.]

"고맙기는요."

[정우야…….]

은영이 망설이는 말투로 불렀다.

"말씀하세요."

[우리…… 아니다. 아니야.]

"뭔데 그러세요? 괜찮으니까 뭐든 말씀해 보세요."

은영이 깊은 한숨을 내쉬었다.

[우리 얼간이라도 좋으니까…… 함께 살면 안 될까?]

정우는 잠시 할 말을 잃고 침묵했다. 거절의 뜻이 아니라 고려해야 할 여러 가지 상황이 걸렸기 때문이다.

[역시…… 무리겠지? 나만의 욕심이겠지?]

은영이 간절히 원하고 있었다. 이제라도 엄마가 되어주고픈 간절한 마음인 듯했다.

"솔직히 저는 어떻게 되든 상관없어요. 문제는 엄마예요. 세상에 제 존재가 알려지기라도 하면 엄마가 곤란해지실 테니까요."

[아냐, 난 오히려 너의 존재를 드러내고 싶은걸.]

정우는 크게 놀랐다.

"정말 그러고 싶은 거예요?"

[난 네가 곤란해질까 싶어 참고 있는 거야. 이렇든 저렇든 널

키워준 가족들을 생각하지 않을 수 없고 말이야. 좋은 게 좋은 거라고 너만 괜찮다고 하면…… 가족들을 만나 널 되찾고 싶다는 의사를 정중히 전달하고 싶은 것도 사실이란다.]

정우는 갑자기 걱정이 몰려왔다. 가족들의 반응이 어떨까 싶어서였다. 되찾고 싶다는 말이 정확히 뭘 의미하는 건지 잘 와닿지 않아 혼란스러워졌다. 부담감이 생겨났다.

[급하게 굴진 않을게. 너도 생각할 시간이 필요할 테니까.]

정우의 마음을 헤아렸는지 은영이 얼른 말을 덧붙였다.

"전…… 양쪽하고 다 잘 지내고 싶어요. 어느 한쪽도 상처받지 않았으면 해요."

은영이 아무런 반응을 보이지 않았다.

정우는 은근히 불안해졌다.

"그리고 가족들하고 상의해 볼게요. 엄마하고 지내는 문제에 대해서요."

[뭐 하나만 물어봐도 되겠니?]

조심스러운 말투였다.

"네. 그러세요."

[만약에 말이다. 정말 만약에 말이야. 나와 그쪽 둘 중에 하나만 선택해야 할 상황이 오면 그땐 어떻게 할래?]

"네?"

정우는 급작스러운 질문에 당혹하고 말았다.

[너도 잘 알고 있겠지만 그쪽은 널 키워주었어도 피 한 방울

섞이지 않은 사람들이야. 반면 난 그렇지 않지.]

"잘 알고 있어요. 그런데 왜 그런 극단적인 상황을 생각하시는 거예요?"

[만약에라고 했잖니. 사람 일이라는 게 알 수 없는 일이니까 말이야.]

"잘 모르겠어요. 그런 상황까지 생각을 해보지 않아서요."

[한 번쯤 그런 것도 생각해 보는 게 좋지 않겠니?]

정우는 어떤 말도 할 수가 없었다. 머리가 멍해지면서 복잡하기만 했다.

[내가 오늘 너무 많이 떠든 것 같다. 생일 축하를 한다는 게 나도 모르게 그만. 정우야, 엄마가 집으로 선물을 좀 보냈어.]

"집으로 선물을요?"

[응. 별거 아니니까 너무 기대하지는 말고.]

"아니에요. 감사해요. 그런데…… 제가 있는 곳 주소는 어떻게 알고……."

정우는 은영이 속속들이 알고 있다는 사실이 좀 놀랍기도 했다.

[몰랐니?]

은영이 다짜고짜 그렇게 말했다.

"뭘요?"

[노신혁 씨가 내 연락처를 먼저 알아내서 연락해 오고 찾아왔던 사실 말이야.]

"형이…… 그랬다고요?"

[못 들은 모양이구나. 그래. 나한테 전화도 하고 자기 집 주소를 알려주면서 찾아오라고도 했단다. 하지만 그럴 순 없었단다. 그랬더니 어떻게 알고 찾아왔더구나. 너한테…… 이런 말 정말 하고 싶지는 않지만 사실 그 사람이 온갖 협박도 서슴지 않았단다. 나더러 결혼을 취소하고 자기한테 돌아오라고 억지를 부리더구나. 그렇게는 할 수 없다고 했다. 그랬더니 죽여 버리겠다며 폭언과 폭력을 휘두르려고 했지. 정말 두려웠단다. 찾아낼 수 없는 곳으로 숨어야만 했단다. 그래서 그동안 연락을 하고 싶어도 하지 못했던 거란다.

"정말…… 형이 그랬어요?"

정우는 도저히 믿을 수가 없어 그렇게 물었다.

[그럼 넌 지금까지 내가 미국에서 결혼하고 지냈던 사실도 모르고 있었겠구나.]

"네? 그게 무슨 소리예요?"

정우는 소스라치게 놀랐다.

[미국으로 가기 전에 내가 노신혁 그 사람한테 전화를 걸어 부탁을 했단다. 이 정도의 사실은 자식한테 알려줘야 하는 거 아니겠냐고 말이다. 하지만 그 사람은 완강하게 거부했어. 절대 너하고 접촉하지 말라고 난리를 쳤지. 앞으로 그런 일이 생기면 맹세코 가만두지 않을 거라고 했어. 무슨 변이라도 당할까 봐 무서웠단다. 그때 나는 혼자였으니까. 하지만 지금은 아니란다.

든든한 사람이 곁에 있어 두려움이 사라졌단다. 엄마와 결혼한 그 사람이 전폭적으로 도와주기로 약속했단다. 그래서 이렇게 너한테 용기를 내서 직접적으로 전화도 할 수 있었던 거야.]

정우는 또다시 혼란스러워졌다. 뭐가 뭔지 알 수가 없었다.

"정말…… 정말 형이 그랬어요?"

[생각을 해보렴. 내 손으로 어렵게 찾은 너한테 그동안 연락을 안 하고 지냈다는 게 말이나 되는 소리니? 머리가 비상한 사람이야. 내가 하지도 않은 짓을 다 꾸며내고도 남을 사람이야. 난 정말 그 사람이 무섭단다. 끔찍할 정도야.]

정우는 힘없이 털썩 다리를 접고 주저앉았다. 손으로 이마를 문지르며 괴로워했다.

[절대 그 사람 말은 믿지 마. 어떤 증거를 내놔도 절대 믿지 마. 이제 그 사람은 나한테 복수할 생각밖에 없어. 널 붙들고 있으면 내가 자기한테 돌아갈 거란 생각을 버리지 못하고 있었는데 내가 결혼을 포기하지 않자 이제는 어쩔 수 없다는 생각에 분풀이를 하고 있는 거란다.]

정우는 숨조차 쉬기가 버거웠다. 가슴이 꽉 막혀 도무지 견딜수가 없었다.

[정우야…… 괜찮니? 정우야. 정우야?]

은영이 걱정을 담은 목소리로 애처롭게 불러댔다.

"드, 듣고 있어요."

정우는 손이 딜딜 떨려 하마터면 휴대폰을 떨어뜨릴 뻔했다.

[엄마는 어떻든 원만하게 해결을 하고 싶었단다. 너한테 이런 말까지 해서 실망과 충격을 주고 싶지 않았어.]

정우는 이제 아무 소리도 들리지 않는 듯했다. 그만큼 충격이 심해 정신이 오락가락해진 것이다.

[정우야, 이런 말 절대 그 사람한테 해서도 안 된다. 물론 이 통화 내용도 추적할지 모르겠지만 네 입으로 먼저 하지 말아줬으면 싶구나.]

"네⋯⋯. 아, 알겠어요."

[너 정말 괜찮은 거야?]

"네. 괜⋯⋯ 찮아요."

무섭고 심장이 터져 버릴 것처럼 두근거렸지만 정우는 은영을 생각해서 간신히 대답했다.

[오늘 내가 한 말 잘 생각해 보고⋯⋯ 결정해 주기 바란다. 이젠 너하고 행복해지고 싶구나.]

정우는 정신이 산란한 상태라 더 이상 말을 잇기가 힘들어졌다. 공황상태로 접어든 기분이었다.

[정우야, 엄마가 또 연락할게. 그때까지 건강하렴.]

"네."

마지막 죽을힘을 다해 쥐어짜 낼 수 있는 말은 그게 다였다. 전화가 끊기자 온몸에서 힘이 쭉 빠져나갔다.

휴대폰이 땅바닥으로 떨어졌다.

정우는 초점 없는 눈으로 넋 빠진 얼굴을 했다. 어디선가 유진의 목소리가 들려오는 것 같은데 돌아볼 기력조차 없었다.

"노정우! 내 말 안 들려?"

어느새 유진이 다가와 그를 마구 흔들어댔다.

정우는 멍한 시선으로 유진을 쳐다보았다.

"너 왜 그래? 무슨 일 있어?"

유진이 염려를 해도 정우는 아무 말도 할 수 없었다.

"너 어디 아픈 거야? 얼굴도 하얗고 왜 이렇게 떨어?"

정우는 간신히 한쪽 팔을 들어 유진의 목을 끌어안았다.

"자, 잠깐만……. 잠깐만……. 이러고 있자. 아주 잠깐만……."

정우는 포근함을 느끼며 힘겹게 눈을 감았다. 감은 눈 사이로 말간 눈물이 주르르 흘러내렸다. 마음 같아서는 통곡이라도 하고 싶었지만 입을 굳게 다물고 참았다. 심장이 아파왔다. 너무 괴로워서 죽을 것만 같았다. 정말…… 죽을 것만 같았다.

34

"병원에 데려가야 하는 거 아닐까요?"

강현이 걱정스런 낯빛을 하고 물었다.

신혁은 더운 날 이불을 푹 뒤집어쓰고 등을 돌린 채 누워 있는 정우를 말없이 보기만 했다.

"이사장님, 제 말 듣고 계십니까?"

강현이 답답하다는 듯 채근을 했다.

"시간도 늦었는데 가서 주무십시오. 정우는 제가 보살피겠습니다."

신혁은 착 가라앉은 목소리로 말했다.

"애가 초죽음이 돼서 들어왔는데 제가 지금 잠이 오겠습니까?"

"상황 봐서 응급실에라도 가야 할 것 같으면 깨울 테니 주무십시오."

"아니, 차라리 지금……."

신혁은 조급하게 구는 강현을 가만히 쳐다보며 자리를 비켜달라는 뜻을 눈으로 전달했다.

그러자 강현이 입을 다물고 조용히 방을 나갔다.

신혁은 묵묵히 기다렸다. 정우가 자고 있지 않다는 사실은 이미 알고 있었다. 하지만 마음과 생각을 정리할 시간을 주는 게 좋을 듯해 기다리기로 한 것이다. 그러다 어떤 표현도 하지 않고 그냥 잠이 들어도 상관은 없었다.

기다리면 될 일이었다. 뭔가를 물으면 있는 그대로의 사실을 말해주면 될 일이었다. 말은 듣는 사람의 판단에 따라 참과 거짓으로 나뉠 수 있는 것이지 말하는 사람의 의지로 어떻게 될 수 있는 문제가 아니었다.

지금 그가 할 수 있는 일, 앞으로 할 수 있는 일은 참답게 기다리는 것, 그것이 다였다.

은영의 선물이 도착했을 때부터 신혁은 이러한 진통을 예상했다. 게다가 정우가 유진을 만나는 과정에서 전화를 받고 달라졌다는 이야기를 정원에게서 전해 들은 터라 또 한 번의 폭풍을 이미 짐작하고 있었다. 정우가 이러는 이유는 단 하나였다. 전은영. 그 악마 같은 여자 때문이었다. 그걸 모르진 않았다.

신혁은 더 이상 서운한 마음 같은 건 품지 않기로 했다. 이는 정원이 해준 조언의 영향이 가장 컸다.

정우는 지금 결코 쉽지 않은 선택의 기로에서 방황하고 있는 것이다. 참과 거짓, 옳고 그름, 신뢰와 배신을 두고 고독하고 절망스럽게 헤매고 있는 것이다.

아무리 겉모습은 성인에 가까워도 정우는 분별력이 부족한 아이에 지나지 않았다. 그런 아이한테 완벽한 선택을 강요할 순 없었다.

아이에게서 믿음을 얻으려면 먼저 아이를 믿고 기다려야 했다. 그게 정원과의 대화에서 얻은 교훈이었다.

한참이 지나서였다. 정우가 드디어 긴 침묵을 깨고 말문을 열었다. 하지만 여전히 등을 돌리고 있어 얼굴을 볼 수 없는 상황이었다.

"형……."

힘이 없고 허스키하게 갈라진 목소리였다.

"으응?"

"왜…… 자지 않고 그러고 있어요?"

"그냥…… 네 곁에 있고 싶어서. 내가 방해가 됐니? 그래서 못 자고 있는 거야?"

정우가 또다시 입을 닫고 아무런 말을 하지 않았다.

신혁은 심적으로 힘들고 지친 정우를 다독거리고 쓰다듬어 주고 싶었다. 하지만 선뜻 손을 내밀지 못했다. 아직까지 정우의 마음 상태가 어떤지 정확히 알 수 없었기 때문이다.

"형······."

정우가 다시 그를 불렀다.

"왜?"

"나······ 데려다 키우지 말지 그랬어요."

억누른 감정 때문인지 목소리가 희미하게 떨렸다.

"왜 그런 생각을 해?"

신혁은 마음이 아파 정우를 나무라듯 말했다.

"기껏 키워놨더니 말썽이나 피우고 골치 아프게 만들고······. 후회스럽지 않아요?"

"속상했던 적은 있었지만 후회한 적은 단 한 번도 없었다."

"형······ 난 말이죠. 내가 되게 잘난 줄 알았어요. 번듯한 집안에 돈 많은 부모님과 형들, 누구한테도 뒤떨어지지 않는 머리, 재능, 외모······."

스스로를 치켜세운 게 우스웠는지 정우가 잠시 말을 끊고 아주 작게 자조적인 웃음소리를 내었다. 그리고선 다시 말을 이어 갔다.

"하도 주위에서 떠받들어 줘 교만할 정도로 으스대며 살았어요. 그런데 어느 날 알고 보니 아니더라고요. 버려진 게 불쌍하고 안타까워서 데려다 키운 애가 저였던 거예요. 솔직히 처음엔 말도 안 되는 장난인 줄 알았어요. 악의적인 루머거나 말이에요. 인정할 수가 없었어요. 어머니야 원래 사근사근하게 구는 법 없이 차가운 분이었으니까 그러려니 했지만 아버지나 형들은 저한테 한 번도 그런 내색을 한 적이 없으셨거든요. 그러니 저는 제가 당연히 노 씨 가문의 자식이라고 생각했던 거예요. 그런데 별거 아닐 줄 알았던 작은 의심이 결국 절 넘어뜨리더라고요. 뭔가를 알면 정리가 될 줄 알았어요. 그래서 자꾸 알아내려고 했어요. 가족들이 자꾸 진실을 감추는 건 뭔가 부정적인 일들을 감추기 위해서라고 생각했어요. 그래서 삐뚤어졌어요."

잠시 정우가 말을 끊었다가 다시 이었다.

"아버지는 저 때문에 충격받아 쓰러지셨고 형은 잘해 나가던 사업을 다 접고 귀국하셨죠. 그 모든 게 저 때문이었어요. 그런데도 아버지나 형은 절 원망하거나 미워하지 않으셨어요. 아까 말한 것처럼 속상해했지 제가 느낄 정도로 후회하는 기색은 보이지 않으셨어요. 오히려 절 어떻게든 보호하고 지키시려 했죠. 저, 바보 아니에요. 가족들이 어떤 사람들이라는 것쯤은 알아요. 단지…… 친어머니……."

정우가 말하기가 힘든지 또 한 번 말을 멈추었다. 그리고 한숨 섞인 말을 해나갔다.

"어찌 되었던 간에 저한테는 생명을 주신 분이니까 그분이 하시는 말씀, 행동을 나쁘게 볼 수 없었던 거예요. 솔직히 혼란스러웠어요. 도대체 누구의 말을 믿어야 하나 하고 고민도 많이 했고 머리가 터져 버릴 것만 같아서 덮어두고 또 생각하다가 또다시 접어두고 그랬어요. 결국 최근엔 그냥 진실이 뭐든 간에 둘 다 믿는 마음으로 살아가자 했어요. 어차피 손도 댈 수 없는 과거의 일이고, 지금의 나는 별문제가 없으니 그냥 이대로 덮어 두고 살아도 되겠다 싶었어요. 나쁘지 않더라고요. 더 이상 골치가 아프지도 않았고 괴로울 일도 없었고 괜찮더라고요. 살 만했어요. 오히려 멀리 떨어져 있을 때는 몰랐던 형을 더 잘 알게 돼서 좋았고 강현 아저씨랑 사는 것도 재미있고 강 선생님, 유진이 의지하며 도움도 받아가며 사는 게 예전보다 훨씬 더 좋고 행복했어요."

신혁은 그저 정우의 말을 듣기만 했다.

"친어머니 문제는 저만 잘하면 되겠다 싶었어요. 만날 수 있으면 만나고 상황적으로 힘들면 안부 주고받아 가며 살면 되겠다 싶었어요. 제가 잘못 생각하고 있는 걸까요?"

정우가 답을 원하고 있었다.

신혁은 무겁게 내려앉은 입을 열었다.

"하늘이 정한 천륜을 막을 수 있는 게 뭐가 있겠니? 난 애초부터 너와 네 친모를 분리시켜 놓을 생각이 없었다. 사라진 네 친모를 어떻게든 찾으려고 노력했지. 그건 순전히 너를 위해서였어. 그밖에 다른 이유는 추호도 없었다. 네 친모가 한국에서 영화배우로 데뷔했을 때 난 내 발로 네 친모를 찾아갔다. 네가 나와 지내고 있다는 사실과 네 이름을 알려주었어. 만약 그때라도 네 친모가 지난날을 참회하고 널 되찾길 원했다면 난 어떻게든 도왔을 거다. 하지만 네 친모는 그러지 않았다. 그 이후로 난 생각이 좀 달라졌다. 기회를 주었음에도 불구하고 자기 자식을 나 몰라라 하는 사람한테는 절대 널 보낼 수 없다는 쪽으로 말이다. 하지만 결국 넌 모든 사실을 알게 되었고 친모를 만나게되었다. 난 말이다, 지금도 네가 상처받는 건 절대 원하지 않는다. 널 이용할 생각 따위는 원래부터 없었고 앞으로도 마찬가지다. 난 네 친모가 너한테 순수한 모성애로 접근해 주기를 간절히 바라고 있다. 난 너의 행복만을 빌 뿐이야. 정말 다른 건 없다. 이런 내 마음을 알아주었으면 좋겠구나. 무엇이든 네가 원하는 대로 해라. 난 널 억압하고 묶어둘 생각이 없다. 그러다 마음이 바뀌면 또 바뀐 마음대로 해라. 난 변함없이 제자리에 있으면서 널 기다릴 테니 말이다."

잠시 침묵이 흘렀다.

정우가 천천히 말을 꺼냈다.

"언젠가 유진이가 그랬어요. 사람을 이용할 때는 뭔가를 얻고자 하는 게 있기 때문이라고. 얻을 게 없는데도 불구하고 변함없이 잘해주고 지키려는 노력을 하는 건 이용이 아닌 순수한 애정이라고요. 그 말이 맞아요. 가족들이 날 이용해서 얻을 수 있는 건 아무것도 없어요. 그 말은 가족들이 날 애정하기 때문이라는 말과 똑같은 거죠. 그래서…… 형을 믿을 수밖에 없어요. 의심할 수가 없어요. 지금은 형이 어떤 사람이라는 걸 잘 알기 때문에 더더욱 그럴 수 없어요. 형을…… 믿어요. 진심으로 믿고 있어요."

신혁은 믿는다는 말에 순간적으로 울컥했다. 그토록 사무치게 원하고 원했던 말이었기 때문이다. 뜨거운 눈물이 핑 돌았다. 급속도로 모아진 눈물이 흘러내릴 것만 같아 고개를 높이 들었다.

하지만 억눌러 참을 수 있는 눈물이 아니었다. 눈물이 흘러내렸다. 티를 내고 싶지 않아 신혁은 고개를 돌리고 입술을 꽉 다물었다. 그것으로 부족할 것 같아 손으로 입을 힘껏 눌렀다.

정우가 그런 사실을 모르고 계속 말을 이어갔다.

"지금 내가 아파하고 괴로워하는 건 친어머니 때문이에요. 나의 이런 기분, 이런 감정, 이런 마음을 그 누가 이해할 수 있을까요? 그래도…… 나한테는 엄마잖아요."

정우가 흐느끼며 말했다.

"밉든 곱든 날 버렸든 날 이용하든 내 엄마잖아요. 내…… 엄마잖아요. 어떻게 끊어요. 어떻게 버려요. 내 엄마인데…… 어떻게 버려요."

슬픔에 잠긴 목소리가 신혁의 마음을 흔들어놓았다.

"난 오늘도 엄마한테 물었어요. 계속 물었어요. 형이 그랬냐고. 정말 형이 그랬냐고 계속 물었어요. 형을 의심해서 그렇게 물어본 게 아니었어요. 내가 아는 형은 그런 사람이 아닌데 왜 자꾸 거짓말을 하냐고 묻고 있었던 거예요. 그런데도 엄마는 굽히지 않았어요. 끝까지 거짓말을 했어요."

비애와 절망, 안타까움이 묻어나는 음성이었다.

"난…… 어떻게 해야 하는 걸까요? 길이 보이지 않아요. 알면

알수록 안개 낀 어둠을 걷는 기분이 들어요. 그렇다고 해서 전 엄마를 버릴 수 없어요. 백 번 만 번 수백만 번을 생각해도 버릴 수…… 없어요. 왜 이런 마음을 생기는 건지, 품어야 하는 건지 저도 알 수가 없어요. 그래서 괴롭고 힘들어요. 가슴이 아프고 답답해서 죽을 것만 같아요."

정우가 소리 내어 울기 시작했다. 억눌렀던 울음소리가 점차 커졌다.

신혁은 피가 통하지 않을 만큼 아랫입술을 깨물고 손을 내밀어 정우를 다독였다. 그리고 다정하게 불렀다.

"정우야, 가족은 무슨 일이 있어도 버리면 안 되는 거야. 끝까지 지켜야 하는 거야. 세상 사람들이 다 돌을 던지고 욕을 해도 절대 버리면 안 되는 거야. 형인 내가 널 지키고 싶어하듯이 너도 네 친모를 지켜야 하는 거야. 그게 옳은 거야. 그게 가족인 거야."

정우의 울음이 통곡으로 변해갔다. 애통하고 비통했다. 서럽고 애련해서 함께 울 수밖에 없는 눈물이었다.

신혁은 계속 토닥이며 눈물을 삼켰다. 어서 이 폭풍과도 같은 시간이 지나가기를 바라며.

다음날 오후, 강현은 신혁이 외출한 틈을 타 정우의 방 앞을 서성거렸다. 아주 심각한 얼굴이었다. 원을 그리며 빙글빙글 돌다가 잠시 멈춰 문을 두드리려다 말고 또 돌기를 계속 반복했다.

그런 그를 바로 앞에서 지켜보던 페이쓰도 지쳤는지 배를 깔고 엎드려 눈을 감아버렸다.

강현은 손에 든 볼펜과 메모리 카드를 다시 쳐다보았다. 더 이상 신혁과 정우가 힘들어하는 꼴을 두고만 볼 수 없다는 생각에 가지고 온 것이었다. 그는 정우에게 은영의 실체를 낱낱이 폭로하고 싶었다. 아니, 그래야만 한다고 생각했다. 다만 이 사실을 알면 길길이 날뛸 신혁 때문에 망설이고 있을 뿐이었다.

질러? 말아? 질러? 그러다 잘리면 어떡하지? 설마 날 자를까?

강현은 밥줄이 걱정되기도 했다. 의로운 일, 사람을 살리는 일이라는 생각은 변함없지만 자신이 무사할 거라는 보장이 없어 불안했다.

어떡하지? 아! 고민된다.

그때였다. 강현의 마음을 헤아린 것처럼 문이 벌컥 열렸다.

하루 사이에 핼쑥하게 여윈 정우가 눈앞에 나타났다.

강현은 소스라치게 놀라며 굳어버렸다.

정우가 어리둥절한 눈으로 강현을 쳐다보았다.

"여기서 뭐 하세요?"

강현은 입이 떨어지지 않아 아무 말도 하지 못했다.

정우가 강현이 들고 있는 볼펜과 메모리 카드에 눈길을 주었다.

강현은 꿀꺽 하는 소리가 크게 날 정도로 마른침을 삼켰다.

"손에 들고 있는 게 뭐예요?"

정우가 아무렇지도 않게 강현의 손에서 볼펜과 메모리 카드를 가져갔다.

"이거…… 녹화도 되고 녹음도 되는 볼펜 아니에요? 옛날에 형이 보여줘서 본 적 있는데……."

강현은 갑자기 덜컥 겁이 나기 시작했다. 섬뜩한 회칼보다 더 날카로운 눈빛으로 죽일 듯이 쏘아보며 '넌! 아웃이야!' 하고 호통 칠 신혁의 모습이 뇌리를 스쳤다. 식은땀이 솟기 시작했다.

정우가 볼펜을 이리저리 살펴보다가 재생 버튼을 눌렀다. 신혁의 음성이 흘러나왔다.

[당신이 데뷔하고 나서 내가 찾아갔을 때 날 모르는 사람 취급했던 거 기억 안 납니까?]

곧이어 은영의 음성도 들려왔다.

[기억이라는 건 운명처럼 우스운 거죠. 담고 있는 사람이 쉽게 수정하거나 삭제할 수 있는 거니까요.]

[끝까지 거짓말을 하겠다는 건가요?]

[내가 유리하게끔 조금 손을 보겠다는 거예요.]

강현은 한 발씩 뒤로 조금씩 물러났다. 그리고 이내 폭발물을 피해 달아나는 사람처럼 후닥닥 자리를 피했다.

정우의 방 바로 옆에 위치한 자신의 방으로 들어온 강현은 고르지 않은 숨을 급하게 토해냈다.

어쩌지? 어쩌지? 이사장님이 오시기 전에 짐을 챙겨 나가 버릴까? 어쩌지? 어쩌지? 아냐, 가만 가만…….

강현은 머리를 굴렸다. 호랑이에게 물려가도 정신만 차리면 된다는 생각으로 열심히 굴렸다.

난…… 주지 않았어. 난 들고 서 있기만 했다고. 입도 뻥긋하지 않았어. 그냥 정우가 착각을 하고 가져간 것뿐이야. 그래, 그랬어. 분명히 그랬지.

죽다 살아난 기분이 들었다. 강현은 안도의 한숨을 내쉬며 긴장을 풀었다. 문에다 귀를 대보았다. 아무 소리도 들리지 않았다.

잠시 후 정우가 방으로 다시 들어갔는지 문 닫는 소리가 들려왔다.

강현은 정우의 방 구조를 떠올리며 벽에다 귀를 대고 책상이 있는 곳까지 따라붙었다.

컴퓨터를 부팅하는 소리가 아주 작게 들려왔다. 순간적으로 긴장이 되었다.

잠시 후 말소리가 들려왔다. 신혁과 은영이 나눈 대화인 것 같았다.

강현은 빠르게 뛰는 심장을 누르며 계속 귀를 기울였다.

정우야, 지금은 충격이 심하고 받아들이기 힘들겠지만 이게 다 널 위한 일이니까 잘 참아주길 바란다.

강현은 정우를 향해 자신의 속마음을 보냈다.

꽤 긴 시간이 흐르고 정우의 방에서 더 이상 어떤 소리도 들리지 않았다.

강현은 슬슬 걱정이 되기 시작했다. 정우가 받아들이기엔 너무 버거운 일이었나 싶기도 하고 혹시 충격을 받고 쓰러진 게 아닐까 하는 별의별 생각이 다 들었다.

그때였다. 정우가 문을 열고 방에서 나오는 소리가 들려왔다.

강현은 살금살금 문 쪽으로 옮겨갔다. 거의 다 이르렀을 즈음이었다.

갑자기 문 두드리는 소리가 났다. 정우가 노크를 해온 것이다.

강현은 급속도로 냉각이 되고 말았다.

"아저씨."

정우가 부르기까지 했다.

"으응? 자, 잠깐만!"

강현은 좀처럼 떨어지지 않는 입을 애써 떼어냈다. 그리고 더 이상 피할 순 없는 일이라는 생각을 하며 굳은 각오를 하고 문을 열었다.

정우가 보였다. 그런데 의외로 무덤덤해 보였다. 정우가 볼펜과 메모리 카드를 내밀었다.

"잘 보고 잘 들었어요."

강현은 얼떨결에 볼펜과 메모리 카드를 받아 들고 멍한 시선으로 정우를 쳐다보았다. 너무나 멀쩡해 보이는 정우가 이상하게 느껴졌다.

"고마워요."

고맙다고?

강현은 예상치 못한 말에 놀라고 말았다. 충격이 심해 정신적으로 문제가 생긴 건 아닌가 하는 생각까지 들었다.

"정우야……."

"형 모르게 날 돕고 싶었던 거죠?"

정우가 말을 끊고 강현의 생각을 읽기라도 한 것처럼 말했다.

"그래. 이사장님, 정우 너 두 사람 모두 돕고 싶었다. 이대로 그냥 두고만 볼 순 없었어."

"아저씨 마음 알아요."

"너…… 괜찮은 거야?"

강현은 걱정을 가득 담은 얼굴을 해가지고 물었다.

"괜찮아요."

거짓말처럼 보이진 않았다. 이미 뭔가를 알고 있었다는 느낌마저 들었다.

"아저씨, 부탁이 있어요."

"부탁? 뭔데?"

"이거…… 저 알고 있다는 말 안 하셨으면 좋겠어요."

뜻밖의 말이었다. 강현으로서는 근심을 덜 수 있는 일이기도 했다. 하지만 이유가 궁금했다.

정우가 친절하게도 그 이유까지 곁들일 모양인지 입을 열었다.

"이런 거 없이도 형을 믿을 수 있다는 거 알려주고 싶어서 그
래요."

강현은 한 대 얻어맞은 기분이었다.

"너…… 뭔가 알고 있었던 거야?"

"형이 믿음 얻으려고 그토록 애쓰고 노력했는데 어떻게 모를
수가 있겠어요?"

"다행이다. 난 네가 잘못된 판단을 할까 봐 되게 많이 걱정했
어."

정우가 말없이 씁쓸한 표정을 지었다.

"친어머니가 걸린 문제라 많이 힘들지? 아마 나라도 그랬을
거야."

강현은 정우의 어깨를 토닥이며 위로했다.

"엄마가…… 이쯤에서 멈췄으면 좋겠어요. 더 이상의 선을 넘
지 않고 그만두었으면 좋겠어요. 내가 이유를 묻게 되는 일도,
알게 되는 일도 없이…… 그냥 서로가 나쁘지 않게…… 더 좋은
일이 없더라도…… 그냥 이쯤에서 관계를 악화시키는 일만 하
지 않았으면 좋겠어요."

근심과 우환, 슬픔, 절망, 고통을 수반한 정우의 눈빛과 목소
리에 강현은 심장이 조이는 듯했다.

"나도 정말 그랬으면 좋겠다."

"아마…… 엄마를 막을 수 있는 건 나밖에 없을 거예요. 난 가

족들을 위해 엄마를 막아야만 할 거고요. 그런 과정에서…… 서로를 잃지 않기만을 바랄 뿐이에요."

끝까지 친모와 연결된 끈을 놓고 싶지 않아 하는 정우를 보며 가눌 수 없는 막막함과 답답함이 느껴졌다. 강현은 진심으로 바랐다. 은영이 털끝만큼의 모성이 있는 사람이라면 더 이상 정우에게 상처를 남기지 않기를 말이다.

그날 밤이었다.

정우는 은영이 보낸 여러 개의 선물을 뜯어보았다.

명품 지갑에 손목시계, 노트북, DSLR 카메라 등 고가품이 나왔다.

정우는 은영이 쓴 것으로 보이는 카드를 열어보았다.

정우야.

생일 축하한다.

살다 보니 엄마로서 너한테 선물을 할 수 있는 기회가 다 오는구나.

기쁘다. 너무 행복하다.

선물을 고르면서 얼마나 많은 고민을 했는지 몰라.

네가 마음에 들어했으면 참 좋겠다.

그리고 하루 빨리 너와 함께 지낼 날이 왔으면 싶구나.

엄마는 그날만 손꼽아 기다릴 거야.

우리 함께 행복해지자꾸나.

엄마가.

정우는 자기도 모르게 한숨을 터뜨렸다. 나무랄 데 없이 엄마의 마음을 잘 표현한 카드임에도 아무런 감흥을 느낄 수가 없었기 때문이다.

카드를 접어 다시 봉투 안에 집어넣었다. 그리고 선물들과 함께 구석에 밀어놓았다.

한참을 멍하니 앉아 고민을 한 정우는 휴대폰을 들고 은영에게 전화를 걸었다.

잠시 후 은영의 목소리가 들려왔다.

[정우니?]

반가움에 들뜬 목소리였다.

"네. 저예요."

정우는 침착하게 말했다.

[저기, 혹시 내가 보낸 선물이랑 카드는 봤니?]

"네. 잘 봤어요. 감사해요."

[마음엔 들어? 엄청 고민하면서 산 건데.]

"마음에 들어요. 잘 쓸게요."

[그래. 그런데 왜 이렇게 기운이 없어? 무슨 일 있었니?]

"아니에요. 별일 없어요."

[정말 괜찮은 거야?]

"괜찮아요. 정말."

정우는 애써 웃으려고 노력했다.

[정우야, 엄마가 말했던 거 생각은 해봤어?]

"그러지 않아도 그것 때문에 전화드렸어요."

정우는 무거운 마음으로 말했다.

[그래? 어서 말해봐.]

"가족들은 제가 원하는 대로 하래요."

[저, 정말? 정말 그랬어?]

은영의 목소리가 점점 높아졌다. 너무 기뻐하는 분위기였다.

"네. 너무나도 쉽게 허락하셨어요."

[잘됐다. 정말 잘됐어. 정우야, 엄마가 내일 당장 한국에 갈
게. 우리 만나자. 만나서…….]

"저기, 엄마……. 잠깐만요."

정우는 괴로워 아랫입술을 꽉 깨물고 망설였다.

[응? 왜?]

"저요, 여기 있을래요."

[뭐?]

믿을 수 없다는 말투였다.

"저 지금처럼 살겠다고요. 여기 가족들이랑."

은영이 아무런 말을 하지 않았다.

"생각 많이 했어요. 그런데 제가 내린 결론은 이대로 살면서
엄마랑 연락 주고받으며 지내고 싶다는 거였어요."

[평생 그러자는 것도 아니고 얼마간만 그러자고 한 건데도 싫다는 거니?]

애써 억누르지만 뜻하는 대로 되지 않은 것에 대해 감정이 상했는지 뾰족함이 느껴졌다.

"네. 죄송해요."

[다시 한 번 물을게. 정말 싫어?]

"싫은 게 아니라 저를 위해서도 엄마를 위해서도 그러는 편이 나을 것 같아서 그래요. 대신 우리 자주 연락하고 살아……."

정우는 말을 다 끝낼 수가 없었다. 중간에 전화가 끊겼기 때문이다.

정우는 은영이 의도적으로 전화를 끊은 게 아닐 거라 생각하며 다시 전화를 걸었다.

하지만 전원이 꺼져 있다는 안내원의 음성이 흘러나올 뿐이었다.

정우는 윗니로 아랫입술을 꽉 깨물며 눈을 감았다. 괴로움과 고통이 또 한 번 엄습했다.

35

영화배우 전은영한테 숨겨둔 아들이 있다는 소문이 돌기 시작한 것은 여름방학이 끝나갈 시점이었다. 처음에는 그저 온라인에서 루머다 사실이다 하며 사람들의 입에 오르내렸으나 나중에는 꽤 구체적인 정황까지 언급이 되면서 진실공방이 치열해졌다.

이를 안 기자들이 가만있을 리는 만무했다. 기자들은 네티즌의 자극적인 댓글을 인용해 서로 앞 다투어 기사를 냈다.

때마침 미국에서 비밀결혼을 했고 신접살림을 차렸다는 말까지 나오면서 은영의 베일에 싸인 사생활에 관한 관심은 핫이슈로 떠올랐다.

그 와중에 은영이 미국에서 귀국했다.

입국 정보를 입수한 각종 언론사와 방송국 취재진들은 공항에 진을 치고 열띤 취재 경쟁을 벌였다.

은영은 침묵했고 그녀의 소속사는 조만간 입장 표명을 하겠다고 했다.

학교도 조금씩 술렁거렸다. 온라인에서 신혁의 집안이 언급되었기 때문이다.

교묘하게 치고 빠지는 수법으로 정보를 흘린 탓에 일반 사람들은 소문의 근거지가 누구인지 정확히 알 수 없었다.

하지만 신혁의 집안에서는 은영의 주도하에 이루어진 일임을 잘 알고 있었다.

이 가운데 가장 곤란하게 된 사람은 정우였다. 이사장의 동생이라는 사실을 공개한 것만으로도 적지 않은 파장을 몰고 왔는데 이제는 나라 전체를 떠들썩하게 만든 중심인물이 되었기 때문이다.

극성스러운 기자들이 학교와 신혁의 본가, 아파트로 찾아와 인터뷰 요청을 해오기도 했다.

만남 자체를 거부했지만 앞으로 어떤 식으로 대응해야 할지 신혁으로서도 걱정이 이만저만이 아니었다.

그러던 중 은영의 아들로 추정되는 인물이라며 정우의 사진이 인터넷에 떴다. 자세한 신상정보까지 공개가 된 것이다.

발 빠른 네티즌들은 사진을 퍼다 나르기 시작했고 걷잡을 수 없을 만큼 퍼지고 말았다.

세상 모든 사람들이 모든 것을 감싸 안고 보듬어줄 수 있는 가족처럼 아군이 될 수는 없었다. 남의 일을 가지고 무분별, 무책임하게 떠들어대는 걸 좋아하는 사람들한테는 더할 나위 없이 좋은 떡밥이 떨어진 것이다.

사람들은 이제 제공된 몇 가지 자료만 가지고 소설에 가까운 이야기를 써대기 시작했다. 마치 그것이 사실인 양 인식이 되어가고 있었다. 루머의 확대재생산으로 세상이 발칵 뒤집혔다.

학교도 예외는 아니었다. 1학년 12반의 상황도 마찬가지였다.

"진짜 초특급 울트라 메가톤급 대박 아니냐? 대한민국 대표급 여배우가 엄마라니!"

"누가 아니래? 그런데 불륜 아니냐? 그 할아버지 이사장이 갖고 놀다 버린 건가?"

"바보. 야, 독해력이 그렇게도 없냐? 할아버지 이사장이 아니고 지금 이사장이라니까."

"그 말이 사실이라면 이건 완전 막장이다, 막장. 형이 아버지라는 소리잖아."

"내 말이! 전학을 가든지 해야지 창피해 죽을 지경이다. 다른 학교 다니는 애들이 정말이냐고 묻기까지 한다니까."

"그럼 우리 형님은 어떻게 되는 거야? 이사장하고 연인 사이잖아. 난 이 연애 결사반댈세!"

"나도 나도!"

이 상황을 말없이 지켜보던 태현이 책상을 걸어차며 벌떡 일어났다.

"거참 시끄러워 죽겠네! 이 새끼들아, 아가리 그만 닥쳐라!"

"뭐야? 우리가 지금 없는 말 꾸며서 하는 것도 아니고…… 헉!"

태현이 투덜거리는 현수의 멱살을 잡아 비틀며 으르렁거렸다.

"인마, 맞아 뒈지고 싶어 환장했냐? 닥치라 했지, 뭘 안다고 주둥이를 함부로 놀려!"

"너야말로 왜 그렇게 정우 그 자식을 감싸고도는 건데? 이사장 동생이라고 하니까 뭐라도 떨어질 것 같아서 그래?"

파르르 떨던 태현이 화를 주체하지 못하고 현수에게 주먹을 날렸다.

순식간에 교실은 아수라장이 되고 말았다.

터진 입술에서 피를 확인한 현수도 태현에게 달려들었다.

치고 박고 싸우고 말리는 과정에서 의견이 분분한 아이들까지 합세해 뒤엉켜 싸움을 벌였다.

대규모로 싸움판이 벌어진 탓에 다른 반 아이들이 구경을 하러 몰려들었다. 12반은 그야말로 북새통을 이루었다. 1교시가 시작되기도 전에 일어난 일이었다.

"이놈들 그만 못해!"

교실이 흔들릴 정도로 벼락같은 고함을 친 건 유준이었다.

효과는 즉각 나타났다. 교실은 쥐 죽은 듯 조용해졌다.

구경을 하던 아이들도 슬금슬금 도망을 쳤다.

"셋 동안 제자리로 돌아가지 않으면 나와 함께 상담하고 싶다는 소리로 알아듣겠다. 실시! 하나! 둘! 셋!"

후닥닥 우당탕퉁탕 쓰러진 책상과 의자를 정리하고 자리로 돌아가는 아이들로 인해 또 한 번의 소란이 일어났다. 하지만 셋이란 말이 떨어지는 것과 동시에 모든 상황이 정리가 되었다.

때마침 교실 뒷문으로 그늘진 얼굴을 한 정우가 들어섰다.

정우가 유준을 보고 주춤거리다 고개를 숙여 인사를 건넸다.

"어서 와라."

앉아 있던 아이들이 힐끔거리며 정우를 돌아보았다.

정우가 자신을 따라붙는 시선을 신경 쓰지 않고 자리에 앉았다.

그때였다. 정원이 열린 앞문으로 얼굴을 쏙 내밀었다.

"어? 정 선생님이 계셨네요? 어쩐지 이 녀석들이 웬일로 이렇게 조용한가 싶었어요."

여전히 활달하고 밝은 얼굴이었다.

유준이 정원에게 다가갔다.

"한바탕 난리가 나서 왔습니다. 그럼 저는 이만."

유준이 교실을 나가자 정원이 그제야 반 아이들을 살폈다.

"무슨 일 있었니? 얼굴들이 왜 그 모양이야?"

정원의 부드러운 물음에 아이들이 일제히 고개를 숙이고 침묵했다.

"그나마 얼굴 멀쩡한 사람은 민호랑 정우밖에 없네? 정우는 방금 들어온 거 봤고. 그럼 민호야, 무슨 일인지 설명 좀 해주지 않겠니?"

다른 때 같았으면 객관적인 입장에서 상황을 잘 설명했을 민호였다. 그런데 웬일로 민호도 고개를 떨어뜨리고 아무런 말을 하지 않았다.

"민호까지 입을 다무는 걸 보니 진짜 심각한 문제였나 보네."

정원은 다소 심각한 말투로 말했지만 표정만큼은 평온했다.

"무슨 이유로 싸웠는지 알 수는 없지만 한 번 잘 생각해 봐. 자신이 가진 중요한 문제로 주먹을 휘둘렀는지 아니면 아무 상관도 없는 사람의 일을 가지고 쓸데없는 짓을 했는지 말이야."

아이들의 고개가 점점 아래로 향했다.

정원이 계속 타이르는 말을 해나갔다.

"칼은 주부가 사용하면 맛있는 음식이 나오고 강도가 쓰면 다치는 사람이 나온다. 이건 유치원 다니는 애들도 다 아는 사실이야. 말도 마찬가지다. 아무렇지도 않게 내뱉는 말 한마디가 사람을 살릴 수도 있고 죽일 수도 있어. 온라인이 발달되면서 언어 살인, 손가락 살인이 넘쳐 나고 실제로 그로 인해 목숨을 끊는 사람들도 생겨나는 게 요즘 세상이야."

정원은 이미 아이들이 무슨 일을 가지고 싸움을 벌였는지 다 알고 있는 듯했다.

아이들은 더욱 고개를 들 수가 없게 되었다.

정원의 말이 계속되었다.

"무슨 말과 글을 하고 쓸 때는 그 말을 자신한테 먼저 적용시켜 봐. 그래도 기분이 나쁘지 않으면 남도 나쁘지 않은 거야. 자신의 인격을 스스로 낮추지 마. 세상 모든 걸 다 아는 것처럼 떠벌리지도 마. 비난하는 대로 언젠가는 자신도 비난받을 수 있다는 걸 인지하고 살아. 사람을 긍휼히 여길 줄 알면서 살아야 언젠가는 사람들한테 긍휼함을 얻을 수 있는 거다. 내 말이 너희 마음 밭에 떨어져 열매를 맺든 안 맺든 난 교과서에서나 나올 만한 이야기를 하며 살아야 할 사람이니까 오늘도 이렇게 떠드는 거다. 아침부터 하루를 망치지 말고 더 서먹해지기 전에 서로 화해하고 수업해라. 조회 끝."

정원이 인사도 받지 않고 조용히 교실을 나갔다.

아이들은 여전히 조용했다.

잠시 후 태현이 먼저 말을 꺼냈다.

"미안하다. 말도 함부로 하고 쉽게 주먹 써서."

현수가 고개를 돌려 태현을 가만히 쳐다보았다. 그러더니 이내 자리에서 일어나 태현에게 다가가 화해의 악수를 청하듯 손을 내밀었다.

"내가 잘못했다. 원인 제공은 내가 한 거니까. 미안하다."

태현이 현수의 손을 맞잡았다.

그 이후로 아이들도 서로 사과하고 용서를 구했다.

그 광경을 묵묵히 지켜보던 정우는 창 너머로 시선을 돌렸다. 공허하면서도 아련해 보이는 눈빛, 사라져 버린 미소, 영혼까지 산산이 부서져 무너진 느낌이었다.

정원은 수업이 비는 시간을 이용해 보건실을 찾았다.

"들어가도 될까요?"

"어서 와요."

마 선생이 심각한 얼굴로 책상 앞에 앉아 컴퓨터를 들여다보고 있다가 정원을 맞이했다.

"바쁘신 것 같은데 다음에 올까요?"

"아니에요. 그냥 인터넷 좀 하고 있었던 거예요. 앉아요. 앉아."

정원은 마 선생이 가리킨 탁자 앞 의자에 앉았다.

바로 그때였다.

"에잇, 몹쓸 것들! 손가락이나 확 부러져 버려라!"

마 선생이 책상을 쾅 하고 내리치며 자리에서 일어났다. 평소와 다르게 극도로 흥분한 모습이었다.

정원은 믿을 수가 없어 눈을 휘둥그렇게 떴다.

"죄송합니다. 하도 이상한 것들이 많은 세상이라 제가 잠시 이성을 잃었습니다."

마 선생이 냉장고에서 얼음과 차갑게 해둔 오미자차를 꺼내

들고 탁자로 다가왔다.

정원은 얼른 두 개의 컵을 가지고 왔다.

마 선생이 자리에 앉아 컵에 얼음을 담고 오미자차를 따라 정원에게 건넸다.

"혹시 전은영 씨와 관련된 기사, 댓글을 보고 흥분하신 건가요?"

정원은 오미자차를 마시며 조심스레 물었다.

전은영이란 말에 마 선생이 눈빛을 번뜩이며 입술을 못마땅한 듯 달싹달싹 움직였다. 아무래도 도화선에 불을 붙인 모양이었다. 아니나 다를까, 마 선생이 폭발하고 말았다.

"내 애초부터 전은영인가 뭔가 하는 인간을 사람으로 보진 않았지만 이런 식으로 뒤통수를 칠 줄은 몰랐습니다. 최악입니다. 최악 중에 최악! 최고의 악질입니다! 에잇!"

마 선생이 불난 속을 달래듯 오미자차를 벌컥벌컥 들이켜더니 이내 컵을 탁 하는 소리를 내며 내려놓았다.

충격을 받은 컵에 금이 쫙 갔다.

정원은 깜짝 놀라며 컵과 마 선생을 번갈아 보았다.

마 선생도 스스로 놀랐는지 컵에서 손을 떼고 여러 장의 티슈로 컵을 감싸 휴지통에 버렸다.

정원은 아까부터 신경이 쓰인 말을 계속 붙잡고 있다가 마 선생이 자리에 앉는 것을 보고 입을 열었다.

"그런데 애…… 초부터라니요? 전은영 씨를 오래전부터 알고 계셨나요?"

마 선생이 정원을 뚫어져라 쳐다보았다. 그리고 큰 결심을 한 사람처럼 손으로 가까이 다가오라는 표시를 했다.

정원은 마 선생이 귓속말을 할 수 있게 귀를 가까이 대주었다.

"최초로 밝히는 사실이니까 잘 들으십시오."

작지만 아주 또렷한 목소리였다.

"네."

정원도 작게 속삭이며 고개를 끄덕였다. 무슨 말일지 너무 궁금하고 기대가 되어 긴장까지 되었다.

"사실……."

마 선생이 말을 길게 늘였다. 긴장감이 높아졌다.

"제가……."

정원은 마 선생을 붙들고 제발 더 이상 말을 늘이지 말라고 사정하고 싶어졌다. 궁금해 미칠 지경이었기 때문이다.

마 선생이 아주 낮은 목소리로 느리게 말을 이어갔다.

"노신혁, 노정우의 이모 되는 사람입니다."

"네에?"

정원은 크게 경악하며 뒤로 물러났다. 사실이냐고 되묻는 것처럼 마 선생을 빤히 쳐다보았다.

마 선생이 그렇게 놀라는 것도 무리는 아니라는 식으로 고개를 끄덕였다.

정원은 그다음부터 움직일 수도 말을 할 수도 없었다. 그저 바보처럼 입을 떡 벌린 채 마 선생을 바라보기만 했다.

그랬더니 마 선생이 또 한 번 다가오라는 식으로 손짓을 했다.

충격에서 벗어난 정원은 두려운 마음으로 조심스럽게 다가갔다.

"신혁이 버려진 정우를 발견하고 도움을 요청한 사람이 바로 저였습니다. 미국에서 한국으로 전화를 걸어 펑펑 울면서 어쩌면 좋겠냐고 물었죠. 저도 처음에는 뭔가 뭔지 알 수가 없어 우선 경찰에 신고하고 정우를 병원에 데려가라고 했습니다. 그리고 언니네 부부한테 연락을 취해 미국으로 함께 날아갔죠. 참담하기 이를 데가 없었습니다. 신혁인 거의 정신이 반쯤 나간 상태였으니까요. 실어증에 걸린 녀석처럼 말 한마디 못하고 그저 울기만 했습니다."

정원은 신혁이 그때 겪었을 고통을 짐작하며 감정이입이 되어 눈물을 글썽였다.

마 선생의 비밀스런 말은 계속되었다.

"어리다면 어리다고 할 수 있는 신혁이 할 수 있는 일이라고는 아무것도 없었습니다. 그때 우리는 정우를 자식처럼 키우기로 결정했고 신혁이는 정신과 치료를 받아야만 했습니다. 다들 고통스러운 시간을 보내야만 했죠. 다행히 정우가 무럭무럭 커 주고 신혁이도 다시 정상적인 삶을 살 수 있게 되어 지금은 아무렇지 않게 말할 수 있지만 그때는 정말 심각했습니다. 그런데 이제 와서 정우를 이용하기 위해 이런 식으로 나오다니!"

마 선생이 온몸을 부르르 떨며 말했다.

"천벌을 받을 겁니다. 중독된 탐욕이 결국 파국을 가져올 겁니다. 스스로 무덤을 팠으나 그 깊이가 깊어 기어올라 오지 못하고 그 안에 갇혀 묻히게 될 것입니다. 순수하고 고귀한 모성을 모독했으니 치욕스럽게 살아가게 될 것입니다. 아무리 모성 본능이 없는 사람이라지만 자신의 탐욕을 위해 자식을 수단이나 도구로 삼다니 이렇게까지 잔인할 수가 있는 겁니까?"

마 선생이 도무지 이해할 수 없다는 듯 고개를 절레절레 흔들었다.

"근본적으로 결함이 있는 사람입니다. 나쁜 유전자가 가득한 사람입니다. 추악한 정신적 기형자입니다. 그 삐뚤어진 영혼을 도울 만한 사람은 아무도 없을 겁니다. 어찌 보면 세상에서 가장 불쌍한 사람일지도 모릅니다. 신마저 돌아보지 않을 사람일 테니 말입니다. 하긴 세상이 갈수록 악해져서 더 악랄한 사람들이 날뛰니 그 사람은 자신이 무슨 죄를 저지르고 있는지조차 알지 못할 겁니다. 정말 말세입니다. 말세도 보통의 말세가 아닙니다."

한동안 무거운 침묵이 흘렀다.

마 선생이 끊임없이 한숨을 내쉴 뿐이었다.

"그래서…… 세상 곳곳에 착한 바보들이 존재하는 게 아닐까요?"

정원은 나지막하게 말했다.

마 선생이 그게 무슨 소리냐는 식으로 쳐다보았다.

"신마저 포기한 사람을 끝까지 놓지 못하고 순수하게 사랑하고 믿을 수 있는 건 착한 바보들만의 몫이라는 생각이 들어서요. 아프고 괴로운 사랑과 믿음이 되겠지만 그런 착한 바보들이 있어 이 세상이 말세를 벗어날 수 있는 게 아닐까 해요."

마 선생이 묵묵히 듣고만 있었다.

"갑자기 그런 생각이 들었어요. 태양이 사라져야 달이 뜨고 달이 사라져야 태양이 뜨는 게 아니라 그 둘은 태초부터 공존했으니 그 사이에서 돌고 있는 지구의 방향에 따라 다만 그런 느낌을 받는 것뿐이라는 생각이요. 악인이 많아 보이는 때가 있고 의인이 더 많아 보이는 때가 있는 것도 그런 이치일 것 같아요. 잘 보이지 않아서 그렇지 이 세상엔 의인 같은 착한 바보들이 꽤 많을 거예요. 그래서 인류가 지금까지 멸망하지 않고 이어져 올 수 있었다고 믿어요."

정원은 희미한 미소를 지어 보이며 다시 말을 이어나갔다.

"이건 다소 엉뚱한 생각일 수 있는데 신이 악인들과 공존해야 하는 착한 바보들한테 주신 공격무기는 순수한 사랑과 믿음이 아닐까……."

마 선생의 변함없는 무표정을 지켜보며 정원은 말을 흐리고 히죽 웃고 말았다.

"제가 점점 바보 같은 말만 하고 있죠?"

머리를 긁적이며 쑥스럽게 물었다.

"착한 바보가 하는 말과 생각과 행동이니 바보 같을 수밖에요. 혹시 강 선생이 착한 바보 종족의 최고봉, 우두머리는 아닙니까?"

마 선생의 놀리는 말에 정원은 입을 잔뜩 늘려 빙그레 웃기만 했다.

"신혁이나 정우가 강 선생을 만난 게 참으로 다행입니다. 고마운 인연, 감사한 운명입니다."

"아니요. 제가 물들인 게 아니라 원래 두 사람은 저를 능가하는 착한 본능을 가진 사람들이었어요. 다만 스스로 깨닫지 못하고 있었을 뿐이죠. 이번 일 지켜보면서 신혁 씨나 정우 모두 대단하다는 생각이 들었어요. 이 정도의 상황까지 오면 천륜이라고 해도 누구나 잘라내고 끊고 버리려 했을 텐데 두 사람은 오히려 지키려는 노력을 하고 있으니까요."

"쉽지 않은 선택이라 어려움이 많을 겁니다. 저도 말리고 싶은 생각이 들 정도니까요."

"두 사람은 잘 극복하고 이겨낼 거예요."

정원은 긍정적이고 희망적으로 이야기했다.

"합력해 선을 이룰 수 있게 강 선생이 많이 도와주십시오."

마 선생이 정원의 손을 잡고 토닥이며 포근하게 웃었다.

북악스카이웨이였다.

신혁과 정원은 차 안에 앉아 어두운 밤하늘 아래서 아름답게 반짝거리는 세상에 시선을 박고 있었다. 한 손엔 차 한 잔씩을 쥐고 나머지 손은 맞잡은 상태로 잔잔히 흐르는 음악을 듣고 있었다.

"혹시 무드셀라 증후군이라는 말 들어본 적 있어요?"

정원은 여전히 앞을 보며 물었다.

"과거의 일을 회상하며 나쁜 기억은 빨리 지워 버리고, 좋은 기억만을 남기려는 증상 말입니까?"

신혁도 고정된 자세로 되물었다.

"네. 그럼 순교자 증후군은요?"

"무드셀라 증후군의 반대로 자꾸 나쁜 기억만 하게 되며 뭐든지 부정적으로 생각하게 되는 증후군으로 알고 있습니다. 자기가 희생자라고 생각하며 심하면 병적으로 자기학대까지 하게 되죠."

"역시 우리 신혁 씨는 가르칠 게 하나 없이 참 똑똑해요."

정원은 대견하고 기특하다는 듯 고개를 끄덕였다.

신혁이 피식 웃음을 터뜨렸다.

"뭡니까? 웃게 만들려고 낸 문제였습니까?"

"웃기는 건 개그맨들의 몫이고 저는 가르치는 사람이니까 뭐든 모르는 게 있으면 가르쳐 드리려고 했죠. 어쩌겠어요. 이것도 직업병인 걸."

두 사람은 함께 웃었다.

웃음이 사라질 즈음 정원은 다시 말을 꺼냈다.

"교육심리학에 피그말리온 효과라는 말이 나와요. 심리적 행동의 하나로 교사의 기대에 따라 학습자의 성적이 향상되는 것을 말하죠. 교사기대 효과, 로젠탈 효과, 실험자 효과라고도 하고요. 한편 교사가 기대하지 않는 학습자의 성적 떨어지는 것을 골렘 효과라고 해요."

"피그말리온은 상아로 조각한 여신상을 사랑해서 아프로디테가 그 상에 생명을 불어넣어 아내로 삼게 한 인물이라는 건 알겠는데 골렘은 또 뭡니까?"

"태아 상태거나 완성되지 못한 물체를 가리키는 말이에요."

"그렇군요."

"전 신혁 씨가 순교자 증후군보다는 무드셀라 증후군에 속한 사람이었으면 좋겠어요."

신혁이 고개를 돌려 정원을 가만히 바라보았다.

"저한테서 피그말리온 효과를 기대하시는 겁니까?"

"항상 그런 효과를 기대하며 학생들을 대해왔어요."

정원은 신혁을 마주 보며 말했다.

"이론대로 실제적인 효과는 좋았습니까?"

"이론과 달리 실패한 적도 있었지만 교사는 그런 효과를 기대하며 온 힘을 기울여야 하죠. 그게 없다면 교사로서 살아갈 이유가 없다고 해야 할까요?"

신혁이 생각이 많아졌는지 다시 앞을 바라보았다.

"언제나 느끼는 거지만 정원 씨는 아이들에게나 저에게나 좋은 스승입니다. 드러내지 않아도 요동치는 마음을 헤아려 가만히 잡아주곤 하니까요. 사실…… 이번 일로 좀 많이 버거웠습니다. 하늘을 우러러 부끄럼 한 점 없이 살아오신 아버지를 비롯해 가족들한테도 누를 끼친 것 같고, 진실이 뭔지도 모르면서 돌팔매질하고 수군거리는 사람들 때문에 많이 힘들고 지치고 흔들렸습니다. 정우한테는 가족을 버려서는 안 된다고 말했지만 너무 끔찍해서 그 엄마 같지도 않은 여자를 차라리 내치라고 말하고 싶었습니다."

정원은 위로하듯 맞잡은 손을 뺨과 입술에 대고 부드럽게 비벼댔다.

신혁이 그런 정원에게로 다시 눈길을 주었다.

"나로 인해서 정원 씨도 많이 힘들 텐데 그런 내색은 하지 않고 오히려 날 위로하는군요."

"진실을 모르는 상태에서 무지하게 떠드는 사람들한테 휘둘리고 싶지 않아요. 그런 사람들로 인해서 약해지고 싶지 않아요. 약해지면 지는 거니까요."

신혁이 빤히 쳐다보다가 빙긋 웃었다.

"강한 사람이군요."

"맞아요. 전 강한 사람이에요. 그리고 전 학생들한테도 늘 기대를 걸지만 내 자신한테도 그래요. 강정원, 힘내라. 넌 할 수 있다. 강해지자. 네가 하는 일은 틀림없이 잘될 거다. 아자 아자 아자 파이팅! 이렇게요."

"나도 그러길 바라는 겁니까?"

"당연하죠. 이렇게 내 손 잡고 있는 한 내가 하자는 대로 해야 할걸요. 이렇게 가자고 하면."

정원은 신혁의 손을 잡아당기며 말했다.

신혁이 자연스레 정원이 쪽으로 몸을 기울였다.

"가야 하는 거고 이렇게 들라고 하면 들어야 하는 거고."

정원은 맞잡은 손을 힘껏 위로 들었다.

"다 내가 하자는 대로 해야 하는 거예요."

신혁이 조용히 웃었다.

"그럽시다. 이제부터 모두 다 정원 씨가 하자는 대로 합시다."

정원은 순순히 응해주는 신혁을 향해 밝게 웃었다.

"아무리 심각한 일이라도 먼 훗날 고까짓 것 하면서 가소롭다는 듯 코웃음을 칠지도 몰라요. 시간이 흐른다고 해서 금이 은이 되고 은이 철이 되는 건 아니잖아요. 우리 제자리만 잘 지켜요. 그러면 우리를 떠났던 것들도 모두 되돌아오게 될 거예요. 틀림없이 그럴 거예요."

"그만 하십시오."

신혁이 부드럽게 꾸짖듯 말했다.

"네?"

정원은 조금 놀라며 되물었다.

"자꾸 그렇게 예쁘게 말하니까 키스하고 안아버리고 싶잖습니까."

신혁이 맞잡은 손을 다정하게 잡아당겨 정원에게 입을 맞추었다.

정원은 다른 손에 들고 있는 커피가 쏟아질까 봐 얌전하게 눈을 감고 그에게 응했다. 그러다 뭔가가 퍼뜩 떠올라 눈을 뜨고 신혁과 거리를 두었다.

"그런데 마 선생님이 진짜 이모님이에요?"

"그 얘기가 지금 왜 나옵니까? 하던 거나 마저 합시다."

신혁이 다시 정원을 잡아당겼다.

"아니, 왜 진작……."

정원은 마 선생에 관한 이야기를 더 하고 싶어 계속 말을 해나갔으나 신혁의 입술에 가로막혀 웅얼거릴 수밖에 없었다.

36

　드디어 은영의 소속사 측이 공식입장 발표와 함께 여의도 63빌딩에서 공식 기자회견도 개최하겠다는 소식을 전했다.

　신혁의 집안은 바짝 긴장했다. 이제는 악성루머에 속병을 앓던 친인척까지 나서 전면전을 선포하고 법적인 책임을 물어야 한다는 목소리를 냈다. 악성루머로 인해 사업체의 이미지 타격은 물론이고 엄청난 손실을 입었기 때문이다. 더는 방기하고 묵과할 수 없는 상황이었다.

　문제는 정우였다. 모든 진실과 비밀을 가족 안에서 공유하는 것과 세상에 널리 공개하는 일이 동일할 수 없기 때문이다. 알린다 해도 참과 거짓을 가리는 과정에서 결국 가장 큰 상처를 입을 사람은 정우였다. 그래서 망설일 수밖에 없었다.

정우는 그런 가족들의 마음을 잘 알고 있었다.

이 일을 막고 해결할 수 있는 사람은 나밖에 없어.

정우는 은영이 원하는 바를 들어줘서 이 일을 마무리 지을까 하는 고민도 해보았다.

차라리 더 이상 가족들에게 부담과 고통을 주지 말고 엄마한테 가버리면 모든 논란이 가라앉고 해결이 되지 않을까?

하지만 그건 은영의 손을 들어주는 일이었다. 은영의 거짓된 주장을 진실로 인정해 주는 꼴만 될 뿐이었다.

그럴 수는 없어. 나를 위해 이때까지 헌신한 가족들을 생각하면 절대 그럴 수 없는 일이야.

정우는 끊임없이 생각하고 고민했다. 모두에게 상처를 주지 않고 해결할 수 있는 방법이 과연 무엇일지 머리를 쥐어짜 냈다. 하지만 답을 구하지 못했다. 몸과 마음을 옥죄어오는 두렵고 힘든 시간 속에서 속만 새까맣게 타들었다.

뒤집힌 모래시계에서 정해진 모래의 시간이 조금씩 떨어지듯 은영의 기자회견 시간이 서서히 다가오고 있었다.

정우는 결정을 해야만 했다. 마지막까지 최선의 노력으로 얻어진 나름의 해결 방법을 쓰지 않으면 안 되는 때가 오고야 말았다. 뜬눈으로 밤을 새운 정우는 쇠잔한 모습으로 책상 앞에 앉아 휴대폰을 만지작거리고 있었다.

정우는 큰 한숨을 내쉬며 마음을 다잡았다. 그리고 떨리는 손으로 휴대폰을 눌러 은영에게 문자를 보냈다. 꼭 할 말이 있으니 만나자는 문자였다.

정우는 괴로움 가득한 눈을 감고 기다렸다.

잠시 후였다. 은영의 문자가 도착했다. 아파트 정문으로 차를 보낼 테니 30분 뒤에 나오라는 문자였다.

정우는 자리에서 일어나 간단한 짐을 챙겨 방을 나섰다.

새벽이라 아직 식구들은 잠들어 있었다.

인기척을 들은 페이쓰가 현관 쪽으로 따라 나왔다.

정우는 신발을 신고 집을 나서기 전에 페이쓰를 돌아보았다. 그리고 페이쓰에게 눈으로 물었다.

나…… 우리 가족, 내 엄마 모두 지켜낼 수 있을까?

페이쓰가 아닌 누구에게라도 묻고 싶은 질문이었다. 모두를 놓고 싶지 않은 게 욕심이냐고도 묻고 싶었다. 어떻게 해야 답 없는 문제를 해결할 수 있는지 간절하게 묻고 싶었다. 정우는 조용히 문을 열고 집을 나왔다.

엘리베이터를 타고 나와 아파트 정문 앞에 섰다.

어둠이 내려앉은 새벽길, 라이트를 켠 차들이 뜨문뜨문 지나갈 뿐 도로는 한적하고 고요했다.

잠시 후 예전에 정우를 태우러 학교로 찾아왔던 차가 앞에 멈춰 섰다.

정우는 차에 몸을 실었다.

은영의 집이었다.

정우는 무거운 발걸음을 옮겨 현관문을 열고 거실로 들어갔다.

은영이 단정한 모습으로 소파에 앉아 있었다. 여전히 아름답고 고왔다. 평온하고 여유롭게 보이기까지 했다.

"어서 와. 이리 와 앉아."

분위기를 압도하는 힘이 느껴지는 목소리였다. 처음 만났을 때 느꼈던 것과는 완전 딴판이었다. 눈빛, 표정, 행동, 이미지 모두 다른 사람의 것이었다.

정우는 이질감을 느끼며 소파로 다가가 자리를 잡고 앉았다.

"그래, 꼭 할 말이라는 게 뭐니?"

정우는 바짝 마른 입술을 천천히 떼며 입을 열었다.

"멈추세요."

"뭐라고?"

어이가 없다는 듯 가소롭다는 듯 되물었다.

"멈추시라고요."

은영이 잠시 아무런 말을 하지 않다가 입을 열었다.

"노신혁 그 사람이 이러라고 시키든?"

"아니에요. 저 혼자 생각하고 연락드리고 온 거예요."

"나더러 그 말을 믿으라고?"

비뚤어진 입가에 비웃음이 번져 나갔다.

"하여간 그만두세요."

"뭘 멈추고 그만두라는 거야? 내가 뭘 하기나 했니?"

빈정대는 어조였다.

"엄마가 벌인 일이라는 거 알고 있어요."

"내가 벌인 일이라고? 누가 그래? 내가 뭘 벌였다는 거야? 네가 뭘 착각하고 있나 본데 난 수습을 하려는 거야. 사실 관계를 명확히 밝히고 해명을 하려는 거라고."

"저도 포함된 일이잖아요. 제가 원치 않아요. 기자회견 취소하세요."

정우는 강경하게 나갔다.

"건방지긴……."

은영이 살벌하게 미소 지었다.

처음 대하는 표정이라 정우는 섬뜩하기까지 했다.

은영이 계속 말을 이었다.

"난 말이야, 누가 나한테 이래라저래라 하면 참을 수가 없어 더 빗나가는 성격이거든. 어쩌지? 취소 못할 것 같은데."

"도대체 기자회견에서 무슨 말씀을 어떻게 하시겠다는 거예요?"

"어떻게 하긴? 내가 아까 말했잖아. 사실 관계를 명확하게 밝히겠다고. 사람들이 진실을 원하고 있어. 상황이 이렇게까지 왔는데 내가 얼마나 더 참고 입을 다물어야 해? 밝혀야지. 피해자인 내가 얼마나 고통스럽게 살아왔는지, 아들인 널 되찾으려고 얼마나 오랜 시간 노력을 해왔는지 다 말해야지."

"아니잖아요."

정우는 슬프게 말했다.

"아니라니? 뭐가 아니라는 거야?"

"엄마가 말씀하신 거…… 진실 아니잖아요."

은영이 정우를 빤히 쳐다보았다.

"무슨 근거로 그런 터무니없는 말을 하는 거야? 오호라, 노신혁 그 사람이 널 붙들고 뭐라고 떠든 모양이구나. 날 믿지 말고 자기를 믿으라고 말이야. 그래서 넌 날 믿기보다는 노신혁 그 사람을 더 믿겠다는 거고? 그렇지?"

정우는 한참을 망설이다가 가방에서 작은 USB 하나를 꺼내 탁자 위에 올려놓았다.

"이게 뭐야?"

"엄마한테 불리한 거요."

정우는 일부러 은영을 쳐다보지 않고 말했다.

"뭐?"

"세상에 알려지면 안 되는 내용들이요."

"구체적으로 말해."

"형과 대화한 내용, 모습 모두 담겨 있어요."

"녹화라도 했다는 거야?"

은영이 발끈하며 물었다.

"형도 진실을 밝히고 싶었겠죠."

"그래서? 이걸 인터넷에 유포라도 해서 날 궁지로 몰겠다는 거야? 아들인 네가 내 인생을 꼬이게 만든 그 작자와 한통속이 돼서 엄마인 날 공격하겠다는 거야!"

은영이 부들부들 떨리는 목소리로 고함을 질러댔다.

"전 엄마를 곤란하게 만들 생각이 없어요. 하지만 이게 존재하는 한 저도 엄마를 막아드리지 못하는 상황이 올 수도 있다는 거예요."

"협박을 하겠다는 건지 협조를 하겠다는 건지 도무지 알 수가 없구나!"

"부탁드려요."

정우는 소파에서 내려와 은영을 향해 무릎을 꿇으면서 말했다.

"더 이상 가족들 괴롭히거나 상처 주는 일 하지 마세요. 제가 이렇게 빌게요. 애원할게요."

"가족? 누가 네 가족이라는 거야? 피 한 방울 섞이지 않은 그 사람들이 네 혈육이라도 된다는 거야?"

"피만 가지고 가족이 형성되는 게 아니라는 사실을 깨닫게 해주신 분들이에요. 피가 달라도 얼마든지 가족으로 보듬고 키우고 어루만지고 거둘 수 있다는 걸 몸소 보여주신 분들이에요."

"그래서?"

은영이 냉소를 노골적으로 드러내며 내뱉듯 물었다.

"지키고 싶어요."

"지켜? 뭘?"

"이때까지 날 지켜온 가족들을 지키고 싶다고요."

"가족들을 지키기 위해 엄마인 나한테 칼을 들이대?"

"제가 어떻게 엄마한테 칼을 들이대겠어요."

정우는 은영을 바라보며 애달프게 말했다.

"그럼 도대체 어쩌겠다는 거야?"

은영이 성마르게 따져 물었다.

"그냥 이대로도 나쁘지 않잖아요. 굳이 이런 식으로 밝히지 않아도 되잖아요."

"나한테 와! 그럼 모든 게 해결돼."

"왜 갑자기 저한테 집착하시는 거예요? 이렇게 살아도 되는데 왜 그렇게 고집을 피우시는 거냐고요?"

"나만 믿고 따라오면 넌 더 큰 부귀영화를 꿈꿀 수 있어."

"뭐라고요?"

정우는 믿을 수 없어 인상을 찡그리며 되물었다.

은영이 자리에서 일어나 정우에게 다가와 어깨에 손을 얹으며 속삭였다.

"사실 난 너한테 더 좋은 걸 주려는 거야. 지금과는 비교도 할 수 없는 것들을 말이야."

"전 지금도 충분히 만족해요."

"네가 아직 뭘 모르나 본데 네가 내 남편의 후계자만 된다면 넌 어마어마한 몫의 재산을 거머쥘 수 있다니까. 아마 상상하기조차 힘 들걸? 이건 이렇게 징징댈 일이 아니고 아주 기뻐해야 할 일이야."

"결국…… 절 이용할 생각이셨던 건가요?"

정우는 절망하며 물었다.

"이용? 굳이 그런 식으로 해석해야 되겠니? 기회를 잡자는 거야. 기회를."

은영이 사악하게 말했다.

"싫어요."

정우는 고개를 절레절레 흔들며 말했다.

은영의 눈빛이 다시 날카로워졌다.

"싫어?"

"네."

"다시 말해봐. 싫어? 정말 싫어?"

"백 번 천 번 만 번을 물어도 제 대답은 똑같아요. 싫어요."

은영이 바르르 떨며 정우를 죽일 듯이 쏘아보다가 몸을 일으켜 세웠다.

"바보 같은 자식! 천하의 머저리 같은 자식! 평생 쓰고도 남을 돈을 주겠다는데 그게 왜 싫다는 거야! 계산도 못하는 천치 같은 놈!"

사납고 독살스러운 외침이었다.

"전 그런 거 필요없어요. 그러니 엄마…… 멈추세요. 제발 부탁이니…… 이제 그만 하세요. 네?"

정우는 애절하게 간청했다.

"그럴 수 없어! 그렇게 쉽게 포기할 것 같았으면 애초에 이런 식으로 일을 벌이지도 않았어! 난 멈추지 않아! 절대 멈추지 않아!"

은영이 정우 근처에서 배회하다 다시 다가와 두 팔을 붙들고 흔들어댔다.

"네가 포기해야만 해. 날 위해서 네가 포기해야 한다고. 증거가 될 만한 거 다 없애 버리고 나한테로 와. 내 곁에서 머물면서

나를 도와!"

"그럴 순 없어요. 그럴 순 없다고요. 엄마의 계획을 안 이상 더더욱 그럴 수 없어요. 그렇게 살 순 없다고요."

거칠고 메마른 입술이 바들바들 떨렸다. 물기를 머금은 눈동자가 흔들거렸다.

"끝까지 고집을 피우겠다는 거야?"

"지금이라도 늦지 않았어요. 기자회견 취소하세요. 저 끌어들일 생각 하지 마시고 진실한 결혼생활하시며 사세요. 네?"

정우는 은영을 설득하기 위해 진심 어린 눈으로 호소했다.

"그렇게 하지 못하겠다면?"

은영이 차갑게 쳐다보며 계속 말을 해나갔다.

"노신혁 그 사람이나 너나 날 위험에 빠뜨릴 만한 사람들은 아니야. 그렇지 않니? 노신혁 그 사람은 널 위한답시고 그러지 못할 거고, 넌 아까도 말했지만 엄마인 날 곤란하게 만들 생각이 없어. 그런데 왜 내가 포기를 해야 해?"

은영이 끝까지 무리수를 두었다.

정우는 최후의 방법을 쓸 수밖에 없는 상황에 처했다. 그렇게까지 하고 싶지 않았지만 팽팽하게 대립하고 있는 상황에서는 어쩔 수 없는 선택이었다.

"엄마를 막을 수 없다면…… 가족을 지킬 수 없다면…… 제 스스로…… 제 자신을…… 파멸시키겠어요."

"뭐? 파…… 멸?"

은영이 말뜻을 헤아리다가 도무지 믿기 힘들다는 말투로 다시 묻기 시작했다.

"죽기라도 하겠다는 거야?"

"네."

눈에 뜨거운 눈물이 가득 차올랐다. 차오르는 울음으로 목이 아파오기 시작했다. 누군가가 심장을 쥐어뜯는 것처럼 고통스러웠다. 온몸이 바르르 떨려왔다.

"죽어? 죽는다고?"

은영이 비웃음을 머금으며 계속 말을 이었다.

"죽는 게 뭔지나 알고 그딴 소리를 하는 거야? 그게 말처럼 쉬울 줄 알아? 어디서 어쭙잖게 협박이야!"

악을 쓴 은영이 거친 숨을 몰아쉬었다. 그리고 다소 진정이 되었을 때 다시 말을 이어갔다.

"글쎄다. 난 피 한 방울 섞이지 않은 가족을 위해 목숨을 끊었다는 사람을 본 적이 없어서 솔직히 그 말이 믿기지 않는구나. 죽고 싶다는 말을 입에 달고 살아도 사람은 쉽게 죽지 못하는 법이거든. 날 압박하러 온 거라면 그만 돌아가. 더 이상 나눌 이야기도 없을 것 같으니까 말이야."

은영이 등을 돌리고 떠나려 했다.

"어떻게 엄마가 그래요? 하나밖에 없는 아들이…… 이렇게까지 애원하고…… 호소하는데 어떻게 그래요? 엄마가…… 어떻게…… 엄마가 어떻게 그럴 수가 있어요?"

정우는 도저히 더 이상 북받쳐 오르는 감정을 주체하지 못하고 오열을 터뜨렸다. 기나긴 고뇌와 번민, 원망, 절망으로 인해 오열은 점점 격렬해졌다.

은영은 고개를 홱 돌려 정우를 노려보았다.

"엄마, 엄마, 엄마! 이제 그놈의 엄마라는 소리도 소름 돋게 지겨우니까 그만 불러대! 누가 지 아버지 자식 아니랄까 봐 사람 질리게 하는 것도 똑같아! 성가신 혹 하나 떼어내겠다고 했을 때도 사람 진을 빼더니 제 맘대로 안 되니까 죽어버리겠다고 협박하는 것까지 어쩜 그렇게 구구절절 똑같을 수가 있냐고!"

한마디 한마디가 독침이었다. 정우는 심한 충격을 받고 말았다. 혼절할 것처럼 정신이 아찔해졌다.

"애초부터 난 자식 같은 거 없었던 사람이야! 앞으로도 없는 셈치면 그만이야! 너 하나 죽는다고 내가 눈 하나 깜짝할 것 같아? 아니! 신경도 쓰지 않아. 죽고 싶으면 죽어버려! 날 돕지 않을 바엔 차라리 죽으라고! 있으나마나 한 존재는 필요없으니까!"

이렇게 그냥 떠날 수는 없었다. 어떻게든 진심을 전달해야만 했다. 어떻게든 가족들을 지켜야만 했다. 죽음으로 해결될 수 있는 문제라면 기꺼이 그럴 생각이 있는 정우였다.

정우는 비틀거리며 일어나 거실 탁자 위에 있는 투명한 유리 화병을 잡아 위로 들었다가 탁자 위로 세게 내리쳤다.

화병이 깨지면서 날카로운 파편들이 튀어 올랐다.

파편이 얼굴을 할퀴고 팔에 박혀 피가 나도 정우는 아픈 줄을 몰랐다.

"이게 뭐 하는 짓이야!"

은영이 성난 목소리로 소리를 질러댔다.

정우는 부들부들 떨리는 손으로 길게 쪼개진 유리 조각을 집어 들었다.

살을 파고드는 유리 조각으로 손에서 피가 뚝뚝 흐르기 시작했다. 눈에선 하염없이 눈물이 흘러내렸다.

정우는 끝내고 싶었다. 끝내야 모든 게 해결될 것만 같았다. 두렵거나 무섭지 않았다. 자신을 낳은 엄마한테 두 번 버려질 바엔 차라리 죽는 게 낫다는 생각이 들었다.

정우는 날카로운 유리 조각으로 왼쪽 손목을 세게 그어버렸다.

"너! 너!"

은영이 말을 잇지 못했다.

정우는 마지막으로 엄마의 모습을 눈에 담고 싶었다. 하지만 더 이상 아무것도 보이지 않았다. 목소리를 듣고 싶어도 아무 소리도 들려오지 않았다. 단 한 번만이라도 엄마라고 부르고 싶었다. 하지만 아무런 말이 나오지 않았다. 육체적인 고통은 느껴지지 않았다. 다만 마음이 슬프고 괴로울 뿐이었다.

시야가 흐려지더니 이내 세상이 핑그르르 돌았다.

빠르게 소용돌이치는 세상을 더 이상 버틸 기력이 없었다. 속수무책으로 어둠 속으로 빨려 들어갈 수밖에 없었다.

정우는 쿵 하는 소리를 내며 거실 바닥에 무릎을 꿇고 쓰러지고 말았다. 감은 눈 사이로 여전히 뜨거운 눈물이 흘러내렸다.

기자회견 두 시간 전이었다.

은영은 무표정한 얼굴로 서재 책상 앞에 앉아 있었다. 기자회견을 할 생각이라면 지금쯤 서울로 가고 있어야 했다. 하지만 그러질 못하고 있었다. 병원에 실려 간 정우 때문이었다.

바보 같은 자식!

처음엔 그저 단순한 치기인 줄 알았다. 자신의 뜻대로 안 되니까 떼를 쓰는 거라 생각했다. 그런데 정우가 자신이 토해낸 말을 주워 담듯 일을 벌이고 말았다. 믿을 수 없는 일이었다.

그 사람들이 뭐라고 자기를 파괴하고 희생해?

그녀는 도무지 이해가 되질 않았다.

하긴 아직 애라 그런지 쉬운 면이 많았다. 그녀가 한 일이라곤 열 달 품었다가 세상에 나올 수 있게 만든 일밖에 없었는데 그녀를 엄마로서 잘도 받아들였다.

엄마라니!

별로 듣고 싶지 않은 말이었다. 누군지 알 수도 없는 엄마라는 여자는 그녀를 쓰레기처럼 버렸다. 키워주겠다고 데려간 엄마라는 여자는 그녀를 학대했다. 그렇듯 엄마라는 이름은 그녀에게 끔찍한 것이었다.

정말 죽을 것처럼 힘든 상황에서 지푸라기라도 잡는 심정으로 그 이름을 달고 살려고 한 적이 있었다. 하지만 일은 뜻대로 되지 않았다. 멍청한 짓을 하고 말았다는 것을 뒤늦게 깨닫고 땅을 치며 후회했다.

이익이 생기기는커녕 손해가 막심해지는 상황에서 그 이름은 거추장스러울 뿐이었다. 그 이름에 발목 잡혀 지지리 궁상을 떨며 살고 싶지 않아 벗어났다. 그리고 잊고 살았다. 현실적으로 인생의 절반을 떼어내는 일이 불가능하다면 최대한 기억에서라도 지우려고 노력했다. 시시때때로 최면을 걸었다. 자신이 원하는 삶, 되고 싶은 인물을 상상하며 수없이 세뇌시켰다. 그래야만 살 수 있을 것 같았다.

그녀의 인생에 엄청난 부를 거머쥘 수 있는 또 한 번의 기회가 찾아왔다. 그러기 위해선 엄마라는 그 이름이 필요해졌다. 짜증스럽더라도 잠시만 그 이름을 사용하면 꿈같은 인생을 살 수 있었다.

때마침 제 발로 찾아온 살붙이로 일은 쉽게 해결되는 듯했다. 그런데 일이 꼬였다. 오랜 각고 끝에 얻어낸 명성도 포기하겠다는 결심까지 했는데 계획했던 모든 일이 수포로 돌아가게 생겼다.

벌여놓은 일이 있고 내뱉은 말을 주워 담을 수 없는 상황에서는 어떻게든 밀고 나가야 했다. 무슨 일이 있어도 절대 물러날 수 없는 단계까지 이르렀기 때문이다. 그런데 이런 상황에서 정우가 사고를 친 것이다.

"에잇!"

은영은 못마땅해 있는 대로 인상을 일그러뜨렸다.

책상 위에 올려둔 휴대폰이 울렸다. 정우를 데리고 병원으로

간 기사가 건 전화였다.

은영은 통화버튼을 누르고 휴대폰을 귀에 가져다 댔다.

"말해."

[출혈이 심했지만 목숨에 지장이 없다고 합니다.]

"깨어나면 전화해."

[네.]

은영은 전화를 끊고 책상 위에 휴대폰을 내려놓았다.

자리에서 일어나려는데 정우가 놓고 간 USB가 눈에 들어왔다.

은영은 다시 자리에 앉아 컴퓨터를 부팅시켜 USB를 꽂고 살펴보았다.

정우의 말대로 신혁과 나눴던 대화가 고스란히 담긴 동영상 파일이 있었다.

재생시켜 조금 보다가 이내 끄고 다른 것들을 살펴보았다. 자신이 고용한 사람의 진술이 담긴 동영상도 있었다.

못마땅한 얼굴로 꺼버리고 마지막 동영상을 재생시켰다.

은영은 깜짝 놀라고 말았다. 영화배우로 처음 데뷔했을 때의 모습이 나왔기 때문이다. 웃고 우는 모습, 행복해하고 화내는 모습 그 외에 다양한 모습이 모두 개인 컷으로 편집되어 담겨 있었다.

끊임이 없었다. 제목조차 생각이 나지 않는 영화 속 모습까지 하나도 놓치지 않고 시간순으로 죄다 담겨 있었다.

시선을 뗄 수가 없었다. 자신을 보고 있음에도 생소한 사람을 보고 있는 듯한 기분이 들었다.

　자연스레 지난날이 떠오를 수밖에 없었다. 치열하게 살아왔던 시간들, 살아남기 위해 무슨 일이든 마다하지 않고 참고 견뎌온 수모와 굴욕들, 마침내 정상에 우뚝 서 갈채를 받았던 순간들까지 모두 기억났다.

　왜…… 이런 걸…… 만든 거야? 도대체 무슨…… 마음으로 만든 거야?

　은영은 길고 긴 영상을 건너뛰고 건너뛰었다.

　한결같았다. 엄청난 시간과 정성을 투자하지 않고서는 이런 영상을 만들 수가 없었다. 오랜 세월 그녀 곁에서 지지해 주고 응원했던 팬들조차 하지 못한 일이었다.

　여전히 의문이 풀리지 않았다.

　은영은 두 시간 가까이 되는 분량의 영상 맨 마지막 부분까지 넘겼다.

　영상이 끝나고 까만 바탕에 하얀 글씨가 새겨지기 시작했다.

　〈세상에서 가장 아름답고 하나밖에 없는 선물, 나의 엄마……. 사랑하기 원합니다.〉

　은영은 충격을 받은 모습으로 딱딱하게 굳어갔다.

37

　은영의 소속사 측은 공식발표 및 기자회견을 돌연 취소했다. 당초 예정되었던 기자회견 시간을 30분 정도 남겨두고 결정한 일이었다.

　기자회견장을 가득 메웠던 취재진들은 원성을 터뜨렸다.

　그런 가운데 은영의 급작스러운 미국 출국 예정 소식이 전해졌다.

　취재진들은 일제히 짐을 챙겨 서둘러 공항으로 향했다.

　은영은 출국 바로 직전에 신혁에게 정우의 입원 소식을 문자로 전했다.

　소리 소문도 없이 사라진 정우의 행적을 뒤좇던 신혁은 자세한 설명을 듣기 위해 은영에게 전화를 걸었다. 하지만 휴대폰은 이미 꺼진 상태였다.

신혁은 강현과 함께 병원으로 향했다.

강현이 병원 앞에 차를 세워주자마자 신혁은 총알같이 튀어나와 한걸음에 정우의 병실까지 내달렸다.

거친 숨을 몰아쉬며 병실 문을 벌컥 열었을 때 신혁은 눈앞에 펼쳐진 광경을 믿을 수가 없었다.

정우가 1인 병실 침대에 돌보는 이 하나 없이 홀로 누워 있었다. 이것은 단순한 방치로 볼 수 없었다. 세상에서 가장 잔인하고 끔찍한 유기였다. 가장 사랑해 줘야 할 사람으로부터 한 번도 아니고 두 번씩이나 버림을 받다니. 사람이 얼마나 불행해질 수 있고 얼마나 잔인해질 수 있단 말인가.

신혁은 온몸을 부들부들 떨었다.

"천하의 몹쓸 인간!"

참담한 광경에 욕이 절로 나왔다. 속에서 참을 수 없는 화가 치밀어 올랐다. 앞으로 은영을 보게 되는 일이 있다면 기필코 자신의 손으로 죽이고야 말겠다는 극단적인 증오와 결심이 설 정도였다.

신혁은 정우에게 다가섰다.

얼굴과 팔 곳곳에 상처가 있고 왼쪽 팔목과 오른손이 붕대로 칭칭 감겨 있었다. 의사의 설명 없이도 자해의 흔적이라는 것을 알 수 있었다.

노정우······. 어쩌자고 이런 짓을 한 거야. 어쩌자고!

핏기 없이 창백하고 해쓱한 정우의 얼굴이 안쓰럽기 짝이 없었다.

끝까지 지키겠노라고 다짐했지만 실상은 그러지 못한 것 같아 가슴이 갈기갈기 찢어졌다. 상처를 주고 싶지 않다는 마음에 적극적으로 대처하지 못한 것이 정우에게 더 크나큰 해를 입힌 것 같아 마음이 괴로웠다.

차라리 모진 마음으로 대항했어야 옳았던 걸까?

신혁은 끝없는 의문부호를 달고 고민했던 문제를 다시 한 번 자문했다. 꼭 정답이 아니더라도 정우에게 상처가 되지 않는 방법이 있다면 그 무엇이라도 했을 신혁이었다.

왜······ 답이 없는 거야. 왜······ 답이 없는 거냐고!

신혁은 마음속으로 울부짖었다.

언제까지······ 도대체 언제까지 이런 식으로 고통을 되풀이해야 되는 거야!

신혁은 분노에 사로잡혀 주먹으로 가슴을 세게 쳤다. 절망적으로 신음하며 치고 또 쳤다.

무기력하고 무능력해 보이는 자신이 싫었다. 다른 문제는 몰라도 이 문제에 관한 한 스스로 생각해도 한심하기만 했다. 때리면 맞고 참을 수밖에 없는 상황. 아무리 억울하고 분한 마음 가득해도 시원하게 대항하지 못하고 끙끙 앓아야만 하는 상황. 속이 썩어 문드러지고 새카맣게 타 들어가고 억장이 무너져도 입을 다물어야 하는 상황.

아무도 이해하지 못할 것이다. 인생은 무엇이 더 중하고 덜 중한가를 따져 가며 저울질할 수 없는 문제도 분명 존재하기에 말이다. 제삼자의 입장에서는 하찮게 치부될 수 있는 부분도 당사자에게는 절대적으로 빠뜨려서는 안 될 부분이라 쉽게 결론을 내릴 수 없는 문제였다.

언제까지 두고만 보실 겁니까? 언제까지 참아야 하는 겁니까?

신혁은 하늘을 향해 한탄했다. 하늘만이 줄 수 있는 도움이 간절해서 그렇게 한참을 있었다.

주차를 하고 온 강현이 병실 안으로 들어섰다. 누워 있는 정우를 직접 눈으로 확인한 강현도 기가 막혔는지 제대로 말을 잇지 못했다.

"세상에…… 아니…… 어떻게…… 이게…… 아놔…… 정말!"

신혁은 주치의를 만나기 위해 병실을 나섰다.

주치의는 정우의 상태에 대해 자세히 설명을 해주었다. 다행히 목숨은 위태롭지 않지만 수면 부족과 탈진, 충격으로 인한 쇼크로 절대 안정을 취해야 한다고 했다.

깊은 잠에 빠진 정우는 좀처럼 깨어나지 않았다. 이대로 두어도 될까 싶을 정도였다.

의사는 모든 게 정상이니 염려하지 않아도 된다고 했지만 시간이 갈수록 점점 불안해졌다.

거동이 불편한 아버지를 비롯한 온가족이 걱정스런 마음으로 병실을 오갔다.

차마 학교에는 정확한 사고 소식을 전할 수가 없어 단순한 질병 결석으로 처리하고 정원과 마 선생만 병문안을 다녀갔다.

정우는 그렇게 이틀을 내리 잠만 자고 있었다.

"한 대 때려보기라도 할까요?"

병실을 왔다 갔다 하던 강현이 답답한 심정을 토로하듯 물었다.

"때릴 데가 어디 있다고 때립니까?"

한시도 떨어지는 법 없이 정우의 곁을 지키고 있는 신혁은 강현을 꾸짖었다.

"제가 오죽 답답하면 그런 말을 하겠습니까? 혹시 돌팔이 의사가 수면제를 과다 처방한 건 아닐까요?"

"삼류 의학 추리소설 그만 쓰고 집에 가서 쉬십시오."

신혁은 여전히 정우에게 눈을 고정하고 말했다.

"이사장님이야말로 집에 가서 좀 쉬십시오. 정우 깨어나면 곧바로 바통 터치하고 앓아누우실까 봐 걱정입니다."

그때였다. 토요일이라 일찍 퇴근한 정원이 문을 열고 들어왔다.

"안녕하세요!"

해처럼 밝은 얼굴이었다.

"강 선생님! 때마침 잘 오셨습니다. 우리 이사장님 좀 병원 밖으로 끌고 나가주십시오."

"왜요? 퇴장당할 만큼 무슨 큰 잘못이라도 저질렀나요?"

"아뇨, 제 말은 집에 가서 좀 쉬시라는 거죠."

"에이, 뭐 얼마나 대단한 간호를 했다고 그래요. 좀 더 고생해도 괜찮아요. 남도 아니고 동생인데요. 오히려 강현 씨가 왔다 갔다 하느라 고생이 많으시죠. 강현 씨야말로 좀 들어가서 쉬세요."

정원이 손사래까지 치며 말하자 강현이 할 말을 잃고 멍한 표정을 지었다.

"그런데 정우는 오늘도 잠만 잤나요?"

정원이 의자 하나를 들고 신혁의 곁으로 와 앉으며 물었다.

"네. 영 깨어날 생각을 안 합니다."

"세상 밖으로 나오기 위한 시간이 좀 더 필요한 모양이네요."

"꿈에서라도 혼자 외롭게 방황하고 있을까 봐 그게 걱정입니다."

신혁은 한숨 섞인 목소리로 말했다.

"기다리고 있는 사람들이 많다는 거 깨닫고 곧 돌아올 테니까 너무 염려하지 마세요."

정원이 씩씩한 말투로 신혁을 위로했다.

"이것만 드리고 저는 빠지겠습니다."

강현이 얼음을 띄운 아이스커피 두 잔을 건넸다.

"와! 드디어 강현 씨가 만든 아이스커피를 맛볼 수 있게 된 건가요? 저 이거 되게 마시고 싶었거든요. 감사해요."

"강 선생님께서 원하시면 매일 타드릴 수도 있습니다."

강현이 금세 반달눈을 해가지고 활짝 웃었다.

"누구 마음대로 매일 타줍니까?"

신혁은 커피를 마시다 말고 불만조로 재깍 제동을 걸었다.

"아니, 커피도 허락받고 타줘야 하는 겁니까?"

강현이 어이없다는 듯 물었다.

"매일매일이면 평생이 될 수도 있는 건데 그걸 어떻게 허락합니까?"

"아흐, 하여간 대충 새겨듣는 법이 없으셔! 예, 이사장님이 저 대신 평생 타주십시오. 됐습니까?"

강현이 입이 삐죽거리며 빈정거렸다.

"됐습니다."

"저는 그만 가보겠습니다. 더 있어도 이사장님한테 좋은 소리도 못 들을 것 같고, 집에 가서 페이쓰하고 쎄쎄쎄를 하고 놀든 하소연을 하든 하겠습니다. 우리 정우 깨면 연락 좀 주시고요. 갑니다."

"안녕히 가세요."

"가십시오."

강현이 사라지고 두 사람은 한동안 커피만 마시며 침묵했다.

신혁은 기나긴 침묵 끝에 무거운 얼굴로 질문을 던졌다.

"학교 분위기는 어떻습니까?"

정원이 잠시 대답을 미루었다가 입을 열었다.

"왜 제 귀엔 그 질문이 세상 분위기는 어떻습니까, 라는 말로 들리죠?"

신혁은 씁쓸하게 웃었다.

"사실은 그렇게 묻고 싶었습니다. 하지만 큰 세상이 두려워서 차마 그렇게 묻지 못했습니다. 학교라는 작은 세상만으로도 충분히 벅차니까 말입니다."

"조용하지는 않아요. 워낙 강도가 높고 비중이 큰 문제여서 쉽게 가라앉기는 힘들 것 같아요. 그리고……."

정원이 조심스럽게 말하다 잠시 눈치를 보며 망설였다.

"그리고 뭡니까?"

"이건 저도 들은 이야기인데 케이블 방송사에서 전은영 씨에 대해 밀착취재를 한 모양이에요. 예고편까지 떴다고 하는데 다들 관심있어하더라고요."

신혁은 한숨을 크게 내쉬었다. 언론에서 어떤 식으로 파헤칠 생각인지 몰라도 더 큰 논란을 낳을 것 같다는 예감이 들어서였다.

"전…… 그저…… 좋은 친구가 되고 싶었습니다. 좋은 형이 되고 싶었습니다. 이런 마음이 욕심은 아니었을 텐데 왜 이렇게 어려운지 모르겠습니다."

"좋은 건 가치가 높으니까요. 누구나 쉽게 되고 흔히 가질 수 있다면 좋다고 할 수 없는 거니까요. 저 역시 좋은 선생님이고 싶었지만 너무나도 어려운 일이더라고요. 저도 그런 고민을 하다가 깨달은 게 있어요. 아! 사람은 한순간에 되고자 해서 되는 게 없는 거구나. 누군가의 엄마, 아빠, 형, 언니, 아들, 딸, 친구, 선생님……. 모두 평생에 걸쳐 노력해야 얻어질 수 있는 이름들이구나. 수많은 사람들이 똑같은 타이틀을 지니고 있어도 참다운 타이틀을 얻는 건 절대 쉽지 않은 일이구나 하는 그런 깨달음이요. 신혁 씨가 가진 마음 명품진품 같은 소중한 마음이라 상대방도 느끼게 될 거예요. 얼마나 어렵고 힘든 과정을 걸친 마음인지 다 알 수 있을 거예요. 그러니 힘내요."

정원이 다정하게 바라보며 힘을 불어넣어 주었다.

신혁은 고개를 끄덕이며 정우에게 시선을 돌렸다. 앞으로도 더 좋은 형, 더 좋은 가족이 되도록 노력하겠다는 무언의 마음을 전달하며.

"그런데요."

정원이 조심스럽게 말을 꺼냈다.

신혁은 궁금한 눈으로 정원을 바라보았다.

"정우가 깨어나면 깜짝 놀랄 것 같아요."

"뭣 때문에 그렇습니까?"

"신혁 씨 면도 안 하고 있으니까 전혀 딴사람 같거든요."

신혁은 손으로 가슬가슬하게 돋은 수염을 어루만졌다.

"보기 많이 흉합니까?"

"아뇨. 나쁜 뜻으로 한 말은 아니었어요. 오히려 멋있어요. 강하고 당당하고 씩씩하면서도 위압적인 나쁜 남자의 이미지랄까? 하하하! 다른 여자들은 어떨지 몰라도 저는 좋게 보여요. 다만 접근하기가 좀 어렵다고 해야 하나? 하여간 그래요. 그런데 그 상태에서 세수하면 손에 상처 안 나나요? 되게 까끌까끌하게 보여서요."

"직접 해보십시오."

신혁은 정원의 손을 잡고 자신의 얼굴을 비벼댔다.

정원이 전혀 예상을 못했는지 눈을 동그랗게 뜨고 얼굴을 붉혔다.

"아픕니까?"

"네?"

"아프냐고 물었습니다."

"아…… 그게…… 안 아파요. 그냥 조금 까칠까칠할 뿐이에요."

신혁은 정원의 손을 내려 손바닥을 들여다보면서 다정하게 어루만지고 쓰다듬었다.

"까칠까칠한 나 만나서 아프고 고통스러운 적 많았을 텐데 티한 번 내지 않고 토닥여 주고 안아주고 보듬어주고……. 참 착하고 예쁜 사람입니다."

"겉이 뾰족하고 까칠하고 단단한 것일수록 속은 여리고 부서지기 쉬운 것들이 많아요. 그런 것들은 공격적으로 보이지만 실상은 그 반대인 경우가 많죠. 거친 면은 여린 면을 지키려는 노력일 수 있어요. 거친 면을 보듬을 수 있다는 건 그 여린 면까지 함께 지키려는 노력을 하겠다는 뜻으로 봐도 무방하죠. 신혁 씨의 그 여린 면을 자세히 들여다보았더니 참 예쁘고 아름다운 것들이 많더라고요. 그래서 보듬고 싶었던 거예요. 함께 지키고 싶어서요."

"예쁜 말만 골라서 하니 더 예쁘게 보입니다."

신혁은 정원은 손을 들어 손바닥과 손등에 부드럽게 입을 맞추었다.

그때였다.

"저 눈 좀 뜨고 싶거든요."

정우가 힘없이 갈라지는 목소리로 나지막하게 투덜거렸다.

"정우야!"

두 사람은 황급히 떨어지며 한목소리로 정우를 불렀다.

정우가 인상을 찌푸리며 서서히 눈을 떴다. 눈이 부신지 계속 눈을 떴다 감기를 반복했다.

"괜찮아?"

시간 차이는 있었지만 두 사람은 계속 같은 말을 했다.

"아뇨. 하도 시끄럽게 굴어서 더 자고 싶어도 잘 수가 없었어요. 그리고 자꾸 손발이 오그라들어서 더는 들어줄 수가 없었다고요."

"자식……."

정우가 긴 잠에서 깨어나 가장 무슨 말을 할까 궁금했지만 이런 말을 하며 깨어날 줄은 미처 몰랐다. 신혁은 고맙기도 하면서 한편으로는 짠한 심정을 금할 수 없었다.

"정우야, 하여간 네가 깨어나서 선생님은 기쁘다. 저기, 제가 의사 선생님 불러올게요."

"그래 주시겠습니까?"

정원이 병실을 나가자 정우가 주위를 둘레둘레 훑어보았다. 그러다 거꾸로 매달려 있는 수액으로부터 팔뚝에 연결된 가느다란 비닐튜브를 찬찬히 보더니 붕대로 감싼 두 손을 올려 눈에 담았다. 눈빛이 차츰 어둡게 변해갔다. 좋지 않은 기억이 떠오른 모양이었다. 손을 가만히 내린 정우는 창 너머로 시선을 옮겼다.

"정우야."

"엄……."

정우가 은영을 거론하려다 이내 입을 다물었다.

신혁은 가슴이 먹먹해졌다.

"기자회견 취소됐다. 네 친모는……."

어떻게 말을 해야 좋을지 몰라 머뭇거리는데 정우가 말을 끊었다.

"됐어요. 별로…… 듣고 싶지 않아요."

잠시 두 사람 사이에 침묵이 흘렀다.

계속 창 너머를 응시하고 있던 정우가 힘없이 입을 열었다.

"형……."

"응?"

"미안해요. 바보처럼 굴어서……."

슬프게 들리는 말이었다.

신혁은 정우에게 하고픈 말이 많았지만 어떤 말부터 해야 할지 알 수가 없었다.

때마침 도착한 의사와 간호사가 정우의 상태를 살펴보았다.

신혁은 정우의 몸보다 더 많은 상처를 입었을 마음이 더 걱정이었다.

노정우……. 형도 마음이 참…… 아프다.

세상은 여전히 떠들썩했다. 아니, 더욱 요란해졌다는 표현이 더 나을 것이다. 그동안 베일에 싸인 은영의 사생활을 심층 밀착 취재한 케이블 방송사의 60분짜리 특집 방송은 이례적으로 높은 시청률을 기록하면서 화제가 되었다. 그도 그럴 것이 이때까지 알려지지 않았던 은영의 숨겨진 과거가 방송 보도를 통해 낱낱이 공개가 되었기 때문이다.

한국의 고아원 앞에 버려져 미국으로 입양 보내진 사실과 양부모의 폭력에 시달리다 가출해 20대 초반에 임신을 하고 병원에 아이를 버리고 도망친 일, 우울증을 견디다 못해 자살을 선택한 아이 아버지의 이야기, 아버지의 친구가 아이를 입양한 사실까지 모두 증언을 통해 폭로했다.

이를 본 사람들은 경악을 금치 못했다. 한국을 대표하는 여배우, 그것도 이때까지 순수하고 여린 이미지로 사랑을 받았던 사람의 패륜적인 범죄 행각이었기 때문이다.

충격에 가까운 방송 내용의 진위 여부를 두고 뜨거운 논란이 일어났다.

은영의 소속사 측은 법무법인을 통해 이 방송이 의도적이고 악의적인 흠집 내기의 방편에 불과하고 그 내용은 모두 허구라고 밝혔다. 이어 허위사실에 의한 명예훼손, 은영이 입은 경제적, 정신적 피해는 형사처분이나 금전으로 단순히 보상될 수 있는 성질의 것이 아니라며 강력한 법적 대응을 하겠다고 나섰다.

반면 신혁 측은 극성스럽게 따라붙는 기자들의 물음에도 끝까지 일언반구조차 하지 않았다. 그리고 정우를 보호하기 위한 특단의 조치로 한 달간 유럽여행을 다녀오기로 했다.

신혁은 정우를 설득해 단둘이 극비 출국했다.

여행은 둘에게 좋은 자극이 되었다. 유럽 여러 도시를 거닐며 많은 대화를 나누고 특별한 시간을 보냈다.

전통과 현대적인 낭만을 두루 갖춘 매력적인 도시 런던과 도시 전체가 박물관이라고 할 만큼 옛 유적을 고스란히 간직한 로마, 산과 호수가 어우러져 평화롭고 전원적인 풍경을 그려내는 스위스 등을 돌아다녔다.

신혁은 여행을 하면서 정우에게 친부에 관한 이야기들을 많이 들려주었다.

자칫 잘못하면 상처를 건드릴 수 있는 이야기였지만 정우는 조용히 경청하며 새겨들었다. 그러다 궁금한 게 있으면 묻기도 했다.

시간이 갈수록 정우는 몸과 마음이 점점 회복되었다.

가슴속엔 지울 수 없는 깊은 상흔이 남겠지만 그래도 불행 중 다행이라는 생각을 할 수밖에 없었다.

한국에서 일어나는 일은 아예 듣지도 보지도 않았다.

신혁은 정우가 원할 경우 원하는 곳에서의 유학도 할 수 있게

끔 배려하겠다고 했다.

하지만 정우는 그렇게까지는 하고 싶지 않다고 했다. 가족들과 함께 지내면서 학업을 계속해 나가겠다는 의지를 밝혔다.

두 사람은 되도록 많이 걸었다. 발 빠르게 움직이는 게 아니라 여유를 즐길 수 있는 한가롭고 느릿한 걸음이었다. 늦잠이 필요하면 계획했던 일정을 취소하고 편히 쉬었다.

자신이 알고 있는 세계가 아니라 낯선 새로운 세계와 맞부딪치며 느끼고 배워 나갔다. 크고 웅장한 것들 앞에서는 겸손을, 아기자기하게 작은 것들에게서는 아름다움을 얻었다.

누군가가 감정을 강요하지 않더라도 시시때때로 변하는 환경 앞에서 자연스럽게 감정을 표출할 수 있게 되었다. 물론 그 안에는 외로움도 있고 쓸쓸함도 있었다. 그러나 마음을 읽고 감정을 다스리고 소화시킬 만한 시간은 충분했다.

여행을 통해 정우는 성장했다. 신혁과의 우애도 더욱 돈독해졌다.

이탈리아 피사의 사탑을 구경하고 있을 때였다.

정우가 유독 자리를 뜨지 못하고 피사의 사탑을 바라보았다.

"뭘 그렇게 봐?"

신혁은 건성으로 보았던 피사의 사탑을 다시 한 번 바라보며 물었다.

"잘 버티고 있네요."

"쟤?"

"네."

"장하게 버티고 있으니까 다들 와서 보려고 몰려들잖아."

"오랜 세월…… 힘들지 않았을까요?"

"인생이 기우뚱해져 힘들어하는 사람들한테 힘이 되어주려고 저러고 있나 보다."

"그런 사람들을 위해서 절대 쓰러지지 않았으면 좋겠네요."

신혁은 따뜻하게 웃으며 정우의 어깨를 두드렸다.

"네 자식의 자식의 자식이 올 때까지 잘 버티고 있으라고 빌어줘."

정우가 희미하게 웃었다.

잃어버렸던 미소를 되찾은 것 같아 신혁은 마음속 깊이 기뻐했다.

"걔네들 다 데리고 오려면 저 엄청 오래 살아야겠네요."

"아마 의학이 발달해서 네가 죽기 전에는 불로초 같은 신약이 나오지 않을까?"

"엄청 비싸지 않을까요?"

"그러니까 열심히 공부해서 돈 열심히 벌어. 성공하면 형 것도 좀 사주고 말이야."

"형 것만 사달라고요? 우리 형수 될 강 선생님 건요?"

"그 사람 건 내가 사줘야지."

정우가 웃음을 참지 못하고 배시시 웃었다.

"그런데 형, 솔직히 말해봐요."

"뭘?"

"보고 싶어요? 안 보고 싶어요?"

"강 선생 그 사람?"

"다 알면서 뭘 또 확인을 해요?"

"너야말로 솔직히 말해봐라."

"뭘요?"

"보고 싶냐? 안 보고 싶냐?"

"누구요?"

"어허, 알면서 네가 시치미를 떼는구나."

"떽떽이 유진이 말하는 거예요?"

"이제 네가 실토를 하는구나."

"내가 먼저 물었잖아요. 형부터 말해봐요."

"몰라서 물어보나? 내 눈에서 진물 나는 거 안 보여? 보고 싶다. 너무 너무 너무 보고 싶다."

정우가 어이없다는 듯 웃음을 터뜨렸다.

"그러는 너는?"

"저요?"

"지금부터 뭘요, 저요, 이딴 말은 빼고 말해라. 보고 싶어 안 보고 싶어?"

"노코멘트."

정우가 대답을 회피하고 재빨리 달아나 버렸다.

"헐! 요 녀석 봐라. 야, 인마 네가 그런다고 내가 모를 줄 아냐? 다 안다 알아!"

신혁은 건강한 모습으로 달려가는 정우를 쫓아갔다.

"형! 우리 이제 한국으로 돌아가요!"

정우가 두 팔을 높이 들고 힘껏 소리쳤다.

신혁은 그런 정우를 향해 빙그레 미소 지었다. 이제 다 나았고 강하게 파이팅하며 살아갈 자신이 있다는 말로 들렸기 때문이다.

호텔로 돌아온 신혁은 정원에게 전화를 걸었다. 정원의 밝고 명랑한 목소리를 들으며 그는 행복한 미소를 머금었다.

[정우가 기운을 차린 것 같아서 기쁘네요.]

"저도 그렇습니다."

[그럼 곧 돌아오시는 건가요?]

"내일 오전 비행기로 돌아갈 예정입니다."

[조심해서 오세요.]

신혁은 그런 말은 기장한테나 하라고 싶었다. 그가 듣고 싶은 말은 따로 있었기 때문이다.

"그리고요?"

[그리고…… 무슨 말을 해야 하는 거죠?]

"이렇게 장기간 멀리 떨어져 있는데 저한테 할 말이 고작 그 것밖에 없는 겁니까?"

기분 나쁘지 않게 나무라면서 신혁은 투덜거렸다.

[보고 싶으니까 얼른 오세요, 이런 말?]

"어허, 잘 나가다가. 이런 말은 빼고 말하십시오."

[오랫동안 못 봐서 신혁 씨 얼굴도 까먹을 지경이에요. 많이 아주 많이 보고 싶으니까 얼른 오세요. 강정원 식물 말라 시들어 죽어가고 있어요. 노신혁 물이 너무 갈급해요. 어우, 더 이상은 손발 오그라들어서 못하겠어요.]

"백 점 주려고 했는데 마무리가 영 시원찮군요."

[부족한 점수는 오시면 채울게요.]

"어떤 식으로 채울지 기대하겠습니다."

[그래요. 기대하세요.]

"마음이 무겁다고 내 마음에서 정원 씨 내려둔 적 단 한 번도 없었습니다."

[고마워요.]

"정원 씨가 보이지 않는다고 딴 데다 정신 쏟거나 한눈판 적 없었습니다."

[믿어요.]

"묵묵히 변함없이 기다려 줘서 고맙습니다."

[그러겠다고 약속했고 약속은 무슨 일이 있어도 반드시 지켜야 하는 거니까요.]

신혁은 정원이 보여주는 애정과 배려, 신의에 깊은 고마움을 느끼며 행복감을 만끽했다.

38

바람이 점차 서늘해지더니 어느새 가을이 찾아들었다. 새파란 물방울이 뚝뚝 떨어질 것만 같은 쪽빛 하늘, 짙고 옅은 여러 가지 빛깔들로 울긋불긋 단풍 드는 세상. 인생과 자연을 해석하고 사색하게 만드는 계절, 가을.

학교는 대학수학능력 시험을 한 달 정도 남겨둔 상태였다. 실질적으로 가장 학업에 열중할 시기라 학교는 별다른 일 없이 조용했다. 곧 폭발할 것 같이 긴박하게 전개되었던 불미스러운 사건도 다른 화제에 밀려 조금씩 사람들의 기억에서 사라지고 있었다.

학교에서의 정원은 늘 분주했다. 없던 일도 만들어서 한다는 말을 들을 정도로 학교 일에 열심이었다. 아이들을 세밀하게 살폈고 어떻게든 도움을 주고 힘이 되어주기 위해 애를 썼다.

그런 정원의 마음이 제대로 전달이 되었는지 아이들은 겉으로 툴툴거려도 그녀가 시키고 하자고 하는 일은 죄다 열심히 따라주었다. 구체적인 목표를 세워 반드시 자신이 정한 꿈을 실현하자는 정원의 말에 잘 따라준 아이들은 점점 상승하는 학업성취도를 기록해 학교를 놀라게 하기도 했다.

정원의 기간제 교사 계약 기간이 몇 달 남지 않았다. 정원은 후회를 남기지 않기 위해 최선을 다했다. 기존에 근무했던 선생이 복직했을 때 불편을 느끼지 않도록 세심하게 신경을 썼다.

항간에는 그녀가 학교 이사장인 신혁과 교제하는 사이인데 어떤 식으로라도 학교에 남지 않겠냐는 말들이 돌았다. 그 일에 대해 가장 많은 우려를 하는 사람은 교감이었다. 교감은 시간이 갈수록 더 열심인 정원을 부정적인 시선으로 바라보았다. 학교에 남기 위해 의도적으로 애를 쓴다고 생각했기 때문이다.

정원도 그 사실을 모르진 않았다. 하지만 신경 쓰지 않았다. 시간이 지나면 자연적으로 판명될 일이었기 때문이다. 학교에서의 교사 수급 문제는 말처럼 그렇게 간단하고 쉬운 게 아니었다. 학교가 바라고 교사가 원한다고 해서 마음대로 조정할 수 있는 일은 아니었다. 편법을 사용할 수 있다 하더라도 그건 정원이 원치 않는 일이었다.

언젠가 이 일에 대해서 신혁과 대화를 나눈 적이 있었다.

"만약 정교사로 채용될 수 있는 기회가 있다면 학교에 남겠습니까?"

신혁이 물었다.

"아뇨. 남지 않을 거예요."

정원은 확고한 입장을 밝혔다.

"많은 아이들이 원하고 저 또한 그러길 바라고 있다는 거 잘 알지 않습니까."

"그래도 집안끼리 결혼 이야기가 오가는 상황에서 일을 그런 식으로 결정하면 동료 교사들이 불편해할 수 있기 때문이에요. 평교사와 이사장의 배우자 사이에 큰 갭이 존재한다는 사실을 무시할 수는 없으니까요."

"그럼 앞으로 어떻게 하실 생각입니까?"

"저를 받아줄 곳을 찾아봐야겠죠. 학교를 전전하는 기간제 교사에서 벗어나기 힘들어도요."

"쉬운 길이 있어도 굳이 힘든 길을 선택하는 이유가 뭡니까?"

"제 일만큼은 누구의 도움도 받지 않고 스스로의 힘으로 해결하고 싶어요."

"그렇게까지 말하니 정원 씨의 뜻을 존중하기로 하겠습니다. 하지만 앞으로도 정원 씨를 그림자처럼 따라붙을 오해의 꼬리표가 염려되기는 합니다."

"저 괜찮다는 거 아시잖아요. 끄떡없다는 것도요. 그 문제는 제가 노력하고 때가 차면 자연스럽게 해결될 거예요. 그러니 염려하지 마세요."

그 뒤로 신혁은 더 이상 그녀를 설득하거나 회유하지 않았다. 아쉬움이 크더라도 그녀의 뜻과 결정을 존중하기 위해서였다.

그렇게 별다르지 않는 평범한 일상의 시간들이 하루하루 반복되며 흘러갔다. 정원은 대입수학능력 시험이 다가올수록 수험생인 유진에게 더욱 신경을 썼고 신혁은 정우의 안정화에 노력을 기울였다.

정원은 시험을 며칠 앞두고 유진을 통해 승민에게 자그마한 선물과 편지를 전달하기로 했다.

"유진아, 이거 승민이한테 전해줄 수 있겠니?"

"이게 뭐예요?"

"작은 선물."

"선물이요?"

유진이 믿을 수 없다는 듯 놀란 표정을 지었다. 그리고 한마디 더 덧붙였다.

"걔가 뭘 잘했다고 이런 걸 주세요?"

"기나긴 세월 편치 않은 마음으로 지냈을 텐데 이제는 승민이 마음을 편하게 해주고 싶어서 그래."

"정말 선생님은 알다가도 모르겠다니까요."

"벌은 성장을 돕기 위한 애정이 반드시 수반되어야 하는 거야. 유태인의 격언에도 오른손으로 벌을 주고 왼손으로는 정답게 껴안아주라는 말이 있어. 벌을 주는 것으로만 그친다면 그

벌은 권위를 앞세워 누군가를 억누르고 지배하는 일밖에 되지 못하는 거야. 애정으로 구원해 주는 후속 작업이 있어야 벌을 받은 사람이 위축된 삶에서 벗어날 수 있는 거고."

유진이 그녀를 가만히 보다가 선물을 받아 들었다. 그녀의 진솔한 심경과 승민을 진심으로 위로하고 앞날을 축복하는 내용을 담은 선물을.

전국을 떠들썩하게 한 대학수학능력시험이 끝난 다음날이었다.

정원은 평소처럼 수업을 마치고 교무실을 향해 가고 있었다.

"강 선생님!"

교장의 목소리였다.

뒤를 돌아보니 교장과 교감이 다가오고 있었다.

정원은 별생각 없이 고개 숙여 인사하고 부른 용건을 듣기 위해 기다렸다.

"이사장님께서 찾으십니다. 이사장실로 가보십시오."

교장이 흐뭇하게 웃으며 말해주었다.

반면 교감은 또 뭐가 그렇게 못마땅한지 쌀쌀맞은 태도로 찬바람을 일으키며 곁을 지나갔다.

교장이 무슨 말을 더 하려다가 그런 교감의 뒤를 황급히 쫓았다.

정원은 교무실과 정반대로 1층 맨 끝에 위치한 이사장실로 걸어가 문을 두드렸다.

"들어오십시오."

신혁의 목소리가 들려왔다.

정원은 문을 열고 안으로 들어섰다.

"찾으셨……."

정원은 끝까지 말을 하지 못하고 그대로 굳고 말았다. 승민이 신혁과 함께 마주 보고 소파에 앉아 있었기 때문이다. 선물로 보낸 목도리와 장갑을 손에 들고 말이다.

정원은 어찌 된 영문인지 몰라 그저 멀거니 서 있기만 했다.

승민이 자리에서 일어나 정원을 향해 고개 숙여 인사를 했다. 어떤 속인지 가늠할 수 없는 표정으로.

"교감. 교장선생님과 학교를 돌아보고 있는데 이 학생이 교문 앞에 계속 서 있더군요. 어떻게 왔냐고 물었더니 강 선생님 제자라고 해서 잠시 데리고 들어와 이야기를 좀 나눴습니다."

신혁이 차근차근 설명을 해주었다.

"아, 네……."

정원은 얼떨떨해서 어물거렸다.

"일이 있어서 잠시 자리 좀 비우겠습니다. 서로 이야기 나누고 계십시오."

신혁이 의도적으로 자리를 피해주는 듯했다.

정원은 승민과 단둘이 남게 되었다. 자연스럽게 대하고 싶은데 하도 오랫동안 안 보고 지내서 그런지 서먹하기만 했다.

정원은 머뭇거리며 소파로 다가갔다.

"앉자, 우리."

정원은 승민이 앉는 것을 보고 다시 입을 열었다.

"시험…… 잘 봤어?"

"네."

오랜만에 듣는 승민의 목소리가 꽤 어른스럽게 느껴졌다.

"다행이다."

정원은 기뻐하며 싱긋 웃었다. 그리고 다시 말을 이어갔다.

"그런데 연락도 없이 여긴 웬일이야?"

"왠지…… 와야 할 것 같았어요."

승민도 어색한지 눈도 제대로 못 맞추고 말했다.

"그래, 잘 왔어. 오랜만에 보니까 좋다."

"진작 찾아뵙지 못해서 죄송해요."

회한이 서린 목소리였다.

"너도 쉽지 않았고 나 역시 쉬운 일은 아니었어. 서로가 시간이 필요한 일이었지. 그러니 우리 미안하다, 죄송하다, 이런 말은 되도록 하지 말자. 이렇게 만난 걸로 됐잖아."

"저…… 제가 많이 비겁했다는 거 알아요. 선생님께서 저를 위해 희생하셨다는 사실 누구보다 더 잘 알면서 죄송하다는 말 한마디, 감사하다는 말 한마디, 용서해 달라는 말 한마디 못했어요."

"말하지 않아도 알 수 있었어. 그러니까 괜찮아."

"사실…… 저 시험…… 포기할까 했었어요."

"왜 그런 생각을 했어?"

정원은 깜짝 놀라 물었다.

"장차 검사가 되고 싶은데 양심의 가책을 느끼면서 대학에 진학해도 되는 건지 혼란스러웠어요."

"그랬구나."

안타깝게 말했다.

"정말 막판까지 고민했어요. 그러는 와중에 선생님께서 보내주신 선물과 편지 받게 되었고요."

"난 그저 네 마음을 편하게 해주고 싶었을 뿐이야."

"알아요. 충분히 느낄 수 있었어요. 어쩜 그게 없었더라면 전…… 끝내 시험 포기했을지도 몰라요. 선생님께서 그런 절 붙잡아주셨어요. 제가 가야 할 길을 확실하게 보여주셨어요. 흔들리지 말고 끝까지 전진하라고 하셨던 말씀 때문에 포기하지 않을 수 있었어요."

"승민아……."

승민의 음성과 표정이 너무나 슬퍼 보여 정원은 마음이 짠해졌다.

"감사했어요. 전혀 예상하지 못했던 선물이었어요. 덕분에 따뜻했어요. 몸도…… 마음도……."

승민의 눈시울에 눈물이 어렸다.

"나도 고맙다. 커다란 선물을 받은 기분이야."

정원은 승민에게 손을 내밀었다.

승민이 주저하다가 정원의 손을 맞잡았다.

정원은 활짝 웃으며 손을 흔들고 토닥였다.

하지만 승민은 웃는 법을 잊어버렸는지 좀처럼 웃질 못했다.

정원은 죄책감에서 완전히 벗어나지 못한 승민이 못내 안타까웠다. 그래서 한 번 더 등을 다독거렸다.

그날 저녁, 정원은 유진과 함께 신혁의 아파트를 방문했다. 신혁의 초대로 이루어진 일이었다.

강현이 진수성찬을 차려냈다. 전직이 의심될 정도로 강현의 요리 솜씨는 뛰어났다.

"강현 씨는 정말 뭐든 잘하시네요."

정원은 6인용 식탁에 가득 차려진 음식에 감탄하며 말했다.

"제가 그런 말을 좀 많이 듣고 삽니다. 앉으시죠."

칭찬을 받은 강현이 입을 귀에 걸고 좋아했다.

"이거 강현 씨 혼자서 한 거 아닙니다. 저도 열심히 도왔습니다."

신혁이 질투심 가득한 얼굴로 입을 쌜쭉 내밀며 말했다.

강현이 그런 신혁을 흘겨보았다.

"질투는 이사장님의 힘! 완전 질투의 화신이라니까요. 예, 이사장님께서 마늘도 잘 까서 잘 으깨고 간도 깐깐하게 따져 가며 잘 봐주시고 접시에 자알 담아주셨습니다."

강현이 일부러 '잘'이란 말에 힘을 주어가며 칭찬과 핀잔을 교묘하게 섞어 말했다.

"드십시오. 유진이 정우도 많이 먹고."

모두 웃으며 화기애애하게 식사를 해나갔다.

그러다 강현이 뭔가가 생각난 듯 말을 꺼냈다.

"참! 학교로 그 아이가 찾아왔다면서요?"

"아, 승민이요?"

정원의 말에 정우가 깜짝 놀란 얼굴을 했다.

"그 녀석이 우리 학교로 찾아왔다고요?"

정우가 믿을 수가 없는지 되물었다.

"응. 왔었어."

정원은 고개를 끄덕였다.

"너도 알고 있었어?"

정우가 유진을 쳐다보며 물었다.

"응. 나도 오면서 들었어."

"그런데 그 아이가 와서 무슨 말을 한 겁니까?"

강현이 자세한 이야기는 듣지 못했는지 신혁에게 물었다.

"저도 처음에는 그 아이가 강 선생과 직접으로 문제가 되었던 아이인 줄 몰랐습니다. 교감선생님이 그 아이에게 꼬치꼬치 묻는 바람에 알게 되었던 겁니다."

"좀 더 구체적으로 말씀 좀 해주십시오. 되게 궁금합니다."

신혁의 설명에 흥미를 느낀 강현이 성마르게 재촉했다.

"강 선생님이 자신을 지켜주기 위해 희생하신 거라고 하더군요. 강 선생님은 불명예를 안을 만한 일을 절대 하지 않으셨다고 하면서 말입니다."

처음 안 사실이었다. 정원을 비롯해 모두 놀란 표정을 지었다.

"승민이가 그런 말을 했나요?"

정원은 묻지 않을 수 없었다.

"네."

"고백하기 힘들었을 텐데 어떻게 그런 용기를 낼 수 있었던 걸까요?"

강현이 물었다.

"저도 그게 궁금해 물어보았습니다. 그랬더니 강 선생님이 보낸 선물과 편지 이야기를 하더군요. 참 감동적인 이야기였습니다."

신혁이 정원을 쳐다보며 말했다. 정원은 부끄러운 생각이 들어 얼굴을 붉혔다.

"별거 아니었어요."

"강 선생님도 참 대단하십니다. 자신을 벼랑 끝으로 몰고 간 아이에게 선물 주실 생각을 다 하시고 말입니다."

강현이 이해가 가지 않는다는 듯 말했다.

"선생님이 누구보다 승민이 마음을 잘 알고 계셨기 때문이에요. 선생님은 한때 잘못된 판단으로 어리석은 짓을 한 승민이에게 벌을 주시기 위해 희생을 하셨죠. 그리고 오랫동안 죄책감에 시달려 온 승민이를 편하게 해줄 때가 왔다고 판단하시고 선물을 주셨던 거고요. 선생님의 부탁으로 제가 선물을 전해줬을 때 승민이가 굉장히 많이 놀라워했어요. 충격을 받았다고 표현하는 게 더 맞을지도 몰라요."

유진이 정원을 대신해 설명했다.

"아, 정말 강 선생님 같은 분들이 더 많아졌으면 좋겠습니다. 그래야 우리나라 교육계의 미래도 밝을 텐데 말입니다."

강현이 감동받은 얼굴로 호들갑을 떨어댔다.

"그렇게까지 말씀하시니 제가 몸 둘 바를 모르겠네요. 잘 드러나지 않아서 그렇지 훌륭한 분들 많이 계셔요."

정원은 쑥스러워 머리를 긁적였다.

"정말 그러길 바랍니다. 그런데 강 선생님 기간제 끝나면 다른 곳으로 가실 생각이라면서요?"

강현의 물음에 정우가 또 한 번 놀라며 입을 열었다.

"그게 정말이에요?"

정원은 고개를 끄덕였다.

"원래 기간제가 그런 거야."

"계속 계시면 안 되는 거예요?"

"그럴 수 있는 방법이 있어도 강 선생님은 불편해할 동료 선생님들을 염려해 그런 결정을 하신 거다."

신혁이 정우에게 차분히 설명을 해주었다.

"선생님들이 왜 불편해한다는 거예요?"

"나와 결혼하면 강 선생님은 이사장의 배우자이기도 하니까 다른 선생님들이 불편해할 수도 있어."

"납득은 가지만 그래도 애들이 많이 서운해할 거예요."

"서운한 건 나도 마찬가지야. 하지만 서로를 위해서 그러는 편이 나아."

정원은 못내 아쉬워하는 정우를 달래듯 말했다.

"뭐 저야 선생님을 형수님으로 두게 되는 거니까 괜찮지만 아이들은 정말 많이 아쉬워할 거예요."

"아무래도 제가 먼저 이사장직을 내놔야 할 것 같습니다."

급작스럽게 신혁이 폭탄선언을 했다.

모두의 시선이 일제히 신혁에게로 향했다. 다들 농담인지 진담인지 헷갈려하는 표정이었다.

"강 선생과 많이 비교될 것 같아서 말입니다."

"지금…… 진심으로 하신 말씀이에요?"

정원은 여전히 판단이 서지 않아 물어보았다.

"조금만 있으면 이사장직을 맡은 지도 일 년이 되어갑니다. 사실 그동안 저도 많은 고민을 해왔습니다. 계속 뚜렷한 교육관 없이 이사장직에 있어도 되는 건지 말입니다. 원래 이사장직은 이모님이신 마 선생님께서 맡으시는 게 마땅한 일이었습니다. 워낙 급작스러운 상황이라 마 선생님께서 마다하셨던 거죠. 이 일을 가지고 이모님과 많은 상의를 했습니다. 그리고 이제는 받

아들일 준비가 되신 모양인지 내년부터 이사장직을 맡아주시기
로 했습니다."

"그럼 이사장님은 이제 뭘 하실 작정입니까?"

강현이 물었다.

"제가 제일 잘할 수 있는 일을 해야죠."

"그게 뭡니까?"

"사업입니다."

"형님을 도우실 생각입니까?"

"아닙니다. 제 사업을 할 겁니다."

"그런데 도대체 이사장님은 미국에서 무슨 사업을 하셨던 겁
니까?"

강현이 계속 질문을 해댔다.

"전에도 제가 비밀이라 했잖습니까."

전혀 말해줄 생각이 없어 보이는 신혁이었다.

"정우야, 네가 알고 있으면 말 좀 해봐라."

"저도 정확히는 모르는데요."

"그럼 강 선생님은 알고 계십니까?"

강현이 이번엔 정원에게 질문을 던졌다.

"아뇨, 아예 물어보지도 않았어요."

강현이 더욱 의심스럽다는 듯 신혁을 쳐다보았다.

"혹시…… 불법무기상, 마약거래상 이런 거 아닙니까?"

"또 삼류 추리소설 쓰시는 겁니까? 아무튼 저는 이사장직을

내놓고 제 사업을 할 겁니다."

말을 마친 신혁이 태연한 모습으로 계속 식사를 해나갔다.

나머지 사람들은 좀처럼 신혁에게서 궁금한 시선을 떼지 못했다.

식사를 마친 그들은 거실에 모여 게임기와 TV를 연결해 게임을 즐겼다.

신혁과 강현이 사나이의 자존심을 걸고 권투시합을 벌였다. 하지만 자존심이 아니라 목숨을 건 사람처럼 맹렬하게 움직였다.

강현이 이기면 신혁이 또다시 도전했고 신혁이 이기면 강현이 도전했다. 우열을 가릴 수 없는 싸움이었지만 결과적으로는 승리는 강현에게 돌아갔다. 하지만 신혁이 다른 사람들도 게임에 임할 수 있게 일부러 져준 거라고 해 두 사람의 승부는 나중을 기약하기로 했다.

남녀로 팀을 나눠 볼링도 치고 개인별로 레이싱도 펼쳤다.

정우는 게임에 익숙하지 않은 유진에게 게임 방법을 전수했고 유진도 곧잘 재미를 붙여 임했다.

함께 어울려 즐거운 시간을 보내는 그들은 행복해 보였다. 게임에서 이긴 사람은 환호하고 진 사람은 한 번만 더 하자고 떼쓰는 그들은 친구 같고 형제자매 같고 가족 같은 느낌이었다.

39

일 년 사이 진학고등학교는 많이 변해 있었다. 신혁이 지나치게 꼼꼼하고 까다롭게 군 까닭이었다. 더 이상 학교는 낡고 허름하지 않았다. 오히려 최신식 교육시설을 갖춘 학교로 소문이 나 직접 눈으로 보고 배우기 위해 방문하는 사람들까지 생겨났다.

신혁은 마 선생에게 이사장직을 넘기기까지 학교의 내실화에 전력투구했다. 더 이상 무모하게 막무가내로 밀어붙이는 식은 아니었다. 실무 경험이 많은 학교 행정 교사진들과 충분히 대화하고 상의해 일을 진행해 나갔다.

더 이상 신혁은 학교에서 왕따가 아니었다. 조만간 신혁이 이사장직에서 물러날 거라는 이야기가 돌자 사람들은 아쉬움과 우려를 표현했다. 신임을 얻고 있다는 사실에 신혁은 겉으로 드러내지 않았지만 굉장히 기뻐했다.

38년 동안 재직하면서 단 한 번도 이사장 측과 관련된 사람임을 나타내지 않았던 마 선생이 신임 이사장이 될 거라는 소식은 모두를 까무러치게 만들었다.

그런 가운데 아이들은 또 한 번 기대감을 품었다. 새로 오게 될 보건실 선생님에 대한 기대감이었다. 물론 여선생일 거란 예상에서 비롯된 기대감이었다.

1학년 12반은 기말고사에서 드디어 1등을 차지했다. 곧 학교를 떠나게 될 정원에게 보답하고자 아이들이 열심히 노력한 결과였다.

기간제 교사가 계약기간이 만료되면 떠나는 건 당연한 일이었다. 하지만 아이들은 이를 쉽게 받아들이지 못했다. 정원은 그런 아이들에게 고마움을 표시하고 학교에 남을 수 없는 이유를 납득시켰다.

크리스마스를 하루 앞두고 방학이 시작되었다.

한 달간의 방학 후 종업식까지 4일 정도만 출근하면 기간제 교사로서의 임무도 끝나게 되어 있었다.

정원은 방학 중에도 바쁜 나날을 보냈다. 신혁의 가족들과 함께 복지시설을 찾아 봉사활동도 하고 개인의 성장과 발전을 위해 전공뿐만 아니라 외국어 공부와 독서, 취미활동에도 힘썼다.

신혁도 마찬가지였다. 새로 시작할 사업에 대한 구상과 조사로 어느 때보다 바쁜 시간을 보내고 있었다. 그러다 기분 전환이 필요하면 다섯 명이 뭉쳐 스키를 타러 가거나 겨울여행을 떠나는 등 소소한 일상에서의 즐거움을 찾았다.

그사이에 신혁과 정원의 결혼식은 3월로 예정되었다. 시간 관계상 촉박한 감이 있어 결혼 준비는 웨딩 컨설팅사를 통해 하기로 했다.

두 사람은 웨딩 컨설팅사로 찾아가 그곳에서 소개한 웨딩플래너를 만났다.

"안녕하세요."

웨딩플래너가 밝게 웃으며 두 사람에게 다가왔다.

두 사람도 웨딩플래너에게 인사했다.

웨딩플래너가 자리에 앉기 전에 주위를 두리번거렸다.

"그런데 신부님은 아직 안 오셨나요?"

흔히 겪는 일이지만 웨딩플래너 역시 정원을 남자로 착각한 모양이었다.

정원은 겸연쩍게 웃으며 손을 살짝 들었다.

"제가 신부인데요."

그때 웨딩플래너는 뭐라 설명하기가 어려운 표정을 지었다. 정원을 남자로 오해해서 미안하다는 표정이 아니었다. 무척 당황한 웨딩플래너가 식은땀을 흘리며 간신히 입을 열었다.

"죄송합니다. 제가 동성 커플 결혼 담당은 처음이라……."

웃어야 할지 울어야 할지 알 수 없는 상황이었다.

정원은 평소처럼 그냥 웃어넘기기로 했다.

"아하하하! 저를 오해하신 모양이군요. 제가 남자처럼 생겨서 그런 오해를 좀 많이 받은 편이에요."

"어머! 죄송합니다. 죄송합니다."

웨딩플래너가 거듭 사과를 하며 어쩔 줄을 몰랐다.

"괜찮아요. 오해하게 만든 제가 문제지요."

정원은 그 이후로도 계속 그런 오해들을 받았다. 웨딩드레스를 고르러 갔을 때도 그랬고 헤어 메이크업 상담을 받으러 갔을 때도 그랬다. 워낙 이골이 난 일이라 정원은 아무렇지도 않았다. 하지만 신혁은 다를 수 있었다.

"저 때문에 매번 당황스럽죠?"

정원은 스튜디오 사진 촬영 문제로 또 한 번의 오해를 받고 집으로 돌아가는 차 안에서 물었다.

"저도 정원 씨 처음 봤을 때 남자로 오해했으니까 당연한 거라 생각하고 있습니다."

"지금이라도 여자로 보이게 노력 좀 해야 할까요?"

정원은 진지하게 물었다.

"힘들게 억지로 하지는 마십시오."

"정말 괜찮으신 거예요?"

"나 편하려고 정원 씨 불편하게 만들고 싶지는 않습니다."

"사실 저는 되게 불편하고 어색하거든요. 스커트에 립스틱 바르고 액세서리로 치장하는 일이요."

"저도 느꼈습니다. 전에 웨딩드레스 입고 등장했을 때 말입니다."

"아, 그때요."

정원은 떨떠름한 웃음을 터뜨렸다.

"전혀 모르는 사람이 나타나서 깜짝 놀랐습니다."

"정말 그 정도였어요?"

정원은 다시 심각해졌다.

"거울도 안 보고 나오셨던 겁니까?"

"차마 못 보겠더라고요. 내내 고개 숙이고 눈 감고 있었어요. 진짜 어색해서요."

"큰일이군요. 결혼식 당일에는 모두가 그럴 텐데 말입니다."

"다들 비명 지르는 거 아닐까요?"

"그럴지도 모릅니다."

"어떡하죠?"

"어떡하긴 뭘 어떡합니까? 다들 잘 견디고 극복해야죠."

차가 어느새 정원의 집 앞에 도착했다. 신혁이 시동을 끄고 정원을 바라보았다.

"그런데 정말 이상하게 보이던가요?"

정원은 엄청 심각한 얼굴을 해가지고 물었다.

"제가 언제 이상하다고 했습니까?"

정원의 고개가 자연스럽게 신혁을 향해 돌아갔다.

"그럼요?"

"립스틱 하나 바르고 나왔을 뿐인데 예뻤습니다."

"위로해 주실 필요는 없어요. 진실을 말해주세요."

"저는 언제나 진실만을 말하는 사람입니다. 아직까지 모르고 계셨습니까?"

"정말이에요?"

"그래도 전 립스틱 바르지 않은 입술이 더 좋습니다."

"바른 게 예뻤다면서요? 예쁘다고 해서 전 앞으로 좀 발라볼까 했는데요."

"바르지 마십시오."

"왜요?"

신혁이 무슨 말을 하려다 말았다.

"무슨 말인데 하다 말아요?"

"하는 사람이나 듣는 사람이나 손발 오그라들까 봐 말았습니다."

"뭔데요? 더 궁금하잖아요."

신혁이 잠시 머뭇거리다가 털어놓았다.

"립스틱 별로 맛없어 보여서 싫습니다."

정원은 그 말의 뜻을 빨리 알아듣지 못하고 눈을 말긋말긋하게 뜨고 신혁을 쳐다보았다.

"신혁 씨가 바를 것도 아닌데 그게 무슨 상관이 있나요?"

정원의 물음에 신혁이 혀를 끌끌 차며 정원의 코를 살짝 잡아 비틀었다.

"말로는 이해가 안 되는 겁니까?"

"아니, 그게⋯⋯."

정원은 말을 다 끝낼 수가 없었다. 신혁이 다가와 손으로 머리를 감싸 안고 입을 맞추었기 때문이다. 그리고 입술을 부드럽게 핥고 물고 빨았다.

한참을 그렇게 한 뒤에 신혁이 고개를 들었다.

"립스틱이 왜 싫은지 이제 이해가 갑니까?"

정원은 빨개진 얼굴로 고개를 끄덕였다.

"비 오는 날 밤, 함께 우산을 쓰고 했던 포옹과 입맞춤 기억납니까?"

"갑자기 그 얘긴 왜 꺼내시는 거죠?"

"그날 밤 전 충동적으로 정원 씨에게 입을 맞추었습니다. 정원 씨가 하는 말과 행동이 귀엽고 따뜻하고 예뻤기 때문입니다. 마음이 가장 흔들린 순간이었습니다. 가까이에서 본 정원 씨의 눈은 한없이 맑았습니다. 별을 박아둔 것처럼 반짝거렸습니다. 정원 씨의 입술이 미소를 머금을 때 강렬한 유혹을 느꼈습니다. 하지만 만약."

신혁이 말을 끊었다.

"만약 뭐죠?"

정원은 그다음에 나올 말이 궁금해서 물었다.

"그때 정원 씨가 립스틱을 바르고 있었다면 전 아마 그런 강한 유혹을 느꼈더라도 입을 맞추지 않았을 겁니다. 전 드라마나 영화에서의 키스신을 볼 때마다 늘 여자의 립스틱 때문에 몰입이 되지 않습니다. 키스를 하다 보면 분명히 립스틱도 먹게 될 것이고 키스 후엔 흔적이 남을 텐데 찜찜하지 않을까 하는 마음이 들어서입니다. 그것까지 감수할 정도로 정말 많이 사랑하나 보다 하고 말지만 정작 전 그럴 자신이 없었던 겁니다."

"알았어요. 립스틱 안 바를게요."

신혁이 피식 웃더니 한 번 더 다가왔다. 그리고 아까보다 더 길고 긴 키스를 선사했다.

종업식이 있는 날이었다.

1학년 12반은 와자지껄한 분위기 속에서 송별회를 준비하고 있었다. 처음 정원을 담임선생님으로 맞이했을 때처럼 풍선도 달고 칠판 가득 이별을 아쉬워하는 문구들을 적어놓았다.

개중 눈에 띄는 문구들은 '형님이냐 형수님이냐 그것이 문제로다!', '엉아, 가지 마……', '예쁜 형님! 홧팅!', '형님 조직 이탈 반대 아고라 청원합시다!', '죽어도 못 보내…… 요 노래 짱 좋더라' 등등이 있었다.

교탁 앞에 모인 악동 삼총사가 케이크에 1학년 12반을 뜻하는 숫자양초를 꽂고 꽃다발을 올려두며 대화를 나누고 있었다.

"아놔! 왜 이렇게 마음이 허전하냐?"

"나도 나도."

"하아, 딸 시집보내는 아버지의 심정을 알 것도 같다."

"근데 난 왜 울 형님 군대 보내는 기분이 들지?"

"시집보다는 군대가 더 어울릴 것 같기는 하다."

"정우 저 자식은 좋겠다. 형님 자주 볼 수 있을 거 아냐."

"그러게 말이다."

"노정우!"

갑자기 태현이 책상에 엎어져 있는 정우를 불렀다.

정우는 고개를 들고 태현을 바라보았다.

"형님 결혼식 때 누가 축가 부르냐?"

"몰라."

"그거 우리가 하면 안 될까?"

"난 빼고 해라."

정우는 다시 엎드리다가 유진에게서 들은 말이 생각나 고개를 들었다.

"아, 맞다. 전에 있던 학교 제자들도 축가 준비하려는 것 같던데."

"뭐?"

태현이 눈을 휘둥그렇게 뜨며 정우에게 재빨리 다가왔다.

"전에 있던 학교 제자들이라면 혹시 그 누나도 끼어 있나?"

"그 누나라니?"

"44초만 빨랐어도 소개받을 수 있었던 그 누나 말이야!"

태현이 유진을 거론하며 말했다.

정우는 아직까지도 유진한테서 미련을 버리지 못한 태현을 뚫어져라 쳐다보았다.

화색이 도는 얼굴, 생기가 넘치는 눈. 진짜 좋아하지 않고는 불가능한 표정이었다.

"끼어 있기는 한 것 같은데……."

"끼어 있으면 있는 거지 괜히 불안하게 같은데는 뭐냐?"

태현이 금세 시무룩해졌다.

"너 정말 사귀고 싶은 거냐?"

정우는 진지하게 물었다.

"보면 몰라? 진짜 사귀고 싶다니까!"

"사귀는 사람 있는 것 같던데."

정우는 시치미를 떼며 난처하듯 손가락으로 이마를 긁적였다.

"뭐!"

내일 당장 지구가 멸망한다는 소식을 전해 들은 사람처럼 태현이 경악했다.

"확실한 정보냐?"

"확실한 것 같아."

정우는 미안한 마음에 그렇게 둘러댔다.

"확실하면 확실한 거지, 같아는 또 뭐야?"

태현이 미심쩍어하며 물었다.

"확실해."

정우는 이 김에 경쟁자를 줄여야겠다는 생각으로 단언했다.

태현이 거의 울 것 같은 얼굴을 했다.

"하긴 그 미모에 남자친구가 없다는 건 말이 안 되지. 하아…… . 형님도 떠나가고 내 이상형도 떠나가는구나. 슬프다. 슬퍼."

친구들이 다가와 위로하듯 태현의 어깨를 토닥였다.

"세상에 반은 여자다. 너무 슬퍼 마라."

"거 봐, 내가 뭐랬냐? 연상 말고 연하를 잡으라니까? 내 동생 어때? 소개시켜 줄까?"

"됐거든! 네 동생하고 그 누나하고 레벨이 같냐?"

태현이 전혀 위로가 되지 않았는지 악동 삼총사 중 한 명에게 버럭 화를 냈다.

"뭐? 내 동생이 어때서? 키가 작고 좀 뚱뚱해서 그렇지 성격 하나는 좋아!"

"그 몸매에 성격까지 더러우면 어쩌라고?"

"이 자식이…… ."

멱살을 잡고 싸울 기세였다. 바로 그 순간이었다.

"형님 오신다!"

다들 서둘러 자기 자리로 돌아갔다.

곧 정원이 교실 안으로 들어섰다.

"어? 이게 다 뭐야?"

정원이 칠판과 교탁을 보며 말했다.

"뭐긴 뭐예요? 송별회죠!"

누군가가 소리쳤다.

"송별회까지 해주는 거야? 고맙다."

정원이 활짝 웃으며 말했다.

학급회장인 민호가 나와서 초에 불을 붙였다. 그리고 하나, 둘, 셋 하자 아이들이 노래를 부르기 시작했다. 초반부가 생략된 스승의 은혜 노래였다.

"아아 고마워라 스승의 사랑 아아 보답하리 스승의 은혜."

아이들이 환호하며 박수를 쳤다.

"새로운 버전도 나쁘지 않네."

정원이 계속 웃으며 말했다.

"그 노래 처음부터 부르면 너무 슬퍼요!"

"맞아요!"

"얼른 초 불고 케이크 나눠 주세요."

아이들이 한마디씩 했다.

"그래. 알았어. 한 해 동안 너희들 덕분에 즐겁고 행복했다. 고마워."

정원이 고마움을 표시하며 초를 후 하고 불어 껐다. 아이들이 박수를 치자 정원이 다시 입을 열었다.

"나도 너희들한테 줄 게 있어."

정원이 들고 왔던 봉투에서 뭔가를 꺼내 아이들에게 나눠 주었다.

가죽으로 된 기다란 줄에 AKTF라는 영문자를 새긴 휴대폰 고리였다.

"이거 어디서 사신 거예요?"

"내가 만든 거야."

"에이, 설마요."

"진짠데. 선생님이 방학 동안 가죽공예 배워서 만든 거야."

"우와!"

아이들이 마음에 드는지 감탄사를 연발했다.

"그런데 이건 무슨 약자예요?"

"Always Keep The Faith."

정원이 알려주었다.

"뭐래?"

"몰라. 쏼라쏼라하더니 혹 지나가서."

"페이쓰를 지키라잖아."

"페이쓰? 그거 정우네 개 이름 아냐? 우리더러 정우네 개를 지키라고?"

누군가의 말에 아이들이 박장대소했다.

정원도 어이가 없는지 웃음을 터뜨렸다.

"항상 신념을 지키라는 뜻이야. 자신에 대한 신념, 타인에 대한 신념. 무한한 힘을 가진 존재에 대한 신념, 강하고 적극적인 신념을 가지고 신념을 잃어버린 사람들을 격려하며 인생의 진정한 챔피언이 되라는 뜻에서 새긴 거야. 그리고 가죽은 반드시 희생이 있어야 얻을 수 있는 것이지. 희생을 바탕으로 한 신념."

진중한 말에 모두가 숙연해졌다.

정원의 말이 계속되었다.

"신념은 운명을 바꾸기도 하고 기적을 낳기도 해. 신념은 자아 존중감의 기본 원칙이기도 하지. 자아 존중감은 행복하고 충만한 삶을 위해 너무나도 중요한 거야. 다시 말해서 신념이 있어야 행복한 미래를 살아갈 수 있다는 소리야."

정원은 따뜻한 미소를 지으며 다시 말을 이어갔다.

"선생님은 너희가 아주 많이 행복해졌으면 좋겠어. 누구도 깨뜨릴 수 없을 만큼 강하고 단단한 행복한 삶 말이야. 살다 보면 흔들리고 넘어지고 깨지는 일이 다반사로 일어날 거야. 하지만 약해지거나 지지는 마. 그럴 때마다 이 문구 생각하면서 다시 힘을 내기를 바란다. 알았지?"

"네."

아이들이 한목소리를 냈다.

"약속해 줄 수 있어?"

"네!"

목소리가 더욱 우렁찼다.

"그래, 고마워. 너희들을 믿어."

정원이 밝게 미소 지었다.

정우는 문득 이별이라는 게 아름답고 행복할 수도 있다는 생각을 하게 되었다. 가슴 아플 것만 같은 이별을 또 다른 약속으로 승화시키고 있는 정원으로 인해서였다.

그런 닮은꼴의 마음과 생각을 가지는 건 비단 정우뿐만이 아닌 듯했다. 아이들 얼굴이 그것을 말해주고 있었다.

정원과 함께 한 일 년. 조금은 특별했던 봄, 여름, 가을, 겨울이었다. 또다시 사계가 반복되고 아무도 알 수 없는 미래에 긴장하고 집중하다 보면 이 순간은 기억에서 가물가물 사라질 수도 있을 것이다.

하지만 이 순간 마음에 심겨진 정원의 언어는 깊이 뿌리를 내리고 풍성한 잎사귀를 내고 아름다운 꽃과 열매를 맺을 것이다. 소중한 추억이라는 이름과 더불어 말이다.

정우는 정원을 바라보며 살며시 미소 지었다.

"선생님!"

태현이 높이 손을 들며 정원을 불렀다.

"왜?"

"선생님 결혼하실 때 누가 축가 불러요?"

"글쎄다, 아직 모르겠는데. 태현이 네가 불러줄래?"

"그래도 돼요?"

태현이 배시시 웃었다.

"그럼. 되고말고."

"근데 선생님, 그 누나요."

태현이 또 유진을 거론할 모양이었다.

"누나? 어떤 누나?"

"44초 늦어서 소개 못 받은 그 누나 말이에요!"

"아! 근데 왜?"

"그 누나 진짜 사귀는 사람 있어요?"

"사귀는 사람?"

정원이 눈을 휘둥그렇게 뜨고 되물었다.

"정우 이 자식이 그 누나 사귀는 사람 있다잖아요."

정원이 미묘한 눈빛으로 정우를 쳐다보았다. 그러더니 머뭇
거리며 다시 입을 열었다.

"그…… 래, 사귀는 사람이 있는 것 같더라."

"아놔, 정말요?"

태현이 못내 아쉬운지 인상을 긁어댔다.

"으응."

"어떤 사람인지 아세요?"

"키도 크고 공부도 잘하고 똑똑하고 아주 잘생겼지."

정원이 정우를 힐끗거리며 조목조목 설명해 나갔다.

"야, 포기해라. 포기해. 너하고는 레벨이 절대 안 맞는 것 같
다. 그냥 내 여동생 소개받아."

악동 삼총사 중 한 명이 태현을 달랬다.

"이 자식아! 나도 보는 눈은 있거든!"

태현이 버럭 화를 냈다.

"야, 태현이가 절대 싫다잖아. 차라리 나한테 소개시켜 줘라.
응?"

마지막 남은 악동 삼총사가 물었다.

"이거 왜 이래? 나도 보는 눈은 있거든!"

좀처럼 성사가 되지 않는 대화에 아이들이 다시 한 번 폭소했다.

그런 가운데 정우와 정원만이 은밀한 시선을 주고받았다.

정원이 비로소 유진에 대한 정우의 마음을 확실히 깨달은 모양이었다.

40

A : 안녕하십니까? 결혼식 생중계 해설의 달인 인사드립니다.

B : 지난번 스승의 날 사제 간 축구 경기 때는 축구 해설의 달인 이라고 하지 않았습니까?

A : 불만이십니까?

B : 아니, 뭐, 그냥 그렇다는 겁니다. 아무튼 오늘은 3월 둘째 주 토요휴업일, 이곳은 진학고등학교 대강당입니다.

A : 그렇습니다. 오늘은 수업도 없는 날인데도 이곳은 사람들로 북적이고 있습니다. 왜냐, 곧 결혼식이 거행되기 때문입니다.

B : 그런데 결혼식을 왜 여기서 하는 겁니까?

A : 불만이십니까?

B : 아니, 뭐, 그냥 그렇다는 겁니다. 그래도 명색이 이사장님이신데 전혀 화려한 느낌도 없고 오히려 너무 소탈해서 결혼식에 참석하는 사람들이 의아히 여길 정도니까요.

A : 제가 듣기론 두 분이 결혼을 준비하면서 호화 결혼식의 허례허식이 국가적인 낭비라는 의견을 나누고 청첩장, 축의금, 축하 화환 없는 결혼식을 치르기로 했답니다. 그래서 가까운 친지, 두 사람의 지인과 우인들만 하객으로 초청하고 양가와 친지들에게 보내는 예단을 생략하고 함도 신랑인 이사장님께서 직접 가지고 가는 식으로 해결했다고 합니다. 폐백 절차도 마찬가지로 생략하고 피로연도 학교 식당에서 조촐하게 베풀 예정이라고 합니다.

B : 오! 그런 건 또 언제 알아두신 겁니까? 아무튼 그런 깊은 뜻이 있었군요. 그런데 혹시 보셨습니까? 대강당 입구 앞에 전시된 웨딩사진들과 함께 마련된 편지함 말입니다.

A : 당연히 봤습니다. 웨딩사진, 연예인 뺨칠 정도로 기가 막히게 나왔더군요. 역시 뽀샵의 위력은 대단합니다. 그리고 그 편지함은 축의금 대신 소중한 마음을 받고 싶다는 뜻에서 마련한 것이라고 합니다. 저는 평생 무료 개인 과외 수강권을 만들어 넣어드렸습니다.

B : 누가 누굴 가르치겠다는 겁니까?

A : 물론 제가 앞으로 생길 2세들을 가르칠 것입니다.

B : 꾸준히 9등급만 받을 수 있는 비결 같은 걸 가르쳐 주시는 겁니까?

A : 에에에, 누가 그런 극비사항을 생방송 중에 밝히라고 했습니까?

B : 두뇌보다 구강이 훨씬 더 발달했다는 건 전교생이 죄다 아는 사실입니다. 어쨌든 이곳 대강당에는 결혼식 소식을 듣고 자발적으로 찾아온 사람들로 가득합니다. 특히 학생들이 눈에 많이 보입니다.

A : 제가 입수한 정보에 의하면 오늘의 사회는 이사장님을 모시고 있는 송강현 기사님이, 피아노 연주는 강정원 선생님의 제자인 소유진 양이, 축가는 강정원 선생님이 전에 근무하셨던 학교 제자들과 1학년 12반 악동 삼총사가 합동으로 담당하기로 했다고 합니다. 그런데 이 결혼식에서 좀 특별한 점이 있다면 그건 주례가 없다는 것입니다.

B : 아니, 주례 없이도 결혼식이 가능한 겁니까?

A : 그럼 불가능한 걸 한다고 했겠습니까? 언제까지 머리를 액세서리로 달고 다니실 겁니까? 좀 굴리십시오! 굴려!

B : 지금 그게 9등급이 6등급한테 할 소리입니까?

A : 그런 말 마십시오. 댁이나 나나 서울권 대학 가기 글러 먹은 건 똑같습니다. 아무튼 잠시 후면 결혼식이 시작되겠습니다.

B : 말씀드린 순간 음악이 흐르면서 스크린을 통해 영상이 나오고 있습니다. 아, 저게 뭔가요? 두 분 어릴 적 모습인가요?

A : 그런데 왜 둘 다 남자인 겁니까? 여자로 보이는 생명체는 눈을 씻고 봐도 없습니다. 앗! 방금 강정원 선생님께서 교복 치마를

입은 모습이 나왔습니다.

B : 저는 코스프레하시는 줄 알았습니다. 희귀템, 레어템이 아닐 수 없습니다.

A : 계속해서 두 분의 성장 과정과 만남, 결혼식에 참석한 하객에 대한 감사 인사를 담은 영상이 나오고 있습니다. 이어 사회자가 등장합니다. 잠시 그의 말을 들어보기로 하겠습니다.

"안녕하십니까, 사회를 맡은 송강현이라고 합니다. 본 결혼식은 주례 없이 신랑 신부가 직접 사랑의 맹세와 더불어 감사의 말씀을 드리는 식으로 진행될 예정입니다. 이 점 참고해 주시기 바랍니다. 그럼 지금부터 신랑 노신혁 군과 신부 강정원 양의 성스러운 결혼식을 거행하도록 하겠습니다. 우선 화촉 점화가 있겠습니다."

B : 유진 양의 피아노 연주에 맞춰 한복을 곱게 차려입은 마 선생님과 강정원 선생님의 할머님께서 나란히 등장해 초에 불을 붙이고 있습니다. 참! 이제 마 선생님을 마 이사장님이라고 불러야 하는 것일까요?

A : 우리가 언제 마 선생님이라고 불렀습니까? 마귀할멈이라고 했지요.

B : 아무튼 저희는 마 이사장님의 결단으로 너무나 행복한 시간을 보내고 있습니다. 그렇지 않습니까?

A : 음하하하! 그걸 말씀이라고 하십니까? 저는 새로 오신 보건실 선생님 때문에 학교 오는 게 너무나도 즐겁습니다. 보기만 해도

안구정화가 되고 라식수술을 받은 기분이 드는 우유빛깔 보건실 샘! 느무 느무 느무 사랑합니다.

B : 요즘 보건실이 미어터진다면서요? 환자들이 급격하게 많이 늘었다는 부작용이 있기는 하지만 저희는 행복합니다. 말씀드리는 순간 신랑이 입장하고 있습니다.

A : 오! 턱시도 차림 정말 멋집니다. 큰 환호와 박수가 터져 나오고 있습니다. 잠시 사회자의 말씀을 들어보기로 하겠습니다.

"제가 물어보니 신랑이 북한산 정상에서 신부에게 청혼을 했다고 하더군요. 하지만 저희는 보질 못했으니 믿을 수가 없는 겁니다. 그래서 다시 한 번 청혼하시는 시간을 가져보도록 하겠습니다. 신부의 손을 잡고 식장 입구에서 대기 중이신 아버님은 이 청혼이 마음에 안 드시면 신부를 데리고 식장을 나가셔도 무방하겠습니다."

B : 하객들이 웃음을 터뜨리고 있습니다. 이때 노정우 군이 신랑에게 냉큼 여분의 마이크를 갖다줍니다. 신랑의 말을 들어보겠습니다.

"뜨거운 한여름에 산에 올랐습니다. 오르기 힘든 산이었습니다. 너무 힘이 들어 포기하고 싶은 마음이 들었지만 저보다 훨씬 강하고 씩씩한 그녀 덕분에 끝까지 오를 수가 있었습니다. 산 정상에 올라 땀에 흠뻑 젖은 상태에서 내려다본 세상은 참으로 아름다웠습니다. 그때 저는 그녀에게 말했습니다. 앞으로도 저와 함께 고되고 힘든 길 모두 이겨내고 정상에 서서 웃자고 말입니다. 오늘은 다시 한 번 노래로 그녀에게 청혼하겠습니다."

A : 아니, 이 음악은 Now and Forever라는 곡 아닙니까?

B : 식민지 영어 발음이었지만 맞습니다. 지금 스크린을 통해 부케, 반지, 하트 등 결혼과 사랑에 관련된 예쁜 사진이 차례로 나오면서 그 위로 해석된 노랫말이 새겨지고 있습니다.

A : 잠시 노래를 감상하시겠습니다. 고통스럽고 지치고 위기에 처해 미칠 것 같아 방황하는 자신을 이해해 주는 여자의 영원한 남자가 될 것을 약속하는 가사들입니다. 천국의 행운과도 같은 여자에게 인정받기 위해 매 순간 노력할 거라네요. 걱정을 덜 수 있고 항상 확신할 수 있어 더 이상 외롭지 않을 거랍니다. 사랑은 참 위대하고 좋은 거네요.

B : 간주가 흐르고 있습니다. 역시 미국 버터 많이 드신 분이라 발음이 죽여줍니다.

A : 바다가 모래를 적시지 않는 날이 올 때까지 울 형님의 남자가 될 거라니 아, 진짜! 폭풍감동입니다.

B : 노래가 끝나자 우레와 같은 박수가 나왔습니다. 들으셨습니까? 방금 신랑이 저의 청혼을 받아주시겠습니까, 라고 했습니다.

A : 이에 감동을 받은 신부가 신랑을 향해 두 팔을 둥글게 만들어 승낙을 표시를 했습니다. 저도 오늘부터 이 노래를 열심히 연습해서 청혼할 때 써먹어야겠습니다.

B : 참으십시오. 혀가 꼬인 채로 죽을 수도 있습니다. 그리고 유

행에 뒤처진 노래라 노친네 취급 받을 수도 있습니다.

A : 아무튼 청혼을 받아들인 아름다운 신부가 입장하고 있습니다. 유진 양의 결혼행진곡에 맞춰 신부가 아버님의 손을 잡고 들어옵니다. 화장을 한 건지 변장을 한 건지 알 수 없지만 오늘만큼은 화사한 신부입니다. 학생들 놀랍게 변신한 신부의 모습에 휘파람을 불기도 하고 비명에 가까운 소리를 내며 환호하고 있습니다.

B : 우리 형님 맞느냐, 오늘만큼은 누님으로 불러도 되겠다, 변신 완전 대성공이다, 별의별 말들이 나오고 있습니다.

A : 신부가 부케로 부끄럼 가득한 얼굴을 가리고 어찌할 바를 모르고 있습니다. 신랑은 또 그런 모습을 흐뭇하게 바라보고 있습니다. 조금씩 손발이 오그라드는 것 같습니다.

B : 신랑이 신부의 아버님께 고개 숙여 인사하고 신부의 손을 넘겨받았습니다. 아버님의 푸근한 미소가 참으로 인상적입니다.

A : 신랑과 신부가 단상에 올라 마주 보고 섰습니다. 사회자의 지시를 받아 맞절을 하고 하객을 향해 짧은 감사의 인사말을 남깁니다.

B : 이제 곧 혼인서약이 있을 모양입니다. 신랑이 먼저 서약을 합니다.

"나 노신혁은 강정원을 아내로 맞이함에 있어 사랑하고 존중하며, 어른을 공경하고 진실한 남편으로서의 도리를 다할 것이며 화목한 가정을 꾸며 이 사회에 봉사할 것을 양가 부모님과 여러 하객을 모신 자리에서 서약하는 바입니다."

A : 신랑이 신부에게 준비한 반지를 껴주고 있습니다. 이제는 신부의 차례입니다.

"나 강정원은 노신혁을 남편으로 맞이함에 있어 어떠한 경우라도 항시 사랑하고 존중하며 어른을 공경하고 진실한 아내로서의 도리를 다할 것을 맹세합니다."

B : 신부도 신랑에게 반지를 껴주었습니다. 다음은 성혼 선언문 낭독 순서라고 사회자가 말하고 있습니다. 성혼 선언문 낭독은 신부 측 아버님께서 해주실 모양입니다.

"이제 신랑 노신혁 군과 신부 강정원 양은 그 사랑하는 가족, 친구들과 여러 하객들을 모신 자리에서 일생 동안 고락을 함께할 부부가 되기를 굳게 맹세하였습니다. 이 혼인이 원만하게 이루어졌으며 신랑 노신혁 군과 신부 강정원 양이 부부가 되었음을 여기 모이신 많은 내빈 여러분께서는 두 사람의 성혼이 이루어짐을 뜨거운 박수로 선포하여 주시기 바랍니다."

A : 박수를 받은 신랑과 신부가 이에 보답하듯 가족에게 쓴 편지를 차례로 읽어나갑니다. 날이 날인지라 씩씩하게만 보였던 신부가 편지를 읽다 말고 눈물을 보이고 있습니다. 곁에 있는 신랑이 신부의 눈물을 닦아주며 토닥입니다.

B : 다음은 신랑 신부가 양가에 큰절을 올리고 케이크 커팅 시간을 가질 것 같습니다.

A : 케이크가 참 맛있어 보입니다.

B : 저도 슬슬 배가 고픕니다. 곧 이어 제자들이 나오고 있습니

다. 축가 순서인가 봅니다. 여학생들은 교복에 커다란 리본을 머리에 꽂고 악동 삼총사는 어디서 빌려왔는지 반짝이 옷을 입고 나왔습니다. 노래가 시작됩니다. 아니, 이게 뭡니까? 무조건이라는 트로트 음악 아닙니까?

　A : 세 줄로 맞춰선 여학생들은 앙증맞고 애교있게, 악동 삼총사는 구성지게 노래를 부르며 춤을 춥니다. 맨 뒤에 있는 여학생들이 노래를 부르면서 '이 결혼 무조건 찬성합니다!' 라는 문구가 적힌 커다란 판을 들었다가 2절에선 '2남 2녀 낳아 애국합시다!' 라는 문구로 교체해 가며 흔들어대고 있습니다.

　B : 우스꽝스러운 춤, 액션에 하객들이 빵 터져서 박장대소하고 있습니다. 신랑 신부 역시 웃음을 참지 못하고 웃고 있습니다.

　A : 축가가 끝나고 스크린을 통해 축하 메시지가 담긴 영상이 나오고 있습니다. 낯익은 얼굴도 있고 생소한 얼굴도 있습니다. 신랑 신부와 인연이 닿은 사람들 같습니다. 모두 환하게 웃으며 축하해와 사랑해라는 말을 전합니다. 음악도 좋고 꽤 감동적입니다.

　B : 이쯤 되면 신랑과 신부도 뭔가를 보여줘야 하지 않겠습니까?

　A : 진한 키스라도?

　B : 그렇죠. 바로 이때 저희들의 마음을 알아차린 걸까요? 하객들이 박자를 맞춰가며 키스해, 키스해를 크게 외치고 손뼉을 칩니다. 모두가 키스를 원하고 있습니다. 설마 이 순간을 위해 지금까지 아껴둔 건 아니겠지요?

A : 신랑은 괜찮아 보이는데 신부가 굉장히 난감해하고 있습니다. 눈을 동그랗게 뜨고 도움을 청하듯 신랑을 쳐다봅니다.

B : 신랑 입모양을 볼 때에 하자고 하는 것 같습니다. 역시 남자답습니다.

A : 신부는 더욱 놀라고 있습니다. 바로 이때! 신랑이 신부의 목덜미를 부드럽게 감싸 끌어당겨 입을 맞추었습니다. 그리고 감미롭게 키스합니다. 신부가 수줍어하며 빨리 떨어져 나가려 합니다. 하지만 신랑이 이를 허용하지 않고 다소 길고 느리게 방향까지 틀며 키스를 합니다! 화끈합니다! 핫! 핫! 쏘핫!

B : 갑자기 19금 딱지라도 붙이고 생중계를 해야 할 것 같은 기분이 듭니다.

A : 이를 지켜보던 사람들이 비명에 가까운 탄성을 내지르고 있습니다. 학생들이 가장 많이 흥분하며 아우성을 쳐댑니다. 사회자가 더 이상 두고만 볼 수 없는지 이제 그만 하라고 하며 난입을 합니다.

B : 사회자 때문에 키스하는 모습이 더 이상 보이지 않습니다. 생중계 접속자 수가 엄청 올랐습니다. 이러다 다운되는 사태가 올 것 같습니다.

A : 사회자가 진땀을 빼며 마무리 멘트를 날리고 있습니다.

"아무래도 신랑과 신부를 빨리 보내줘야 할 것 같습니다. 이제 가족 친지와 하객 여러분의 축복 속에 새로운 부부로 탄생한 신랑 신부가 새로운 사회로 힘찬 첫발을 내딛는 행진의 순서가 있겠습니다. 하객 여러분들께서는 힘찬 박수로 새로운 출발을 하는 이들의 첫걸음을 축복해 주시면 감사하겠습니다. 신랑 신부 행진!"

신혁과 정원은 신혼여행을 가기 전 인천국제공항 근처에 있는 호텔에서 하룻밤을 묵기로 했다.

신혼여행지는 그리스 산토리니였다. 파란 바다를 배경으로 하얀 건물에 지붕과 창문을 파랗게 칠한 산토리니에 꼭 가보고 싶다는 정원의 바람으로 결정된 곳이었다. 산토리니에 가기 위해선 두바이와 아테네를 거쳐 비행기를 세 번씩이나 갈아타야만 했다.

두 사람은 안내하기 위해 앞장선 직원을 쫓아 엘리베이터에 몸을 실었다.

정원이 손으로 입을 가리고 연신 하품을 해댔다. 언제나 에너지가 넘쳐서 좀처럼 지친 모습을 보이지 않는 그녀였는데 하루가 피곤했던 모양이다. 졸음이 그득한 눈이 반쯤 감겨 있었다.

신혁은 스커트에 스타킹, 적당한 높이의 구두를 신은 정원을 쳐다보았다. 흰색과 검은색, 겨자색을 적절하게 매치해 모던하고 심플한 스타일을 연출한 정원은 신부 화장에 액세서리까지 그대로인 상태였다. 결혼하는 날만큼은 최대한 여성스럽게 보이도록 노력하겠다고 하더니 애를 쓴 흔적이 역력했다.

"왜요?"

하도 뚫어져라 봤더니 정원이 아주 작게 물었다.

신혁은 대답을 미루고 그저 씩 하고 웃고 말았다.

이에 정원이 이상하다는 듯 눈살을 찌푸렸다.

엘리베이터가 멈추고 문이 열렸다. 두 사람은 직원을 뒤쫓아 룸을 향해 걸어갔다. 팁을 챙긴 직원이 떠나고 룸 안에 단둘이 남게 되자 정원이 질문을 던졌다.

"아까 그 의미심장한 미소는 뭐였어요?"

신혁은 정원에게 다가가 오른손으로 얼굴을 감싸며 부드럽게 말했다.

"피나는 노력의 결과물이 예뻐서 웃은 겁니다."

"저 피나는 건 어떻게 아셨어요?"

정원이 눈을 동그랗게 뜨고 물었다.

"피가 나다니요?"

신혁은 웃음을 거둬들이며 되물었다.

"새 구두 때문에 발뒤꿈치가 까져서 피가 조금 나거든요."

정원이 오른쪽 발을 가리키며 말했다.

신혁은 정원을 소파로 데려가 앉히고 그 앞에 주저앉았다.

"어디 좀 봅시다."

"괜찮아요. 그렇게 심한 건 아니에요."

발을 잡으려 하자 정원이 보여주기 싫은지 내뺐다.

신혁은 정원의 발을 낚아채 뒤꿈치를 살폈다.

짙고 두꺼운 스타킹이라 잘 보이지는 않았지만 발뒤꿈치가 약간 젖어 있었다.

"진작 말하지 왜 지금까지 참고 있었던 겁니까?"

"참을 만했어요."

신혁은 약국에 다녀올 생각으로 자리에서 일어섰다.

"기다리십시오."

"어디 가시게요?"

"어디긴 어딥니까? 약국이죠."

"그러실 필요 없어요. 여행용 가방 안에 약이랑 일회용밴드
다 있어요."

"그런데 왜 안 붙이고 있었던 겁니까?"

신혁은 황당해서 물었다.

"여행용 가방이 자동차 트렁크 안에 있어 꺼내기가 힘들었어
요. 일회용밴드 붙이려면 스타킹도 벗어야 했고요."

"그래도 그렇지 그 아픈 걸 참고 있었습니까?"

신혁은 정원을 타박하며 스커트를 걷어 올리고 스타킹을 벗
기려 했다.

이에 정원이 화들짝 놀라며 신혁을 제지했다.

"지, 지금 뭐 하시는 거예요?"

"보면 모릅니까? 스타킹부터 벗겨내고 있잖습니까?"

정원이 마른침을 꿀꺽 삼키며 얼굴을 붉혔다.

"제, 제가 할게요."

"그럼 직접 벗으십시오."

신혁은 순순히 손을 뗐다.

"지금 여기서 벗으라고요?"

"지금 부끄러워서 그러는 겁니까?"

"아니, 그게…… 좀……."

"부부끼리 어떻습니까? 제가 벗기는 게 더 빠를 것 같습니다."

신혁은 다시 스타킹에 손을 대려 했다.

"아니에요! 제, 제가 할게요. 제가."

정원이 스커트를 꽉 움켜쥐고 소파 뒤로 물러났다.

"그럼 제가 약을 가져오겠습니다."

신혁은 더 이상 고집을 피울 생각이 없어 자리에서 일어나 여행용 가방이 놓인 곳으로 걸어갔다. 그리고 정원의 여행용 가방을 침대 위에 펼쳐 놓고 약을 찾기 위해 안을 뒤적거렸다.

"어디쯤에 뒀습니까?"

"아주 작은 가방이요."

신혁은 눈에 띈 가방 하나를 발견하고 아무 생각 없이 지퍼를 확 열어 안에 든 물건을 침대 위에 쏟아냈다.

그런데 떨어진 것은 약이 아니라 여자의 속옷이었다. 평범하지 않고 굉장히 야시시한 것이었다.

신혁은 하늘하늘한 속옷을 들어 이리저리 살펴보았다.

"으악!"

등 뒤에서 정원이 새된 소리를 냈다.

신혁은 반사적으로 몸을 뒤로 틀었다. 그러다 그를 향해 달려온 정원을 감싸 안은 채로 침대 위에 쓰러지고 말았다.

"어이쿠!"

"헐, 미안해요. 이럴 생각은 아니었는데."

정원이 그의 귀에다 대고 말했다.

신혁은 정원의 머리와 허리를 감싸 안은 채로 옆으로 한 바퀴 더 굴렀다. 그리고 상체를 일으켜 정원을 내려다보며 음흉하게 웃었다.

"저돌적으로 덮칠 만큼 급했던 겁니까?"

"아니, 그게 아니라……."

정원이 아직도 신혁의 손에 있는 속옷을 빼앗기 위해 손을 뻗었다.

이에 신혁은 재빨리 손을 들어 피했다.

"이리 주세요! 그거 제가 산 거 아니란 말이에요."

정원이 애원조로 말했다.

"그럼 누가 산 겁니까?"

"마 선생님이 오늘 주신 건데 그런 게 들어 있을 줄은 몰랐어요."

"오, 그런 겁니까? 아주 훌륭한 선물이군요."

"정말 그렇게 생각하시는 거예요? 그런 걸 어떻게 입으라고요?"

"잘 입어야죠."

정원이 못 말리겠다는 듯 신혁의 팔을 찰싹 때렸다. 그리고 눈을 흘겼다.

"꿈도 꾸지 마세요. 전 절대 못 입으니까요."

"그럼 입지 마십시오."

정원이 안심이 되는지 다소 편안한 얼굴을 했다.

"어차피 다 벗길 거 그냥 아무것도 입지 마십시오."

"뭐, 뭐라고요?"

더 당혹한 얼굴이었다.

"설마 꽉꽉 껴입은 상태에서 첫날밤을 보낼 생각이었습니까?"

"그런 건 아니지만……."

"그럼 결정하십시오. 이걸 입겠습니까? 아니면 아무것도 입지 않겠습니까?"

"헐!"

정원이 할 말을 잃은 채 신혁을 쳐다보기만 했다.

"결정하기 힘들면 복불복으로 결정할까요? 사다리타기? 가위바위보? 묵찌빠?"

"생각할 시간을 주세요."

"알겠습니다. 그럼 발뒤꿈치 상처 해결할 동안 생각해 보십시오."

신혁은 속옷을 바지 뒷주머니에 쑤셔 넣고 가방 안에서 약이 든 가방을 찾아내 일회용밴드를 꺼냈다. 그리고 뒤로 물러나 정원의 오른발을 잡았다.

그가 발을 약간 위로 드는 바람에 스커트가 위로 올라가고 속옷이 드러났다.

"헐!"

정원이 냉큼 손으로 스커트 아랫자락을 잡아 속옷을 가렸다.

신혁은 그 모습을 바라보며 발뒤꿈치에 일회용밴드를 붙여주었다.

"자, 다 됐습니다. 아까 말한 건 어떻게 결정했습니까?"

"아무리 생각해도 둘 다 못하겠는데요."

정원이 정색을 하며 말했다.

신혁은 피식 웃으며 고개를 점점 아래로 내려뜨렸다. 그리고 귀에다 대고 부드럽게 속삭였다.

"그럼 아무것도 하지 마십시오. 내가 다 알아서 할 테니까 말입니다."

신혁은 정원에게 부드럽게 입을 맞추면서 정원이 입고 있는 옷의 단추를 조용히 풀기 시작했다.

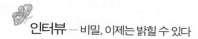
인터뷰 — 비밀, 이제는 밝힐 수 있다

Q. 최 선생님, 선생님은 노정우 때문에 갑자기 수업 중에 뒷골을 잡고 쓰러지셨습니다. 도대체 그날 무슨 일이 있었던 겁니까?

A. 말도 마십시오. 그날만 생각하면 혈압이 오르니까요.

수행 과제 중에 현대에 와서 가족의 구조에 많은 변화가 일어나 독신 가족이나 편부모 가족, 노인 가족, 미혼모 가족 등의 비율이 점차 늘어나고 있는데 이러한 현상을 단순한 가족 구조의 변화로 볼 것인가, 아니면 가정의 해체로 볼 것인가에 대해 토론하는 게 있었습니다.

그런데 정우 이 녀석이 막장가족도 가족 구조의 변화로 봐야 하냐고 하는 겁니다.

막장가족이라니요? 그래서 장난치지 말고 진지하게 하라고 했더니 그럼 외계가족이라고 하겠다는 겁니다.

그것도 안 된다고 했더니 핵폭탄가족, 대포가족 등등 말도 안 되는 소리를 계속 해대는 겁니다. 그 순간 혈압이 쑤욱 상승해 가지고 그 지경이 된 겁니다. 휴우…….

Q. 노신혁 이사장님께서 교장선생님께 학교 교복이 너무 촌스럽다고 색깔, 디자인 모두 바꾸라고 하셨는데 아직도 교복이 그대로입니다. 무슨 이유라도 있었던 겁니까?

A. 지금도 바꾸려고 노력 중입니다.

처음에는 이사장님께서 우리나라 최고의 의상디자이너에게 의뢰를 했습니다. 보내온 시안을 보니 역시 멋지고 좋더군요. 그런데 가격대가 좀 비싸서요.

지금은 학생들과 학부모들이 참여해 디자인 공모와 의견수렴을 하고 있습니다. 조만간 모두가 만족할 만한 교복이 탄생할 것 같습니다.

덕분에 학생들의 참여와 의견을 존중하는 학교라는 자부심의 상징이 될 것 같고 말입니다.

Q. 교감선생님, 결국 강정원 선생님이 학교에 남지 않으셨는데 이를 어떻게 보시는지요.

A. 당연한 일을 가지고 왈가왈부할 일이 있겠습니까?

저는 40년 전통을 가진 저희 학교의 위신과 명예를 가장 우선시하는 사람입니다. 제가 아무 잘못도 없는 사람을 미워하고 시비나 트집을 잡는다고 생각하신다면 그건 정말 오해입니다.

뭐, 이제는 그럴 일이 없어진 것 같아 마음이 많이 편해졌습니다.

Q. 수학을 담당하고 계신 안 선생님, 선생님은 실력도 좋고 성격도 좋아 학생들한테 인기도 많다고 들었습니다. 그런데 왜 넥타이를 매지 않아 이사장님의 미움을 사신 겁니까?

A. 넥타이가 예의의 상징인 건 맞습니다.

하지만 교실에서 수업을 할 때에는 넥타이나 정장이 참 불편합니다. 분필로 판서를 하다가 또는 약품을 가지고 실험을 하거나 물감을 다루다 옷을 버리는 경우가 참 많습니다.

좀 더 큰 목소리로 열정적으로 강의하고 싶은데 목을 옥죄는 넥타이 때문에 힘들기도 합니다. 그래서 안 하고 있는 겁니다.

교육 현장의 현실을 잘 모르시는 분들께는 다소 불량한 복장으로 보여도 이 점은 이해해 주셔야 한다고 생각합니다.

Q. 주승민 학생은 출중한 외모와 실력으로 여학생들한테 인기가 좋다고 하던데 소유진에 대한 마음이 궁금합니다. 어떻습니까? 좋아하십니까?

A. 유진이하고는 아주 어려서부터 알고 친하게 지내온 사이예요. 집안끼리 사돈을 맺자는 말들을 많이 해서 유진이를 단순한 친구로 보지는 않았어요.

유진이 좋아하냐고요?

음······. 지금 제 처지가 많이 달라졌기는 하지만 솔직히 아직도······ 좋아하고 있어요.

유진이는 이런 제 맘을 모르고 있겠지만요. 앞으로 유진이와는 어떻게 될지 저도 잘 모르겠네요.

Q. 소유진 양은 주승민과 노정우에 대해 각각 어떤 마음을 가지고 있는지 알려주실 수 있을까요?

A. 승민이는 어려서부터 좋아했던 애예요. 아마 지금의 상황이 예전과 같았더라면 승민이를 계속 좋아하게 되었을 거예요.

하지만 지금은 굉장히 서먹한 사이가 돼서 앞으로 어떻게 될지는 저도 모르겠어요. 사실 오랫동안 간직했던 마음이 아직까지도 남아 있는 건 사실이에요.

그런데 정우로 인해 그 마음도 많이 흔들리고 있어요. 아무래도 그 녀석이 저를 누나로 대하지 않아서 더 그렇게 된 것 같아요.

이번에 승민이와 같은 대학에 들어가게 되었는데 우리는 쉽게 떨어질 수 있는 그런 인연은 아닌 것 같아요.

그렇다고 정우도 무시할 수는 없겠죠. 자기도 제가 다니는 대학에 꼭 온다는데, 글쎄요. 정말 아직은 모르겠네요.

저의 마음이 어디로 향하게 될지 말이에요.

Q. 힘든 시기를 겪은 노정우 군, 친어머니인 전은영 씨에 대한 현재의 마음이 궁금합니다. 어머니지만 어머니로 볼 수 없는 그분에 대한 마음을 말씀해 주실 수 있나요?

A. 어쩌면 저한테 그분은 평생 답이 없는 문제일지도 몰라요.

지금 마음이야 사실 좋지는 않아요. 잘 지내다가도 문득문득 어머니가 생각나면 제 가슴과 머리에서는 지진이 일어나요.

어머니로 인해 폐허가 된 제 인생이 언제쯤 정리가 될지는 모르겠지만 가족들한테서 많은 조언과 조력, 격려를 받고 있어요.

어머니와 제가 부정을 하더라도 변할 수 없는 관계라면 더 많은 노력을 기울이고 싶어요.

모든 가능성을 열어둬야 어머니를 참다운 어머니로 만나게 되고 받아들일 날이 오지 않을까요?

Q. 송강현 기사님은 연예계 매니저, 대기업 회장의 개인 운전기사, 유흥업소 종업원 등 다양한 경력을 가지고 계신 걸로 알려졌습니다. 이것이 다재다능하게 보일 수도 있지만 빨리 싫증을 내고 변덕이 심한 걸로 보일 수도 있습니다. 혹시 앞으로도 변화가 있을지 궁금합니다.

A. 가진 것도 배운 것도 별로 없는 사람한테는 좋은 기회가 많이 주어지지 않습니다.

저의 다양한 경력은 어찌 보면 방황의 흔적이라 할 수 있겠지요.

요즘 저는 이사장님의 권유로 다시 학업을 계획하고 있습니다. 경영경제학, 국제경영학, 금융학, 통계학 등을 전공할 생각입니다.

이사장님께서는 많이 도와줄 테니 석사 이상 학위나 경영대학원 과정을 수료하라고 하시는데 제가 잘할 수 있을지는 모르겠습니다.

많이 응원해 주십시오.

Q. 마 선생님은 많은 사실을 알면서도 오랫동안 비밀을 지켜오신 분이었습니다. 혹시 지금도 간직하고 있는 비밀이 있으신지요.

A. 아마 이 비밀이 공개되면 다들 놀라실 겁니다.

Q. 그렇게 말씀하시니 더 궁금합니다. 어서 알려주십시오.

A. 아무도 모르게 케이블 방송사에 전은영 씨에 관한 많은 정보를 제보했습니다. 이상 끝!

Q. 전은영 씨는 돌연 기자회견을 취소하고 미국행을 결정하셨습니다. 이유가 무엇인지요?

그리고 케이블 방송사를 상대로 법적 대응도 하실 예정이었습니다. 계속 진행하실 생각이신가요?

A. 바보 같은 녀석이 만든 영상 하나에 감복해서 기자회견을 취소한 것은 아닙니다.

도둑질을 해도 손발이 맞아야 하는데 글러 먹은 것 같아서 당초 계획을 수정하기로 한 겁니다.

법적 대응은 계속 진행할 겁니다. 법은 약자를 위해 존재하는 것이 아니라 강자들의 기득권을 지키기 위한 수단이라는 거 아직도 모르십니까?

수단과 방법을 가리지 않고 꼭 원하는 바를 이룰 겁니다.

반드시 그럴 겁니다.

Q. 노신혁 이사장님, 이사장님께서는 미국에서 어떤 사업을 했는지 끝까

지 밝히지 않았습니다. 이제는 밝혀주셨으면 합니다.

A. 그게 그렇게 궁금하신 겁니까? 전 사실 금융자산운용가였습니다.

그게 뭔지 모르는 사람들을 위해 아주 쉽게 설명하자면 돈은 있는데 시간, 지식, 정보가 부족한 사람들을 도와 손실이 발생하지 않고 이익이 생기게 도와주는 일입니다.

저는 사람보다 돈이 쉬운 사람입니다. 사람하고 싸워서 져본 적은 있어도 돈하고 싸워서 져본 일은 없었습니다. 그래서 돈을 많이 가질 수 있었습니다.

그런데 이제는 돈보다 사람과 사람의 마음을 더 많이 가질 수 있는 일을 해보려 합니다. 열심히 노력 중입니다.

Q. 강정원 선생님, 첫날밤에…… 결국 그거 입으셨나요?

A. 그거라니요?

Q. 에이, 다 알고 계시면서. 마 선생님께서 선물로 주신 야시시한 속옷 말이에요.

A. 아, 그거요. 아하하하하하하하하하하하…… 하하하…… 하하.

Q. 그렇게 웃음으로 어물쩍 넘기지 마시고 말씀해 주세요.

A. 음……. 그날 밤은 아니었지만 신혼여행 중에 내기에 져서 입게 되었어요. 참…… 많이 민망하더군요.

Q. 노신혁 이사장님의 반응은 어떠셨나요?

A. 너무 많은 걸 물어보시는 거 아닌가요?

Q. 다들 궁금해하시니까요.

A. 신혁 씨도 어쩔 수 없는 늑대의 본능을 가진 남자구나 싶었어요. 손발 오그라들게 만들 것 같아서 더는 말씀드리지 않고 상상에 맡길게요.

Q. 신혼여행지로 정한 그리스 산토리니는 잘 다녀오셨고요?

A. 그게 다녀오기는 했는데…… 그다음 날 간 것은 아니었어요.

Q. 그건 왜죠?

A. 음……. 둘 다 못 일어났거든요. 첫날밤이 의외로 에너지 소모가 크더군요. 그런데 저한테만 너무 많이 물어보시는 것 같아요. 저 이제 그만할래요.

Q. 어, 어, 아직 물어보고 싶은 게 더 많이 남았는데 그렇게 도망가시면 어떡하나요? 강정원 선생님!

Q. 페이쓰, 너도 하고 싶은 말이 있는 거니? 어디 한마디 해봐?

A. ……멍!

『비밀학교』 The End

2006년에 계약한 글을 이제야 내놓습니다. 재료 다 준비해 놓은 상황에서 함께 잘 맛있게 버무려 상에 올려놓기만 하면 되는데 왜 그렇게 게으름을 피웠나 모르겠습니다. 사실 제가 늦바람이 나서 그랬다는 거 아는 분들은 아실 겁니다. 흠흠.

어쨌든 신나게 열심히 후회없이 놀다가 잠시 돌아와 여러분께 드릴 요리를 했습니다. 그런데 막상 버무려 상에 올려놓으려 하니 이제는 맛이 걱정이 되기도 합니다. 간이 맞지 않아 밍밍하지는 않을까. 좋은 재료들을 망쳐 놓은 게 아닌가 하는 걱정들이요.

간에 대해서 굳이 변명을 하자면 이제껏 엄마인 제가 한 요리가 네 가지나 있는데 저희 집 꼬맹이들은 단 한 번도 맛을 보지 못했습니다. 그래서 이번에는 이런 꼬맹이들까지 먹을 수 있는 요리를 해보고자 했습니다. 그러다 보니 자극적인 양념을 많이 넣을 수가 없더군요. 사심 가득한 저의 요리 용서할 수 없더라도 이해는 부탁드립니다.

아무튼 이제 조심스럽고 두려운 마음으로 제 손을 떠난 요리의 평가를 기다리려 합니다.

가족은 가족을, 교사는 제자를, 누군가를 진심으로 아끼고 사랑하는 사람은 그 대상을 반드시 끝까지 지켜야 한다는 말을 하고 싶어 이 글을 시작하게 되었습니다.

신뢰를 받지 못해서 슬프고 불행한 사람, 믿음을 지키는 일이 얼마나 어렵고 힘든 일이며 신뢰를 받고 싶어하는 사람에게서 신뢰를 받는 일이 얼마나 가슴 뿌듯하고 행복한 일인지를 아는 사람 혹은 알지 못하는 사람. 바로 너와 나 그리고 우리가 아닐까 합니다.

착한 본능이 넘쳐흐르는 착한 바보들을 통해 우리들의 이야기를 풀어보았습니다. 그들을 통해서 잠시 잠깐이라도 마음의 온도를 높일 수 있었으면 좋겠습니다.

왜 이 순간이 오면 꼭 미안하고 고마운 사람들이 생각나는지 모르겠습니다. 제가 언급 안 했다고 삐치지 마시고 저의 저질 기억력을 탓해주세요.

우선 오랫동안 기다려 주신 청어람 출판사 감사합니다. 하도 죄송해서 계약금 돌려 드릴 테니 계약 깨자고 몇 번을 그래도 묵묵히 믿고 기다려 주셨습니다. 대인배의 인내심에 무릎 꿇고 진심으로 존경을 표합니다. 여기다 폭풍눈물 흘리는 이모티콘 하나 달고 싶을 정도입니다.

그리고 제가 속한 홈 깨으른여자들 식구들, 아무것도 없이 썰렁한 방 문패 하나만 달랑 걸어놓고 밖으로만 돌았는데도 내치지 않으셨습니다. 게다가 이번 연재도 시작부터 끝까지 긴 시간 함께 열심히 달려주셨습니다. 정말 감사합니다.

저를 늦바람이 나게 했던 다재다능하고 음악적으로 너무나도 우월한 다섯 분 JJ+YH+YC+JS+CM, 그리고 그분들을 한결같은 애정과 변함없는 믿음으로 지켜가는 예쁜 분들. 어쩜 그분들이 있었기에 이 글을 시작할 수 있었고 더 박차를 가할 수 있었던 게 아닐까 합니다. 앞으로도 함께 예쁜 믿음 이어갔으면 합니다. TVXQ, Forever!

마지막으로 사랑하는 나의 반쪽, 분신1, 분신2. 미안하고 고맙고 그대들이 있어 최고로 행복하다는 말 전합니다. 진한 사랑도 포함해서요.

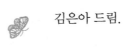

김은아 드림.